늑대의 사과

최인

　조선에서는 붉은색 토마토를 땡감이라고 불렀다. 중국에서는 외국에서 온 빨간 가지, 이탈리아에서는 황금열매, 즉 사과라고 칭했다. 학술적으로 부르는 라틴어 학명은 <늑대의 복숭아>이다. 반면 중남부 유럽에서 만들어진 학술명은 <늑대의 사과>이다. 동물을 잡아먹는 늑대가 복숭아나 사과 같은 과일을 먹을 리가 없다. 그럼에도 <늑대의 사과>라고 이름을 붙인 것에는 배경이 있다.

　토마토가 유럽에 전해졌을 때 사람들은 이 열매를 저주와 파멸의 독초라고 생각했다. 북부 유럽에서는 이보다 더 강한 거부감을 가지고 있었다. 그들은 토마토를 먹으면 사람이 흡혈 늑대인간으로 변한다고 믿었다. 그 시대에는 마녀가 고약을 사용해서 사람을 늑대로 만든다는 풍문이 돌던 때였다. 이런 시대에 중미에서 들어온 눈이 부시도록 새빨간 열매는 유럽인들에게 강한 거부감을 주었다.

　특히 토마토 꽃과 줄기, 잎사귀가 맨드레이크와 닮은 것도 한몫했다. 맨

드레이크는 독초인 데다가 최음성분까지 있어서 성적 흥분제로 쓰였다. 그들은 토마토가 맨드레이크와 비슷하니 사람을 해치는 과일이 분명하다고 보았다. 즉 토마토를 먹으면 악령이 씌워 피를 먹는 늑대로 변한다고 생각했다. 본래 토마토의 어원은 아즈텍 사람들이 쓰던 나화틀어에서 비롯되었다. 아즈텍인들은 빨간색 토마토를 시토마틀, 노란색 또는 녹색 토마토를 토마틀이라고 불렀다.

 유럽 최초의 기록은 1544년 이탈리아 의사 마티올리가 쓴 약초서적에 의한다. 마티올리는 붉고 탱탱한 과일을 포모도로(pomodoro)라고 표기했다. 이탈리아어로 포모(pomo)는 열매, 또는 사과를 뜻한다. 그리고 도로(doro)는 황금을 말한다. 이 두 단어를 합치면 황금사과라는 뜻이 된다. 성서에선 황금사과는 금단의 열매이고, 이를 먹으면 죄악에 빠지는 대상이었다. 결국 유럽인들은 토마토에 인간을 짐승처럼 만드는 힘이 있다고 생각했고, 이를 <늑대의 사과>라고 불렀다.

목 차

제1부 목적적인 그리고 수단적인 ● 9

제2부 자유의 로맨틱한 죽음 ● 147

제 1 부
목적적인 그리고 수단적인

1

그는 타는 듯한 갈증으로 머리맡을 더듬었다. 주위가 너무 캄캄해서 어디가 어딘지 분간할 수 없었다. 간신히 냉수를 찾아 마셨을 때 희뿌연 나신이 보였다. 그것은 분명히 발가벗은 여자의 알몸이었다. 그는 물로 목을 축인 뒤 기억을 더듬어 보았다.

조각조각 떠오르는 것은, 뒤풀이 장소에서 나와 술집을 찾아다닌 기억이었다. 토요일이라서 도심의 거리는 젊은 연인들로 북적거렸다. 그 많은 인파 속에서 그는 웹툰작가라는 여자의 손을 잡았다. 여자는 술에 취해 몸을 가누지 못 비틀거렸다. 그녀는 깔깔 웃다가 넘어지고는 일어나서 키스를 퍼부었다.

그는 매달리는 여자에게 '술을 더 마시자.'고 소리쳤다. 여자가 '오늘밤 사랑의 피를 마시다가 죽자.'고 지껄였다. 그 다음에 생각나는 것은 모텔비를 계산한 기억이었다. 카드를 긁는 동안 여자는 나무토막처럼 쓰러져 있었다. 그는 널브러진 여자를 부축해서 모텔로 들어갔다. 그 후에는 아무것도 생각나지 않았다.

그가 부스럭거리자 여자가 벗은 몸을 뒤척였다. 그는 여자의 몸에 이불을 덮어 주었다. 이내 여자는 코를 골며 잠속으로 빠져들었다. 그는 잠든 여자를 보며 섹스를 했는지 어쨌는지 생각해 보았다. 그러나 아무리 확인해 봐도 섹스를 벌였다는 증거는 없었다. 그는 다시 잠을 청하기 위해 눈을 감았다. 그때 한 조각 필름처럼 잘라진 기억 되살아났다.

그것은 모텔에 들어와 허겁지겁 옷을 벗던 상황이었다. 그와 여자는 섹스에 굶주린 사람처럼 알몸이 되었다. 그리고는 미친 듯이 달려들어 서로를 물어뜯었다. 먼저 흥분한 것은 여자였다. 알몸으로 뒹굴던 여자가 '동무' 라고 부른 것 같았다. 그도 여자에게 '동무' 라고 말한 것 같았다. 여자는 그의 몸 중요 부분을, 그는 여자의 모든 부위를 물었다.

그는 술이 너무 취해 발기가 되지 않았다. 여자가 입으로 세우려 했지만 소용이 없었다. 그는 삽입을 포기 여자의 전신을 커레스했다. 여자는 소리를 지르면서도 그의 몸을 물었다. 그는 여자에게 온몸을 물리면서도 거부하지 않았다. 그녀 또한 그에게 물리면서 고통스러워하지 않았다.

2

다음날 눈을 떴을 때 여자는 가고 없었다. 그 대신 메모지 한 장이 테이블 위에 놓여 있었다. '우리는 보다 나은 내일을 위해 현재를 삽니다. 즐거웠어요. 알즈.' 그는 메모지를 침대머리로 홱 던졌다.

'기렇고 기렇게 끝내자는 거 아이가?' 그는 이죽거리다가 깜짝 놀라 입을 다물었다. 눈앞에 벌거벗은 여자 드라큘라가 보였기 때문이었다.

드라큘라의 나신은 아름답다 못해 눈이 부셨다. 입가를 적신 붉은 피는 신성해 보이기까지 했다. 그는 눈을 치켜뜨고 벽 앞으로 다가갔다. 모든 벽은 벌거벗은 남녀 드라큘라로 뒤덮여 있었다. 피를 흘리는 드라큘라부터, 피를 빠는 뱀파이어, 뒤엉켜 있는 흡혈귀까지.

그와 여자는 뱀파이어가 가득한 방에서 하룻밤을 보내고 헤어졌다. 그것이 알즈라는 여자를 만나고 헤어진 기억의 전부였다. 그는 그녀가 남긴 메모지를 가져와 책갈피 속에 끼워 넣었다. 그리고 그녀를 잊고 지루한 일상 속으로 돌아갔다. 그렇게 기억에서 사라졌던 여자가 다시 나타났던 것이다. 정확히 1년 만에.

그가 여자를 만나기로 한 것은 별다른 이유가 있어서가 아니었다. 그녀가 어디서 무엇을 하며, 누구와 어떻게 살고, 나이가 몇 살인지 궁금해서도 아니었다. 궁금한 것은 그날 밤에 섹스를 했는지. 아니면 서로를 물어뜯기만 했는지였다.

3

그는 약속장소로 가면서 여자의 모습을 떠올려 보았다. 그러나 머릿속에는 여자의 모습 같은 건 남아 있지 않았다. 엑조틱한 이미지와 묘한 매력의 소유자라는 기억뿐. 지하철 안에서도 그는 계속 고개를 갸웃거렸다. 정체도 알 수 없는 여자를 만나러 가는 게 잘하는 짓인가? 벌거벗고 하룻밤을 지새운 것도 인연이라고 생각하는가?

여자와 밤새 뒹굴고 물어뜯었지만 그것이 다였다. 바스트는 컸는지, 히프는 탐스러웠는지, 어떻게 커레스를 했는지조차 알 수 없었다. 충무로에 가까워질수록 불안감은 점점 더 커져 갔다. 만약 그녀를 알아보지 못하면 어쩌나? 그녀가 나타나지 않으면 어떡하나? 그럼에도 가슴 한쪽에서는 만나 보라고 채찍질을 했다.

 그는 그녀가 보낸 문자를 떠올리며 버거킹으로 들어섰다. 그녀는 카톡에 「레드 재킷」, 「자유와 죽음에 관한 책」이라고 멘트를 남겼다. 또 「버거킹에 먼저 나가 있을 것이라」고 덧붙였다. 그는 레드 재킷을 찾아 1, 2, 3층을 모두 뒤졌다. 토요일 오후의 버거킹은 젊은 커플들로 소란스러웠다. 그 많은 남녀 중에 레드 재킷은 없었다. 자유와 죽음에 관한 책을 들고 있는 사람은 더더욱 없었다.

 그는 자책을 하면서 구석자리에 주저앉았다. 밤새도록 뒹굴었다고 자신의 여자라고 생각하다니. 서로 더듬고 깨물었다고 연인이라고 생각하다니. 자유로운 남쪽 여자들이 그따위를 염두에 둘 리가 없었다. 그는 기다리다 지쳐 레드애플맛 에이드와 이나리우스 와퍼를 가지고 왔다. 레드애플맛 에이드를 다 마실 때까지 여자는 나타나지 않았다.

4

 그는 레드애플맛 에이드를 마시며 40분을 더 기다렸다. 마침내 모든 걸 포기 일어섰을 때 알람이 울었다. 허겁지겁 스마트폰을 열고 메시지를 확인해 보았다.

 「버거킹 안에 있다면 대한극장 입구로 내려오세요. 알즈」

 그는 천사의 목소리를 들은 것처럼 눈을 번쩍 떴다. 늦게라도 나타난 게 얼마나 다행인지 몰랐다. '기러면 기렇지. 안 나타날 리가 있간?' 그는 서둘러 버거킹을 나와 지하도로 내려갔다. 에스컬레이터를 타고 가는 시간이 너무 길게 느껴졌다. 그래서 에스컬레이터가 멈추기도 전에 뛰어내렸다. 그를 발견 먼저 손을 든 것은 그녀였다.

"미안합니다. 갑자기 일이 생겨서요."
"저는 안 나오시는 줄 알았습니다."
"많이 기다리셨죠?
"아닙니다. 방금 전에 도착했습니다."
"그렇다면 다행이군요."

그녀가 안도하는 표정을 지었다. 그는 거짓말을 한 김에 더하기로 했다.

"차라도 마시고 나올 걸 그랬나 봅니다."
"버거킹이 좋은 건 차를 안 마셔도 된다는 거예요."
"하긴 그렇죠."

그녀가 상승 에스컬레이터를 가리켰다.

"밥을 먹을까요? 술을 마실까요? 늦은 걸 사과하는 뜻에서 제가 살게요."

그제야 그는 여자의 몸매를 슬쩍 훑어보았다. 여자는 생각보다 정숙 단아한 모습이었다. 걸친 옷과 구두, 액세서리, 화장 또한 깔끔했다. 처음 만났을 때의 자유로움과는 거리가 먼 화장이고 패션이었다. 그가 멀뚱히 서 있자 그녀가 앞장을 섰다.

"가시죠. 식사하기 좋은 곳이 있어요."

5

잠시 후 그녀가 간 곳은 퓨전레스토랑이었다. 그는 레스토랑으로 들어가서도 의문에 빠져 있었다. 여자는 왜 적극적으로 팔로우하면서 다가온 것인가? 타임라인에 아이콘을 올리며 접근한 이유는 무엇인가? 특별히 전할 메시지가 있는 것인가? 단순히 이성적 감정으로 다가온 것인가? 그 의문점을 풀어 주는 것처럼 그녀가 미소를 지었다.

"부담감 갖지 마세요. 그냥 봄날 데이트예요."

"봄날 데이트요?"

"네, 꽃이 필 때면 바람을 쐬고 싶어지거든요."

그는 혼란을 털어내려고 스파클링 와인을 연거푸 마셨다. 그녀가 새우튀김에 칠리소스를 바르며 쳐다보았다.

"키즈님은 탈북한 사람답지 않아요."

"제가… 그렇게 보입니까?"

"말투도, 외모도, 폰팅도 이미 서울 사람이에요."

"아직도… 부족한 게… 많습니다."

"탈북한 지는 얼마나 되셨죠?"

"칠팔 년 정도 됐습니다."

"그 정도면 충분해요.

"문제는 수시로 바뀌는 유행이나 문화, 언어, 자유로운 행동 같은 겁니다."

"그것도 별로 문제가 안 될 거예요. 김일성대를 탑으로 들어갔고 탑으로 졸업했잖아요."

"제가 김일성대를 다닌 걸… 어떻게 알았습니까?"

"영문학에다가 불문학, 러시아어, 중국어까지 능통한 재원인 것도 알고 있습니다. 본명은 김표기고, 김일성대를 졸업한 뒤 제이에스에이 경비대에 들어갔죠. 군 고급장교인 아버지 백으로 좋은 부서만 돌면서 군복무를 했고요. 나중엔 목숨을 걸고 남쪽으로 내려왔지만 말이에요. 자유를 찾기 위해서 총알 세례까지 받으면서."

"그게… 어디에 나와 있나요?"

"남한 사람이면 누구나 다 아는 사실인데요, 뭘."

"그래도 요즘엔… 알아보는 사람이 없던데."

"관심 있는 사람은 다 알아요. 탈북 후 한때 성당에 다녔고, 세례명이 아마 맛디아죠?"

"아, 네에… 그것까지?"

그는 그녀와 식사를 하면서 많은 얘기를 나누었다. 사랑, 이별, 죽음, 종교, 소설, 만화, 이념, 탈북, 자유 등등.

6

그는 거리로 나서자마자 그녀의 손을 잡았다. 그녀도 거침없이 그의 손을 마주 잡았다. 사람들 사이를 걸으면서 그녀는 연신 웃고 떠들었다. 그 또한 즐거운 마음으로 대화를 나누었다. 이것이 바로 그가 그리고 바라던 자유와 행복의 모습이었다. 공동경비구역에서 남쪽을 바라볼 때부터 이런 자유와 행복을 꿈꿨다.

군사분계선을 향해 차를 몰 때도 그랬고, 총탄 세례를 받으면서 뛸 때도 마찬가지였다. 하나원을 나오고 취직을 글을 쓸 때도 같은 마음이었다. 잠시 후 그와 그녀가 도착한 곳은 청계천이었다. 청계천에는 많은 사람들이 나와 등축제를 즐기고 있었다. 그와 그녀는 자연스럽게 축제인파 속으로 스며들었다. 청계천 물길을 따라 걷던 그녀가 불쑥 물었다.

"키즈님은 어떤 색깔을 좋아하죠?"

"전 좋아하는 색깔이 없습니다."

"그래도 무언가는 좋아하겠죠."

"굳이 말한다면… 푸른색일 겁니다."

"푸른색을요? 왜죠?"

"하늘색과 같기 때문입니다."

"하늘로 날아오르는 게 꿈인가 보죠?"

"맞습니다."

"자유롭게 난다는 건 좋은 거죠."

그녀는 오색 불빛에 취한 사람처럼 웃고 떠들었다. 그는 행복한 감정에 젖어 사람들 사이를 걸었다. 그녀도 행복에 겨운 것처럼 끊임없이 조잘거렸다. 많은 연인들이 등불 앞에서 사진을 찍었다. 그는 그녀를 붉은 모란과 파란 조각배 사이에 세웠다. 그녀가 사진은 필요 없다며 옆으로 비켜섰다. 대신 그를 촬영 포인트 쪽으로 밀었다. 그는 그녀의 손에 떠밀려 모란꽃 앞에 섰다. 그녀가 스마트폰 셔터를 누르며 말했다.

"모든 추억은 키즈님 것으로 하세요."

7

그와 그녀는 등축제를 둘러보고 커피를 마셨다. 커피베이에서 그녀는 '오랜만에 자유롭고 행복한 기분을 느꼈다.'고 밝게 웃었다. 그도 '이렇게 행복한 감정은 탈북 후 처음이라.'고 미소지었다. 그녀가 '키즈님이 행복하다면 저는 더 바랄 게 없어요.' 하고 쳐다보았다. 결국 그는 묻고 싶은 말을 꺼내지도 못한 채 모텔로 향했다. 그녀와 그는 모텔에 들어가기 전 키스를 나누었다.

불시에 나눈 키스는 약간 무덤덤한 것이었다. 다만 그녀의 피맛을 보고 적지 않게 놀랐다. 그녀의 피맛은 상큼하면서도 달콤했다. 그는 그 달콤함을 찾아 더욱 세게 입술을 빨았다. 순간 그녀가 억제된 신음소리를 내뱉었다. 그는 고개를 돌려 그녀의 얼굴을 보았다.

그녀는 <자유의 로맨틱한 죽음>이란 책을 머리 위로 들고 있었다. 묘한 포즈라는 생각을 하며 그는 키스를 계속했다. 지나가는 사람들이 힐끔거렸으나 개의치 않았다. 중요한 것은 남의 시선이 아니라 그 자신의 감정이었다. 즉 지금은 마음의 문을 열고 한 여자에게 다가가는 중이었다. 아니 생애 최초로 '로맨틱한 자유' 속으로 빠져드는 상황이었다.

그녀와 그는 길거리 키스를 나누고 모텔로 들어갔다. 룸에서도 그는 줄곧 그 말을 꺼낼 기회만 찾았다. 우리는 1년 전에 섹스를 했느냐고? 단순히 서로 물어뜯기만 했느냐고? 그녀는 말할 기회를 주지 않을 것처럼 섹스에 몰두했다. 결국 그는 밤새 뒹굴다가 새벽녘에 잠이 들었다. 그리고 그가 잠들었을 때 그녀는 돌아갔다.

8

며칠 후 그녀가 등축제 사진을 페이스북에 올렸다. 사진 속에서 그는 밝게 웃고 있었다. 모란꽃을 배경으로 한 그는 행복한 사람이었다. 초청과 강연이 끊긴 후 그는 우울한 마음으로 지냈다. 동료 탈북자들과도 전혀 교류하지 않았다. 관계기관 사람들과도 연락을 끊었다. 여자를 만나지도, 성당에 나가지도, 여행을 가지도 않았다.

그가 그렇게 된 이유는 남쪽에 적응하기가 힘들어서였다. 더 정확히 말하면 소설이 잘 풀리지 않아서였다. 그가 북에서 목숨을 걸고 내려온 것은 월터 스콧, 폴 진델, 솅키에비치처럼 살고 싶어서였다. 그들처럼 자유롭고 거침없이 소설을 쓰면서 살고 싶었다. 하지만 막상 남쪽으로 내려와 보니 모든 게 생각대로 되지 않았다. 소설을 쓰는 것도, 살아가는 것도, 일을 하고 돈을 버는 것도 쉽지 않았다.

남쪽에서 자유를 누리려면 타인과의 경쟁에서 이겨야 했다. 이것은 그가 생각하던 것과는 전혀 다른 체제이고 세상이었다. 그런 그에게 알즈라는 여자가 나타나 손을 내밀었다. 그는 소년처럼 밝아진 자신을 보고 고개를 저었다. 사진 속에서 그는 분명히 자유와 행복을 찾은 사람이었다. 또 한 가지, 그를 밝게 만든 것은 피전의 존재였다. 베란다 안으로 들어온 피전은 새끼 두 마리를 부화시켰다.

새 생명의 탄생이 얼어붙은 그의 마음에 변화를 가져왔다. 그는 갓 태어난 새끼의 모습을 카메라에 담았다. 사진 속에서 벌거숭이들은 자유와 행복 그 자체였다. 지난 팔년 동안 그는 고독하고 힘겹게 살아왔다. 왜곡된 자본주의 사회를 보며 자신과는 다른 세계라고 등을 돌렸다. 그렇게 체제와 그는 서로 다른 쪽으로 달려갔다.

그런 그에게 알즈와 화이트 피전이 다가와 손을 잡았다.

9

 그는 새해에 들면서 폴라와 페이스북을 개설했다. 스카이프와 트위터, 인스타그램도 만들었다. 하지만 그의 웹로그에는 아무도 들어오지 않았다. 정확히 표현하면 웹로그를 개방하지 않았다는 말이 맞다. 처음에는 작가 몇 명이 팔로우했으나 삭제해 버렸다. 한 달 후 하나원 동기들이 팔로우를 해왔다. 그는 그들의 팔로우마저도 무시했다.
 그렇게 페이스북, 트위터, 인스타그램은 텅 비어 있었다. 그 우울한 시간 속에서 30대 여자로부터 친구요청을 받았다. 그녀는 그의 거부에도 불구하고 끊임없이 접촉해 왔다. 결국 그는 알즈라는 여자의 친구요청을 받아들였다. 알즈는 그의 페이스북에 장미다발과 함께 메신저를 보냈다.
 「thank you for adding me. als」
 그는 눈껌뻑 슈렉 이모티콘을 올렸다.
 「반갑습니다. 저는 키즈라고 합니다」
 그녀가 꽃잎 하트를 날리는 소녀를 띄웠다.
 「타임라인이 너무 쓸쓸하군요」
 「아직 페이스북에 익숙지 않아서요」
 「앞으로 자주 들러 글을 올릴게요」
 그녀는 그렇게 해서 그의 페이스북 친구가 되었다. 그는 친구가 생긴 게 신기해서 매일처럼 로그인했다. 하지만 그녀는 그때부터 발길을 뚝 끊었다. 그는 봄바람처럼 왔다가 사라진 여자가 궁금해졌다. 알즈가 누구일까? 아는 작가일까? 하나원 회원일까? 혹시 탈북자는 아닐까? 그도 아니면 정부 요원일까?

그는 기다리다 지쳐 그녀의 페이스북을 열고 들어갔다. 그녀의 페이스북에도 친구나 팔로워는 보이지 않았다. 다만 카툰과 하이그라피, 애니메이션이 타임라인을 메우고 있었다. 그는 알즈가 포스팅한 애니메이션 아래「have a nice weekend」라는 글과 장미꽃을 남겨 놓았다. 그게 바로 올해 초봄의 일이었다.

10

그는 알즈가 궁금했지만 더 이상 써칭하지 않았다. 알즈도 그의 페이스북에 들어오거나 메신저를 남기지 않았다. 그는 궁금증을 접고 <블러드 서킹> 쓰기에 몰두했다. 그렇게 3월과 4월이 가고 5월이 왔다. <블러드 서킹>도 초반을 지나 중반부로 접어들었다. 소설이 진행될수록 마음은 점점 더 답답해져 갔다.

샐러리맨이 흡혈하는 당위성을 찾지 못해서였다. 주인공이 단순히 사람을 공격해 피를 빤다면 호러노블이나 마찬가지였다. 답답한 마음에 노트북을 덮고 베란다로 나갔다. 잠시 떨어지는 빗줄기를 응시하다가 아웃도어를 열었다. 찬바람과 함께 굵은 빗방울이 날아들었다. 5월의 빗방울은 차갑다 못해 따가울 정도였다.

그는 아웃도어를 닫기 위해 손을 뻗쳤다. 그때 베란다 화분에 둥지를 튼 화이트피전이 보였다. 어느새 두 마리의 새끼는 날개가 돋아나 있었다. 어미 피전은 창턱에 앉아서 비를 피하고 있었다. 그는 문을 연 채 낯선 방문자를 지켜보았다. 많은 아파트 중 이곳에 둥지를 이유는 무엇인가? 옥상을 놔두고 베란다 화분을 선택한 이유는 무엇인가?

11

피전의 둥지 위에 양철지붕을 달았을 때 알람이 울렸다. 그는 스마트폰을 열고 카톡으로 들어갔다. 카톡에 엑소 콘베이비 아이콘을 올린 건 알즈였다.「안녕. 봄날 데이트 어때요」그는 반가운 나머지 스마일피그 이모티콘을 보냈다.
「데이트 좋습니다」
「시간은 언제가 좋죠」
「남아도는 게 시간뿐인데요 뭘」
「그럼 조만간 타임을 잡을게요」
알즈는 짧은 멘트만 남기고 카톡창을 나갔다. 그날 밤 비가 내렸고 양철지붕을 때렸다. 거센 비에도 피전 가족은 양철지붕 아래서 잠을 청했다. 그는 밤늦게까지 피전 가족을 보다가 침대로 돌아갔다. 새끼 피전이 커 간다는 생각 때문인지 잠이 오지 않았다.
작은 생명체지만 그를 찾아온 건 피전이 처음이었다. 그는 양철지붕을 때리는 빗소리를 들으며 뒤척였다. 이것이 행운일까? 불행의 전조일까? 아니면 새로운 시작일까?

12

　다음날 그는 해가 중천에 떠올랐을 때 일어났다. 아침을 코코팜과 베이글로 때우고 노트북을 부팅시켰다. 역시 인스타그램과 페이스북에는 로그한 흔적이 없었다. 반면 이메일에는 광고와 스팸메일, 편지가 쌓여 있었다. 그는 스팸메일과 광고를 읽지도 않고 지웠다. 쓸데없는 것들을 삭제한 뒤 알즈가 보낸 편지을 읽었다.

　알즈가 쓴 편지에는 묘한 여운이 들어 있었다. 그것은 관심, 의도, 목적, 의지 같은 것이었다. 그녀는 도대체 누구일까? 북쪽과 관련된 사람일까? 강연장소에서 만난 사람일까? 남쪽 기관 사람은 아닐까? 혹시 성당 사람은 아닐까? 그제야 그는 타인에게 관심을 갖는 자신을 발견했다. 이것은 지금까지 살아온 태도와는 다른 것이었다.

13

　그는 중반까지 쓴 소설을 처음부터 다시 읽었다. 쓸 때는 몰랐는데 모든 상황이 맞지 않았다. 특히 피를 빨아먹는 샐러리맨의 모습이 어설펐다. 피맛을 보는 장면과 죽음을 표현하는 것도 억지스러웠다. 즉시 원고를 삭제하고 다시 쓰기 시작했다. 피맛을 모른 채 뱀파이어 소설을 쓴 것이 문제였다. 목을 물어보지 않고 흡혈귀를 그린 것도 잘못이었다.

　그는 글을 쓰면서 알즈의 피맛을 떠올렸다. 알즈의 몸에서 흘러나온 피는 의외로 달콤했다. 어떤 의미에서 그것은 새로운 세상을 맛본 것처럼 충격적이었다. 그는 그 충격적인 느낌을 되살려 소설에 써 넣었다. 잠시 후 그는 고개를 절레절레 흔들었다. 피맛을 묘사했는데도 무언가가 빠진 것 같았다. 아무래도 체험 없이 글을 쓰는 것은 무리였다.

그는 노트북을 덮어 놓고 욕실로 들어갔다. 얼굴과 손을 씻은 뒤에 다시 나와 노트북을 열었다. 이번에는 알즈와 섹스를 하던 상황을 그렸다. 기억 속에서 그녀는 특이한 여자였다. 즉 그녀는 섹스 전 급소를 물어 오르가슴을 유도했다. 몸 중에서도 허벅지, 가슴, 목을 집중적으로 물었다. 반면 그는 엉덩이와 팔, 배, 어깨 등을 물었다. 그녀의 급소 물기는 의외로 카타르시스를 배가시켰다.

행위가 끝났을 때 그녀가 '뱀파이어 소설을 쓰려면 경험이 필요할 거예요. 내가 피맛보기밴드를 소개해 줄게요.' 하고 중얼거렸다. 그는 그 말을 듣고 슬그머니 상체를 일으켰다. 피맛보기밴드라는 게 있다면 소설은 완성된 것이나 다름없었다.

14

그는 피맛을 보는 장면을 쓰다가 베란다로 나갔다. 폴딩도어를 열자 새끼 피전이 주둥이를 벌렸다. 목을 길게 내민 벌거숭이들이 귀여웠다. 두 마리가 동시에 주둥이는 벌리는 것도 사랑스러웠다. 하지만 그런 감상적인 마음도 잠시뿐이었다. 그는 핏덩이들을 보다가 한 마리를 집어 들었다. 새끼는 어미 품이 아닌 것을 알고 바동거렸다.

그는 털도 안 난 새끼를 손에 든 채 노려보았다. '피맛을 보디 않고서리 소설을 제대루 쓸 수 없지비.' 마음 한쪽에서는 어서 피맛을 보라고 부추겼다. 마음 한쪽에서는 새끼를 죽이지 말라고 소리쳤다. 그는 잠시 망설이다가 새끼의 목에 이빨을 가져갔다. 소설을 완성시키려면 피맛을 알아야 했다. 소설이 막힌 부분도 바로 그 지점이었다.

"맞다, 그것이 문제였던 거이야."

그는 눈을 딱 감고 새끼의 목에 이빨을 박았다. 말랑한 피부가 뚫리면서 이가 파고들었다. 순간 새끼 피전이 자지러지듯 비명을 질렀다. 이가 파고들수록 피전은 필사적으로 몸부림쳤다. 그는 이를 깊이 박은 채 힘껏 빨아들였다. 비릿한 액체가 입안으로 흘러들었다.

작은 양이지만 피전의 피는 따스했다. 그때 충만된 기쁨이 온몸을 휩쓸고 지나갔다. 새끼 피전의 피를 맛보아서가 아니었다. 이제야 소설을 제대로 쓸 수 있다는 생각에서였다. 그는 축 늘어진 새끼 피전을 보면서 중얼거렸다.

"바로 이 맛인 기야. 이 맛…"

15

그는 피전의 피맛을 리얼하게 써 넣었다. 산 생명을 죽여서 그런지 묘사가 돋보였다. 지지부진하던 내용도 탄력을 받고 전개되었다. 이대로 간다면 <블러드 서킹>은 성공한 것이나 마찬가지였다. 즉시 마우스를 움직여 페이스북으로 들어갔다. 페이스북에는 알즈가 올린 동영상이 떠 있었다. 동영상은 버터플라이, 블랙배트, 초록하늘소 등이었다.

초록하늘소는 화려한 날갯짓을 하며 어둠을 갈랐다. 그것은 마치 자유를 찾아 날아오르는 생명체의 몸짓 바로 그것이었다. 짙은 어둠 속에서도 초록하늘소의 날개는 푸른빛을 내뿜었다. 순간 초록하늘소의 모습이 알즈의 나신을 연상시켰다. 문득 알즈가 무엇을 하고 있는지 궁금해졌다. 그는 그녀의 메신저에 꽃다발과 하트를 올렸다.

「알즈님, 봄 산책 어떻습니까」

잠시 후 알즈가 알란드의 연금술사 캐리커처로 대답했다.

「봄 산책 굿」

그는 러브 로고가 박힌 장미꽃을 보냈다.

「대한씨어터 오후 3시 콜」

알즈가 로로나 아틀리에의 쿠데리아 아이콘을 띄웠다.

「내일 3시 콜」

그는 해피데이 로고와 「3시 GOOD」하고 문자를 보냈다. 알즈가 하드프롬댄스 유하바하 아이콘을 올리고 메신저를 나갔다. 이번에야 말로 궁금한 것을 물어봐야겠다는 생각이 들었다. 섹스를 할 때 물어뜯는 이유. 사진 찍히는 것을 싫어하는 이유. 웹로그의 친구가 된 이유. 자유의 로맨틱한 죽음이란 책을 들고 있던 이유, 피맛보기 밴드가 정말 존재하는지 등이었다. 그러고 보니 그녀에 관해서 아는 게 하나도 없었다. 이름, 나이, 출신, 사는 곳까지도 몰랐다.

16

알즈는 식사를 하는 동안 글이 잘 써지는지 물었다. 그는 와인을 한 모금 마시고 '경험이 필요한 소설이라서 쉽지 않다.'고 대답했다. 그녀가 잠시 생각하더니 '피맛보기밴드에 가입할 생각 있어요?' 하고 쳐다보았다. 그는 숟가락을 놀리다 말고 고개를 번쩍 들었다. 이 말은 그가 기다리고 있던 바로 그 제안이었다.

그는 헛기침을 큼큼 하고 수저를 놀렸다. 그녀에게 '그런 밴드가 있다면 당장이라도 가입하겠다.'고 말하고 싶었다. 또 '지금은 알즈님의 도움이 절대로 필요한 상황이라.'고 사정하고 싶었다. 그의 반응을 살피던 알즈가 빨간 입술 사이로 와인을 삼켰다.

"우리 서로 필요한 것을 취하면 어떨까요?"

"서로 필요한 것을… 말입니까?"

"네, 키즈님은 키즈님이 필요한 것을, 저는 제가 필요한 것을요."

"전 필요한 게 없습니다. 그저 데이트를 하기 위해… 나왔을 뿐이죠."

그녀가 입가에 엷은 미소를 머금었다.

"키즈님은 지금 흡혈귀 소설을 쓰고 있잖아요. 작품을 완성시키려면 피맛을 알아야 할 거예요."

"그건… 그렇죠."

"그러니까 하는 얘기예요."

그와 그녀는 어둑해질 때까지 술을 마셨다. 술을 먹는 동안 그녀에 관해 알아낸 게 있었다. 그녀가 재미동포 3세이고, 입국한 지 3

년 되었고, 33세의 미혼녀라는 사실이었다. 그도 그녀에게 한 가지 사실을 알려 주었다. 그것은 북에 두고 온 약혼자가 있다는 거였다.
 그녀가 약혼자 애기를 듣더니 '키즈님은 보기보다 순수하시군요.' 하고 웃었다. 그는 묻고 싶은 말은 한 마디도 꺼내지도 못한 채 술집을 나섰다. 그것은 그녀가 '피맛보기밴드 멤버는 아무것도 묻지 않는다.'고 강조해서였다. 그녀는 멍하니 앉아 있는 그에게 덧붙였다.
 "피맛보기밴드는 가입조건이 있어요. 첫째가 아무것도 묻지 않기예요. 둘째도 아무것도 질문하지 않기고, 셋째도 아무것도 궁금증을 갖지 않기예요. 다시 말해 멤버의 사생활을 존중해야 한다는 거죠. 그것만 지키면 누구든지 패밀리가 될 수 있어요."

17

 그와 그녀가 들어간 곳은 브란캐슬 모텔이었다. 솔직히 말하면 그녀에게 끌려갔다는 게 맞았다. 알즈는 수많은 룸 중에서 배트룸을 잡았다. 배트룸에는 나체 드라큘라 일러스트가 붙어 있었다. 남녀 드라큘라는 뛰어난 몸매의 소유자들이었다. 특이한 점은 그들 모두가 젊고 어리고 아름답다는 거였다. 그가 멍하니 서 있자 알즈가 키스를 퍼부었다. 그는 그녀가 하는 대로 그냥 내버려 두었다. 어차피 그녀의 피맛을 보기 위해 오지 않았던가. 한동안 키스를 하던 그녀가 생끗 웃었다.
 "섹티를 할까요? 피티를 할까요?"
 "피티요?"

"피맛보기 파티 말이에요."

"아, 네에…"

"경험이 필요하다면 피티가 좋겠죠?"

"그게… 좋겠습니다."

그의 대답을 들은 그녀가 다시 달려들었다. 그녀는 거칠게 그의 화이트 재킷, 린넨셔츠, 써커팬츠를 벗겼다. 그도 그녀의 스키니팬츠, 슬라브티셔츠를 제거하고 물어뜯었다. 그는 술에 취했음에도 어디를 물 것인가만 생각했다. 아프지 않은 곳은 엉덩이와 허벅지, 배 등이었다. 잠시 고민하는 사이 그녀가 젖가슴을 쑥 내밀었다.

"여기를 물어 주세요. 아주 세게요."

그는 당황했으나 기회를 놓칠 수는 없었다. 그는 희고 탱탱한 젖가슴을 힘껏 깨물었다. 말랑한 젖살 속으로 이빨이 파고드는 느낌이 들었다. 그녀가 상체를 숙이며 신음처럼 말했다.

"더 세게 물어요. 피가 나도록…"

알즈의 주문대로 그는 턱에 힘을 주었다. 활화산 같은 신음이 그녀의 입에서 터져나왔다. 그는 희열에 찬 신음을 들으며 피를 빨았다. 한동안 소리를 지르던 그녀가 가슴을 물었다. 형언할 수 없는 통증이 가슴에서 느껴졌다. 그때부터 그와 그녀는 서로를 물며 상처를 냈다.

18

 누군가가 캄캄한 어둠 속에서 상처를 핥았다. 그는 눈을 감은 채 상대의 혀를 밀어냈다. 아무리 밀어내도 혀는 집요하게 상처를 빨았다. 그는 온몸을 휘감는 전율로 눈을 번쩍 떴다. 몸에 난 상처를 핥고 있는 것은 알즈였다. 어둠 속에서 하얀 나신이 뱀처럼 꿈틀거렸다. 그는 그녀가 벌이는 기이한 의식을 조용히 지켜보았다.
 그 모습은 먹이를 삼키고 있는 스네이크의 형상이었다. 몸에 난 상처를 핥던 알즈가 몸 위로 올라왔다. 그는 조심스럽게 그녀의 몸을 끌어당겼다. 그녀가 다시 강렬한 키스를 시도했다. 그는 키스를 받아 주다가 이빨에 힘을 넣었다. 그녀의 혀끝에 이빨이 박히며 피가 솟았다. 순간 그녀가 흥분 같은 괴성을 내뱉었다.
 "너무 좋아요. 더 세게 물어 줘요!"
 그는 알즈가 몸부림치면 칠수록 턱에 힘을 주었다. 피가 침과 섞여 입안 가득 고였다. 침과 섞인 피는 먹으면 먹을수록 달콤해졌다. 그녀가 혀를 빼내기 위해 목을 뒤로 젖혔다. 그는 그녀의 머리를 움직이지 못하도록 양팔로 조였다. 그리고는 있는 힘을 다해 빨아들였다. 그녀가 숨이 넘어가는 것처럼 발버둥쳤다.

19

 그는 샐러리맨에게 더 큰 시련을 안겨 주었다. 즉 샐러리맨은 업무가 미숙하다며 호된 질책을 받았다. 엎친 데 덮친 격으로 투자한 주식마저 곤두박질쳤다. 충격을 받은 샐러리맨은 일찌감치 조퇴를 신청했다. 샐러리맨은 조퇴결재 중 부장으로부터 심한 욕까지 먹었다. 일을 그따위로 하려면 그만두라는 거였다.

샐러리맨은 집으로 돌아가다가 술집에 들러 소주를 병째로 들이켰다. 아무리 술을 마셔도 취기가 오르지 않았다. 샐러리맨은 술집에서 나와 기분을 풀 대상을 찾았다. 그는 여기까지 쓰고 노트북을 덮었다. 이제 샐러리맨에게 타인의 피를 맛보게 할 차례였다. 그는 다음 장면을 상상하면서 산책에 나섰다.

탈북한 지 팔년이 되어서야 남한사회를 조금 알 것 같았다. 남쪽은 그야말로 본능적이고 탐욕적이고 쾌락적이었다. 자유와 행복이 넘치는 사회라는 말은 거짓된 정보였다. 남한은 자유를 위해 끝없이 경쟁하고 투쟁하고 배신해야 되는 사회였다. 아니, 경쟁과 투쟁을 넘어 타인을 해치고 지배해야 자유를 획득할 수 있었다.

사람 간의 소통 또한 이기적이고 계산적이고 계획적이었다. 모든 사람이 돈을 위해 말하고 움직이고 웃고 울었다. 이런 사회에 적응하려면 좀 더 계산적이고 계획적이고 이기적이어야 했다. 당연히 소설도 탐욕적이고 욕망적이고 소비적인 게 좋았다. 그가 아파트 정문을 지났을 때 알람이 울었다. 카톡에 유그람 하쉬발트 아이콘을 띄운 건 알즈였다.

「지금 즉시 밴드로 들어오세요. 밴드 이름은 늑대의 사과예요」

그는 스마트폰을 써칭해 밴드를 찾았다.

「어디로 들어가는 거죠」

「제가 밴드를 보낼 테니까 곧바로 업로딩하세요」

그는 스마트폰을 오픈하고 링크를 기다렸다. 잠시 후 알즈가 <늑대의 사과>를 업링크했다. 그는 늑대의 사과를 클릭하고 슈럭 이모티콘과 하트 로고를 보냈다.
「밴드에 가입하게 돼서 기쁩니다. 키즈라고 합니다」
알즈가 페르니다 파른카자스 아이콘을 올렸다.
「키즈님이 새 가족이 되었습니다. 모두 환영해 주세요」
공지를 본 멤버가 셔플댄스 라푼젤을 띄웠다.
「웰컴 새 고라님. 저는 로스라고 해요. 25살」
그는 로스에게 스웨그댄스 슈렉 이모티콘과 장미를 보냈다.
「반갑습니다. 저는 32세. 키즈라고 합니다. 잘 부탁합니다」
알즈가 락킹댄스 메루루린스 아바타를 쏘았다.
「키즈님이 피티 신청을 해도 돼요. 신청은 무작위예요」
그는 알즈에게 춤추는 쿵푸팬터 이모티콘과 하트를 보냈다.
「제가 편한 시간에 하면 됩니까」
알즈가 활짝 웃는 메텔 아이콘을 날렸다.
「네, 어떤 사람한테 해도 돼요」

20

스프라이트와 어니언 베이글을 먹고 있을 때 알람이 울렸다. 밴드에 새 가족을 환영한다는 메시지와 아이콘과 캡처가 떠 있었다. 그들 중 15세 소녀 보츠의 이모티콘이 시선을 끌었다. 보츠는 래빗 7마리가 레드하트를 나르는 이모티콘을 올렸다.
「새 고라님 가입 환영. 간만 피티해요」
그는 보츠에게 왁킹댄스 슈렉 이모티콘을 보냈다.
「늑대의 사과에서 고라는 어떤 포지션이지」

보츠가 엄지손가락 래빗 로고를 날렸다.
「고라는 캡틴을 말하는 거예요. 고릴라 줄인 말」
「밴드멤버는 모두 몇 명이야」
보츠와 대화를 나눌 때 로스가 끼어들었다.
「여자 7명. 고라 하나. 단란한 고릴라 가족이죠」
그는 고개 끄덕 햔스토리 이모티콘을 띄웠다.
「잘 알겠습니다. 우리 모두가 패밀리죠」
로스가 썰매를 타는 스노우퀸의 아이콘을 올렸다.
「알즈님이 픽업했으니 피맛은 좋겠죠」
그는 근육 불룩 슈렉멍키 픽토그램으로 대답했다.
「모두에게 싱싱한 맛이었으면 합니다」
로스가 아렌델왕국 공주 엘사 아바타를 쏘았다.
「빠른 시기에 피티 해요」
그는 크럼핑댄스 슈렉피오나 아이콘과 하트를 보냈다.
「나도 빨리 피티를 해 보고 싶습니다. 너무 궁금해요」
그의 글을 본 보츠가 윙크래빗 이모티콘을 띄웠다.
「고라님이 초이스하면 언제든 가능해요」

그는「굿」하고 힙합 슈렉아더왕자와 장미꽃을 실었다. 두 사람이 춤추는 슈렉 이모티콘과 하트를 날렸다. 그는 회원들과 밴드 채팅을 끝내고 베란다로 나갔다. 한 마리의 새끼 피전은 어느새 훌쩍 자라 있었다. 며칠 후면 세상 밖으로 날아갈 기세였다. 기특한 마음에 몸을 슬쩍 만져 보았다. 새끼 피전이 깜짝 놀라서 날개를 퍼덕였다. 그는 입속으로 나직하게 중얼거렸다.

'걱정 말라. 내레 안 잡아먹을 테니까디.'

21

그는 소설의 주제를 위해 신문기사를 모델로 삼았다. 신문기사에 의하면 병호는 특별한 환경에서 자랐다. 병호는 돈과 출세와 명예욕에 사로잡힌 어머니로부터 매를 맞으며 컸다. 병호가 90점 이하를 받아오면 회초리가 닳을 때까지 때렸다. 병호는 매를 맞으면서도 저항 한번 하지 않았다. 그 대신 치크, 카카리키, 스퀘럴, 햄스터를 죽여 스트레스를 풀었다.

결국 병호는 1등만 바라는 어머니 때문에 잔인한 아이로 자랐다. 병호는 초등학교 때 자신의 몸에 상처를 내고 피를 먹었다. 친구들이 피를 먹는 이유를 묻자 '일등을 위해서.' 라고 대답했다. 병호의 매 맞기와 피 먹기는 그 후로도 계속되었다. 중학생 때는 고우트를 죽여 그 피를 먹었다. 고등학교 때는 친구의 피를 먹어 주변을 놀라게 했다. 병호는 극성스런 어머니 덕분에 명문대에 수석으로 들어갔다.

문제는 기형적으로 성장한 병호의 정신세계였다. 대학에 들어간 병호는 공부보다 특이한 모임에 더 집착했다. 스펙 안 쌓기 모임, 불법 그라피티 그룹, 책 불사르기 동호회, 바이러스 유포 밴드, 공공기관 해킹 소사이어티, 불편한 자유 누리기 모임, 쓰러질 때까지 술먹기 서클 등등이었다. 이런 활동도 병호의 욕구를 충족시키지 못했다. 더 강렬한 것을 요구하던 병호는 윙수트 플라이클럽에 들어갔다.

윙수트 플라이클럽은 날개옷을 입고 하늘을 나는 모임이었다. 윙수트 플라이클럽에 가입한 병호는 제 세상을 만난 것처럼 펄펄 날았다. 병호는 하늘을 고속으로 날아갈 때만 진정한 자유를 느낄 수 있었다. 어쩌면 그것은 목숨을 건 자유 게임이나 다름없었다. 병호는 그랜드캐니언에서 시작해 콜카캐니언, 코퍼캐니언, 블라이드리버캐니언, 코타후아시캐니언 등에서 날았다. 결국 병호는 스위스의 비코스 아오스 협곡에서 활강하다가 절벽에 부딪쳐 죽었다.

22

병호의 이야기를 모티브로 삼자 주제가 살아났다. 스토리 전개와 갈등, 복선도 짜임새가 있어졌다. 그는 흡족한 마음으로 노트북을 덮었다. 이제 샐러리맨처럼 주식투자만 하면 되었다. 북쪽에서 주식투자는 상상도 할 수 없는 일이었다. 하지만 남쪽에서는 막노동자도 하는 게 주식투자였다. 그도 남쪽에 내려오자마자 주식을 하리라 마음먹었다.

그러나 생각처럼 돈을 모으고 굴리는 것이 쉽지 않았다. 돈을 모으려면 사람을 이용하고 속이고 배신해야 되었다. 그는 아침을 먹고 증권사 지점을 찾아갔다. 증권사 객장은 중년남자 몇몇이 서성거릴 뿐 한가했다. 그는 데스크로 가서 현금을 입금하고 통장을 개설했다. 데스크 여직원은 홈 트레이딩시스템 개설방법을 알려 주었다.

그는 집으로 돌아와 S증권사 홈페이지에 액서스했다. 그런 다음 여직원이 메모해 준 대로 <개인고객>을 클릭하고 <원스톱다운로드>로 들어가 ACE다운로드를 받았다. 이어 공인증서를 받고 증권전산인증서 온라인발급을 받았다. 전산인증서를 수령한 뒤 실명 확인번호를 입력하고 접속비밀번호를 만들었다. 마지막으로 계좌번호, 계좌비밀번호, 보안카드A, 보안카드B를 맞춰 넣었다. 이렇게 순서대로 입력하자 HTS화면이 떴다.

그가 증권계좌에 넣은 현금은 5000만원이었다. 이중 3000만원은 남한정부에서 지급한 정착금이었다. 나머지 2000만원은 여동생 소이에게 빌린 돈이었다. 전재산을 주식에 투자하는 것은 모험이었다. 하지만 소설을 위해서라면 아깝지 않았다.

HTS를 개설하니까 배팅을 하고 싶은 욕구가 솟구쳤다. 즉시 증권사 애널리스트가 귀띔해 준 바이오주를 찾아보았다. 많은 바이오주 중 바이홀넥서스가 돋보였다. 바이홀넥서스는 상한가까지 올라갔다가 약간 밀린 상태였다. 그는 눌린 지점에 매수가를 써 넣었다.

십 분 후 체결되었다는 메시지가 HTS화면에 떴다. 바이홀넥서스가 올라가든 떨어지든 감정에 변화를 줄 것은 분명했다. 그는 페이스북에 <새로운 삶의 시작> 이라고 적었다.

23

공원을 산책할 때 알즈로부터 카톡이 들어왔다. 알즈가 카톡에 올린 글은 「밴드에 가입해 줘서 고맙다」는 것이었다. 그는 팝핀댄스 슈렉과 골드하트를 보냈다.

「오히려 내가 고맙죠. 소설에 도움이 되니까요」

알즈가 힙합 천년여왕 야요이와 꽃다발을 띄웠다.

「다행이군요. 실망할까 봐 걱정했는데」

그는 활짝 웃는 스머프 이모티콘을 날렸다.

「알즈님이 소개한 밴드인데 실망할 리 있습니까」

알즈가 메틸 아이콘과 장미를 보내고 카톡에서 나갔다. 7명의 여자가 있는 밴드는 행운이었다. 북쪽 같으면 여자를 만나는 것조차도 금기였다. 밴드모임은 물론이고 연애도 자유롭지 않았다. 그는 휴대폰을 크로스백에 넣고 산책을 계속했다. 공원을 한 바퀴 돌았을 때 불테리어가 따라왔다. 땟물이 줄줄 흐르는 것으로 보아 유기견이 틀림없었다.

그는 가지고 있던 콘칩 몇 개를 던져 주었다. 며칠 굶었는지 녀석은 허겁지겁 콘칩을 먹어 치웠다. 게걸스럽게 먹는 것을 보자 북에 있는 막내 남동생이 떠올랐다. 그가 떠날 때 '먼저 남쪽에 가 있으라요. 내레 곧 뒤따라갈 테니끼니.' 하고 손을 꽉 쥐었다. 그는 동생과 부모님을 뒤로 하고 JSA를 통과했다.

"네레 더 먹고 싶은 거이가?"

손으로 포켓을 뒤적이자 녀석이 꼬리를 흔들었다. 그는 '더 이상 줄 거이 없다. 알간?' 하고 걸음을 옮겼다. 한참을 가다가 보니 녀석이 따라오고 있었다. 그는 손을 들고 휘휘 내저었다.

"이제 집으루 가야디."

그때 지나가던 여자가 아는 척을 했다.

"얘 불테리어 아니에요?"

"네 맞습니다. 불테리업니다."

여자가 머리를 쓰다듬더니 몇 살이냐고 물었다. 그는 한 살쯤 먹었다고 대답했다. 여자는 한동안 어르고 쓰다듬더니 돌아섰다. 그는 아쉬운 표정의 여자에게 소리쳤다.

"마음에 들면 데려가도 좋습니다."

"좋은 아이 같은데 더 사랑해 주세요."
그는 하는 수 없이 불테리어를 데려오고 말았다.

24

불테리어가 집에 들어오자 일상이 변했다. 늦잠에서 식사, 글쓰기, 청소, 산책 시간까지 바꿔야 되었다. 그는 갑자기 뒤바뀐 일상이 마음에 들지 않았다. 하지만 새 식구를 위해 차츰 습관을 고쳐 나갔다. 일주일 후 불테리어의 몸에 윤기가 돌았다. 식욕도 왕성해져서 못 먹는 것이 없었다. 그는 불테리어에게 <자자> 라는 이름을 붙여 주었다. 녀석이 잠을 자지 않고 먹기만 해서 붙인 이름이었다.

자자는 잠든 그에게 달려들어 목과 얼굴을 핥았다. 그래도 일어나지 않으면 옷을 물고 흔들었다. 처음에는 녀석의 그런 짓거리가 마음에 들지 않았다. 하지만 시간이 갈수록 녀석의 장난을 기다리게 되었다. 그는 자자와 말하고 먹이를 주고 목욕시키는 일에서 즐거움을 발견했다.

이제 혼자 밥을 먹고 소설을 쓰고 산책하는 것은 남의 일이 되었다. 탈북 후 처음으로 가족이라는 감정이 생겼다. 이런 감정은 그의 마음에 생기를 불어넣었다. 생기를 얻은 마음은 다시 타인에 대한 관심으로 바뀌었다. 그는 자자의 사진을 찍어 페이스북에 포스팅했다. 사진을 본 알즈가 흰색 그레이트 페레니 사진을 올렸다.

「새 식구인가 보죠」
「길에서 만난 녀석입니다」
「너무 귀여워서 깨물어 주고 싶을 정도예요」

「알즈님도 동물 좋아하세요」
「보는 것은 즐기지만 기르는 것은 별로예요」
「저도 좋아하지 않는데, 불쌍해서 데려왔습니다」
「그런 점이 키즈님 매력이죠」
「그렇게 봐 주니 감사할 뿐입니다」

그는 미니어쳐 슈나우저 스냅사진을 띄웠다. 알즈도 화이트 포메라니안이 뛰어다니는 캡처를 올렸다.

25

다음날 아침 J출판사로부터 메일이 왔다. 메일 내용은 '대중성이 없어 독자들이 읽을지 의문이라.'는 거였다. 특히 '청소년이나 대학생, 젊은층이 읽기에는 감각이 떨어진다.'고 토를 달았다. C출판사는 'SF, 무협, 판타지, 공간이동, 추리, 호러, 기괴, 로맨스 같은 장르소설만 취급합니다.'고 짧게 썼다.

그는 탈북자가 자본주에 적응하는 내용의 소설을 보낸 적이 있었다. 주요 테마는 자본주의 세상으로 인해 주인공이 철저하게 무너진다는 것이었다. 그는 출판사에서 온 메일을 모두 삭제해 버렸다. 지난번에 K출판사와 S출판사에서 온 거절이유도 같았다.

남쪽 출판사들은 계몽성이나 도덕성보다 대중성을 우선시했다. 내용도 평범한 것보다 독특하고 선정적이고 파격적인 것을 선호했다. 그가 보기에 <블러드 서킹>은 이들의 구미에 딱 맞는 소설이었다. 주인공이 불만을 느낄 때마다 피를 먹는 설정은 매력적이었다. 그는 지금까지 쓴 소설을 한 번 쭉 훑어보았다.

역시 샐러리맨에게 주식투자를 시킨 것은 옳은 판단이었다. 단순히 상사로부터 질책을 받고 피맛을 보게 하는 것은 무리였다. 소설 파일을 닫고 바이홀넥서스를 확인해 보았다. 의외로 바이홀넥서스는 상승 흐름을 타는 중이었다. 투자한 주식이 이익을 내니까 기분이 묘해졌다. 그는 콧노래를 부르며 노트북을 껐다.

26

다음날도 바이홀넥서스는 기세 좋게 치고 올라갔다. 이 상태라면 샐러리맨이 다음 행동을 할 수 없었다. 수익을 내는 것도 좋지만, 소설을 위해서는 주식이 떨어져야 되었다. 그는 바이홀넥서스를 팔고 실적이 부진한 홀드매트리스를 샀다. 홀드매트리스는 5년간 적자를 낸 코스닥 기업이었다. 이런 기업이라면 당분간 상승은 쉽지 않았다. 주식을 바꾸어 매입했을 때 카톡 알람이 울었다. 밴드에 들어와 글을 올린 건 로스였다. 로스는 점프댄스를 하는 한스왕자 아이콘을 띄웠다.

「키즈님 안녕」

그는 일렉트로댄스 슈렉고양이를 올렸다.

「로스님 반갑습니다」

「시간 괜찮으면 피티 어때요」

「그렇지 않아도 피티가 어떤 건지 궁금했습니다.」

로스가「모레 3시 피카디리극장 앞 콜」하고 안나공주 아이콘과 하트를 쐈았다. 그는 댄스 슈렉아더왕자를 보내면서「피카디리극장 어디요」하고 물었다. 로스가 얼음궁전과 함께「영화 로그의 주인공이 만난 스팟이요. 핸드프린팅이 찍힌 보도 위」하고 대꾸했다.

그는 「스팟은 알겠는데, 로스님은 어떻게 알아보죠」하고 피오나 공주 아이콘을 날렸다. 로스가 「그날 카톡으로 풋업 할게요」하고 미소짓는 엘사공주를 보냈다. 그는 「콜. 모레 3시 피카디리극장 핸드프린팅 앞」하고 힙합 슈렉을 띄웠다. 로스가 경쾌한 밸리댄스를 하는 라푼젤과 꽃다발을 쏘았다.

「콜 핸드프린팅 위」

27

그는 핸드프린팅 옆에 서서 로스를 기다렸다. 3시가 가까워지자 행인들이 늘어났다. 많은 사람들이 핸드프린팅을 밟고 지나갔다. 그는 커피숍과 음식점, 쇼핑센터 앞을 주로 살폈다. 혹시 그쪽에서 올지도 모른다는 생각에서였다. 하지만 아무리 살펴봐도 로스 비슷한 여자는 없었다. 그는 20분만 더 기다리기로 하고 바닥에 쪼그려 앉았다. 그가 막 일어서려 할 때 카톡 알람이 울렸다.

「지금 핸드프린팅이죠. 그곳에서 동북쪽 4차선 대로를 따라 150미터 올라오세요. 그러면 휴대폰 대리점, CCTV샵, 성인용품점, 반려동물센터, 교회가 보일 거예요. 교회 왼쪽 2번째 골목으로 들어오면 3층 건물이 있고, 레드 테크도어가 나타날 거예요. 레드 테크도어가 있는 건물이 10번째 집이에요. 그 건물 안으로 들어오세요」

그는 방가방가 햐스토리 이모티콘과 하트 로고를 보냈다. 「알았어요. 동북쪽 4차선 대로로 150미터 가서 교회 왼쪽 2번째 골목, 3층 건물, 그 안쪽 10번째 집 레드 테크도어」 로스가 「맞아요」 하고 웃는 안나공주 아이콘을 쏘았다. 그는 「옷은 어떤 색깔이죠」 하고 쿵후팬더를 올렸다. 로스가 「레드 테크도어 안에서 처음 만나는 사람」 하고 막스무스 아이콘을 띄웠다. 그는 「굿」 하고 디스코슈렉 이모티콘을 날렸다.

28

그는 교회 왼쪽 2번째 골목에 서서 멍한 표정을 지었다. 낡은 집과 오래된 건물로 인해 이곳이 서울인지도 의심스러웠다. 그동안 그가 보아온 서울은 별천지처럼 눈부시고 화려한 곳이었다. 길에서 마주치는 행인도 모두 생동감이 넘치고 활기찼다. 먹고 마시고 즐기고 노는 것까지 역동적인 곳이 서울이라는 도시였다. 그런데 이렇게 좁고 후미지고 낙후된 골목이 중심가에 있다니. 그는 고개를 젓고 미로처럼 얽힌 골목으로 들어섰다. 골목은 안으로 들어갈수록 더욱 좁아졌다.

"알다가도 모르갔는 곳이 서울이구만 기래."

그는 한참을 헤맨 끝에 레드 테크도어를 찾아냈다. 레드 테크도어는 4층 건물의 지하실 입구였다. 건물은 금방이라도 무너질 것처럼 낡아 보였다. 출입구도 좁았고, 무엇보다 지하계단의 경사가 급했다. 제일 아래층은 반지하로 되어 있어서 3층 건물처럼 보였다. 그는 조심스럽게 계단을 타고 아래로 내려갔다.

테크도어를 열고 들어가자 또 하나의 문이 나타났다. 허름한 출입문에는 <도마 스크린>이란 글자와 호러 포스터가 붙어 있었다. 현재 상영 중인 영화는 <달로 간 뱀파이어>였다. 그는 묘한 기분이 되어 출입문을 밀쳤다. 문 안쪽에 있던 20대 여자가 미소를 지었다.

"키즈님 맞죠?"

"아, 로스님?"

"네, 로스예요."

"만나서 반갑습니다."

그는 로스라는 아가씨를 슬쩍 훔쳐보았다. 하얀 얼굴에 늘씬한 몸매는 연예인을 연상시켰다. 걸친 옷과 구두, 액세서리 또한 값싼 게 아니었다. 한눈에도 로스는 잘 나가는 패션피플이 틀림없었다. 상대가 미인이라는 사실에 갑자기 기분이 업되었다.

로스가 입장료를 계산하더니 홀 안으로 들어섰다. 그는 뒤쪽에 서 있다가 재빨리 쫓아갔다. 홀은 생각보다 작았고 관객도 몇 명 보이지 않았다. 좌석을 정한 로스가 스크린을 가리켰다. 스크린에서는 남녀가 키스를 나누고 있었다. 남녀는 뾰족한 송곳니로 상대의 목을 물었다. 잠시 후 두 사람의 목에서 피가 뿜어져 나왔다.

29

영화를 보고 나왔을 때는 깊은 밤이었다. 로스가 종로3가 쪽으로 가면서 물었다.

"영화가 재미없었나요?"

"아니요, 재미있었습니다."

"저는 재미없으면 어떡하나 했죠."

"요즘 뱀파이어 소설을 쓰고 있어서 더 흥미로웠습니다."

"그렇다면 다행이군요."

로스는 자신의 선택이 옳았다는 듯 팔짱을 꼈다. 그는 로스의 돌발적 행동에 놀라 큼큼거렸다. 로스가 '우리는 이미 피맛보기 가족이 아닌가요.' 하고 웃었다. 그는 생각보다 당돌한 20대 중반의 여자를 힐끗 쳐다보았다. 그의 의중을 눈치챈 것처럼 로스가 팔을 잡아끌었다. 그는 로스에게 이끌려 인근 블러드바로 들어갔다.

블러드바는 그 이름처럼 구조도 독특했다. 즉 복도가 원형처럼 되어 있고, 모든 룸은 중앙을 향해 배치되었다. 특이한 것은 룸들에 꽃 이름이 붙여져 있다는 점이었다. 로스가 예약된 것처럼 웨이터에게 사인을 주었다. 웨이터가 허리를 숙이더니 북쪽 룸으로 안내했다.

그는 로스를 따라가면서 사방을 두리번거렸다. 칵테일바지만 정작 술을 마시는 사람은 없었다. 손님들은 대부분 얼음, 음료수, 양주병을 들고 무언가를 섞고 만들었다. 웨이터가 '이곳이 로즈룸입니다.' 하고 문을 열었다. 로스가 장미꽃 의자에 좌정한 뒤 말을 꺼냈다.

"소설을 쓰는 게 재미있나요?"

"할 수 있는 게 그것뿐이어서 쓰는 겁니다. 재미보다는 몸에 배인 습관이죠."

"하긴 소설 쓰는 게 재미있다면, 밴드에 가입하지 않았겠죠."

30

블러드바는 손님이 직접 칵테일을 조합하는 카페였다. 예상은 했지만 손님이 술을 만든다는 건 좀 의외였다. 그의 반응을 본 로스가 요염한 미소를 지었다.

"북쪽에서는 상상도 못할 광경이죠?"

"고위층이라면 몰라도… 인민들은 평생 구경 한번 못합니다."

"이곳은 무엇보다 형식을 파괴해서 마음에 들어요."

그는 호기심 어린 눈으로 조합과정을 지켜보았다. 로스는 매뉴얼에 따라 드라이진 45ml, 레몬주수 20ml, 설탕 12tsp, 소다수 20ml를 세이킹했다. 세이킹 솜씨로 보아 한두 번 해 본 게 아니었다. 로스는 세이킹한 칵테일을 쉐리 글라스에 따랐다. 그런 다음 얼음 3개, 체리브랜디 15ml, 사과 1조각, 레몬 슬라이스 1장, 레드체리 1개를 얹었다.

밋밋하던 두 개의 글라스가 금방 화려한 칵테일 잔으로 바뀌었다. 그가 놀란 눈으로 바라보자 로스가 '이게 바로 싱가포르 슬링이에요.' 하고 웃었다. 그는 침을 꼴깍 삼키고 다음 차례를 기다렸다. 로스가 그 앞으로 칵테일이 채워진 글라스를 밀었다.

"아직 마시지 마세요. 마지막으로 넣을 게 있어요."

"여기에 더 넣을 게 있습니까?"

"이곳 손님들은 같은 방식으로 칵테일을 만들죠."

"여기 있는 사람들 모두가 말입니까?"

"그래서 블러드바라고 하는 거예요."

말을 마친 로스가 서빙되어 있는 커터칼을 집어 들었다. 그는 의

아한 표정으로 로스를 건너보았다. 로스가 한 치의 망설임 없이 새끼손가락 끝을 그었다. 그어진 손끝에서 붉은 피가 스르륵 솟았다. 로스가 웃으며 '이 피를 키즈님 글라스에 넣어야 돼요.' 하고 말했다. 그는 놀란 눈으로 20대 중반의 여자를 쳐다보았다. 로스가 아랑곳 않고 그의 글라스에 피를 떨어뜨렸다. 레몬색 칵테일은 피가 들어가자 검붉은 색으로 바뀌었다. 로스가 꼬리를 그리는 핏줄기를 보며 윙크했다.

"이제 키즈님 차례예요."

그는 잠시 머뭇거리다가 커터칼을 집어 들었다. 그런 다음 눈을 질끈 감고 손끝을 그었다. 짜릿한 통증과 함께 붉은 피가 흘러나왔다. 로스가 어서 떨어뜨리라는 듯이 쳐다보았다. 그는 로스의 글라스에 대여섯 방울을 떨어뜨렸다. 피가 녹아드는 것을 본 로스가 글라스를 집어 들었다.

"자유로운 삶을 위하여."

31

한창 소설을 쓰고 있을 때 카톡이 들어왔다. 즉시 카톡을 열고 안으로 들어갔다. 페르니다 파른카자스 캐리커쳐를 올린 건 알즈였다.

「로스님과 ORI피티 재미있었나요」

그는 스쿠비 두 동작 스머프 이모티콘을 띄웠다.

「ORI피티가 뭐죠」

「전투태세검열 피티예요」

「아 네, 신선했습니다」

「피티가 색달라서 조금 놀랐을 거예요」

「다른 멤버들도 비슷하게 합니까」

「피티 스타일은 모두 달라요. 각기 다른 삶을 살고, 다른 꿈을 꾸고, 다른 스트레스를 받는 것처럼요」

그는 왁킹댄스 슈렉 이모티콘을 보내고 카톡을 나왔다. 스마트폰을 충전하고 있는데 알람이 울렸다. 카톡에 라푼젤 아이콘과 하트를 올린 건 로스였다.

「치어풀한 피티였어요」

그는 오색 마시멜로 픽토그램과 장미 로고를 쏘았다.

「특별한 경험이었습니다」

「그랬다면 다행이군요. 저만 즐거운 줄 알았는데」

「그럴 리가요. 저도 새로운 경험이었습니다」

「밴드에 새 가족이 들어왔어요. 닉네임은 키토예요. 특기는 핫블러드 먹기고요」

그는 푸른 머리 아이온 이모티콘을 풋업했다.

「이런 여학생인가 보죠」

로스가 수줍어하는 라푼젤 아이콘을 올렸다.

「순진하게 생겼어요」

「키토님도 만나야 되는 건가요」

「키즈님 컨디션에 따르는 거죠」

「새로운 만남은 언제나 즐겁죠」

로스가 크럼핑댄스 라푼젤 아이콘을 띄우고 나갔다. 그는 HTS창을 연 다음 주식시세를 체크해 보았다. 예상외로 주식은 25%나 수익을 내는 중이었다. 곧바로 홀드매트리스를 팔고 1000원 대의 미코렉터를 샀다.

32

샐러리맨이 타깃을 물색하는 장면까지 쓰고 노트북을 덮었다. 실제로 경험하지 않아서 계속 쓰기가 어려웠다. 문제는 생생한 체험과 리얼한 경험이었다. 그는 책상머리에서 일어나 베란다로 다가갔다. 베란다에서 키우는 관엽수와 화초들이 누렇게 변해 있었다. 문득 물을 준지 2주일이 지났다는 생각이 들었다. 호스를 틀고 물을 흠뻑 뿌려 주었다. 물을 다 주었을 때 가랑이 사이로 무언가 빠져나갔다. 그는 깜짝 놀라 한쪽 옆으로 비켜섰다. 가랑이 사이로 지나간 것은 자자였다.

"네레 여게서 무슨 짓을 한 거이가?"

그의 질책을 듣고 자자가 눈을 껌뻑거렸다. 이상한 생각이 들어 새둥지를 살펴보았다. 예상대로 목을 물어뜯긴 피전 새끼가 보였다.

"내레 새끼를 죽이믄 안 된다고 그랬지비?"

자자는 눈만 껌뻑거릴 뿐 꼼짝도 하지 않았다. 그는 싸늘하게 식은 피전을 들고 밖으로 나갔다. 하나 남은 새끼마저 죽었다고 생각하니 입맛이 썼다. 피전이 행복을 가져왔다고 기뻐한 게 엊그제였다. 그런데 두 마리 모두 목이 물려 죽었다. 하나는 그가 물었고, 또 하나는 자자가 물어 죽였다. 그는 피전을 화단에 묻고 십자가를 꽂아 주었다. 자신의 잘못을 아는지 자자는 식탁 밑에 엎드려 있었다.

"네레 오늘 저녁은 없다. 알간?"

 문제는 자자가 아니라 어미 피전이었다. 해가 지기를 기다려 둥지로 가 보았다. 예상대로 어미 피전의 모습은 보이지 않았다. 그는 몇 달 동안 열어 놓았던 아웃도어를 쾅 닫았다.

33

 다음날 오후 자자를 데리고 산책에 나섰다. 피전의 죽음을 슬퍼하고 있어 봐야 소용이 없었다. 어차피 자자도 야생적 본능을 드러낸 것이 아닌가. 거리로 나서자 자자가 신이 나서 뛰어다녔다. 그는 이리저리 쏘다니는 자자에게 주의를 주었다.

 "멀리 가지 말라우."

 아무리 경고를 해도 자자는 제멋대로 돌아다녔다. 그는 어쩔 수 없다는 생각을 하며 벤치에 누웠다. 어느새 따뜻한 봄이 가고 무더워지는 초여름이었다. 시간은 속절없이 가는 데 모든 게 꽉 막혀 있었다. 연초에 보낸 소설 3편 중 2편이 퇴짜를 맞았고, 나머지는 검토 중이었다. 이 '검토 중' 이란 말은 듣기 좋으라고 하는 표현이었다.

 그는 길게 한숨을 내쉬고 눈을 감았다. 머리가 아플 때는 눈을 붙이는 게 상책이었다. 설핏 잠들었을 때 무언가가 다리를 툭 건드렸다. 그는 실눈을 뜨고 벤치 아래쪽을 내려다보았다. 놀랍게도 자자가 병아리를 입에 물고 있었다.

 "네레 그거이 메이야?"

 그가 소리치자 자자가 뒤로 물러섰다.

"병아리레 당장 놓아 주지 못 하간?"

그는 벤치에서 벌떡 일어나 팔을 휘둘렀다. 그제야 자자가 병아리를 놓아 주었다. 노란색 병아리가 땅바닥에 툭, 하고 떨어졌다. 그는 자자의 턱을 응시하다가 손가락에 피를 묻혔다. 그리고 입으로 가져가 조심스럽게 맛을 보았다. 병아리의 피맛은 약간 비릿하면서도 씁쓰레했다. 그는 병아리를 죽인 자자를 물끄러미 바라보았다. 순간 자자가 꼬리를 흔들더니 컹, 짖고 뛰어갔다.

34

그는 서둘러 집으로 돌아와 노트북을 부팅시켰다. 그런 다음 병아리의 피맛을 느낀 그대로 기술했다. 피맛을 본 뒤 쓰는 글이라서 실감이 났다. <선택된 인간>이나 <북한의 운전병>, <JSA를 뛰다>를 쓸 때도 이처럼 흥분하지 않았다.

그는 기분을 가라앉힌 뒤 샐러리맨에게 새 임무를 주었다. 즉 샐러리맨에게 산 닭을 주고 목을 자르게 만들었다. 그 상황에서 칼과 낫, 도끼 중 무엇이 좋을지 고민했다. 그러나 이내 이빨로 물어뜯는 것으로 설정했다. 이 장면에서 샐러리맨은 생명체를 죽이는 스릴을 느끼게 되었다. 그는 옆에 앉아 있는 자자의 머리를 쓰다듬었다.

"모든 거이 네 덕이다. 알간?"

그는 노트북을 덮고 찬물을 찾아 들이켰다. 글이 잘 써지자 몸이 날아갈 것처럼 가벼웠다. 거실을 흥얼거리며 걷고 있을 때 스마트폰이 울었다.

"이 시간에 뉘기야?"

그에게 연락을 할 사람은 그리 많지 않았다. 탈북 동료나 하나원 동기, 담당 경찰, 교회 목사, 성당 신부 정도였다. 소설을 쓸 때는 아예 휴대폰 전원을 꺼 놓았다. 그걸 안 사람들이 이제는 안부전화도 걸지 않았다. 그는 목청을 가다듬고 슬라이스를 밀었다. 전화를 건 사람은 의외로 남조의 동생 남애였다. 그는 반가운 나머지 소리를 버럭 질렀다.

"남애가 전화를 다 걸고 어쩐 일이야?"

"좋지 않은 닐 때문에 전화했씨요."

"좋지 않은 일?"

"네."

"뭔데?"

"남조 오라바니가 여중생을 성폭행했씨요."

"남조가 여중생을? 그게 정말이야?"

"사실이야요. 어제 퇴근하다가 일을 저질렀씨요."

"남조는 지금 어디 있어?"

"성폭행을 하고 곧바로 사라졌씨요."

"아무래도 이상하다?"

"머이가요?"

"남조가 성폭행을 했다니까."

"정말이라니까디요."

"아무래도⋯ 우리 직접 만나서 얘기해야 할 것 같다."

"내레 오라바니 동네로 갈까요?"

"그래, 내일 이쪽으로 와."

"그럼 내일 오전 중으로 가갔씨요."

"응, 기다리고 있을 게."

그는 통화를 끝낸 뒤 한동안 멍하니 서 있었다. 남조가 사고를 쳤다면 보통 일이 아니었다. 남조는 얼마 전 '남조선에서 사는 거이 너무나 재미없다.'고 문자를 보냈다. 며칠 후에는 '자본주의에 적응하는 기 억시기 힘들다.'고 고충을 털어놓았다. 남조에 의하면 '남조선은 자유가 돈에 의해 철저히 통제된 사회라.'는 것이었다.

남조는 2년 전에 휴전선 철책을 넘어 탈북한 고향 친구였다. 남쪽으로 내려와 자유를 맘껏 누리며 행복하게 살기 위해서였다. 그처럼 남조도 총알 몇 방을 맞고 남쪽으로 내려왔다. 하지만 총알이 팔과 다리를 스치는 정도의 상처만 입었다. 남조가 쉽게 철책을 넘은 건 고도로 훈련된 경보병여단 출신이기 때문이었다.

35

남애는 일찌감치 약속장소인 24시편의점에 나와 있었다. 그는 핫식스 2개와 펫푸드궁 베지칩스를 들고 다가갔다. 야외 테이블에 앉아 있던 남애가 다짜고짜 '경찰이 남조 오라바니를 찾고 있씨요. 담당형사가 와서리 소지품을 몽땅 챙겨갔씨요.' 하고 말했다. 그는 핫식스와 베지칩스 세트를 테이블 위에 내려놓았다.

담당형사가 남조를 찾는다면 큰일이었다. 탈북자는 본래 근거리를 이동해도 당국에 신고해야 되었다. 단순히 옆 동네에 가거나 친구를 만나는 것은 괜찮았다. 하지만 국내여행이나 국외로 나갈 때는 당국에 신고를 하는 게 규칙이었다. 그도 탈북 5년차까지 사전에 신고를 하고 돌아다녔다. 남애가 바짝 다가앉으며 울상을 지었다.

"이 일을 어찌하믄 좋갔씨요?"

"남조가 정말 여중생을 성폭행한 거야?"

"기렇다니까요."

"어떻게 했는데?"

"퇴근하다가 여학생을 빈집으로 끌고 가서리… 옷을 홀랑 벗기고 가슴을 물었씨요."

"가슴을 물어?"

"네."

그는 강하게 고개를 저었다.

"아마 남조가 한 짓은 성폭행이 아닐 거야."

"그게 성폭행이 아니믄 뭐라는 말이야요?"

"그냥 단순한… 기분풀이일 거야."

"여학생한테 피해를 입힌 건 맞지 않습네까."

"맞긴 맞지. 하지만 그건 스트레스를 푼 행동일 뿐이야."

"스트레스라니요?"

"남쪽에 적응하지 못해서 저지른… 돌발적 행동일 거라는 얘기지."

남애는 알 수 없다는 표정을 지었다.

36

그는 남애를 만나고 돌아와서 서둘러 소설을 썼다. 고민을 하던 차에 남조의 행동은 자극제가 되었다. 그는 샐러리맨을 퇴근시키다가 여학생을 납치하게 만들었다. 그런 다음 여학생의 가슴을 짐승처럼 물어뜯게 했다. 샐러리맨이 폭력적이 된 것은 상사에게 욕을 먹었기 때문이었다. 막상 가슴을 물어뜯는 장면에서 글이 나가지 않았다.

 아무리 설명하고 묘사를 해도 사실성이 떨어졌다. 역시 직접 해보지 않고 쓴다는 것은 무리였다. 그는 누구를 실험대상으로 삼을 것인지 생각해 보았다. 그때 머릿속을 스쳐가는 여중생이 하나 있었다. 그것은 늑대의 사과 멤버 보츠였다. 그는 머리를 툭 치고, 보츠의 카톡에 쿵푸팬더 아이콘과 하트 로고를 올렸다.

「보츠, 안녕. 피티 시간 있는 거야」

 20분 후 보츠가 방아찧는 래빗 이모티콘을 보냈다.

「콜. 언제 할까요」

 그는 장미꽃다발과 하트세트를 띄웠다.

「내일 방과 후」

「빙과 후 콜」

「굿」

 보츠가 차를 운전하는 래빗을 올렸다.

「난 차 없는 사람하고 피티 안 해요」

 그는 낡은 젠트라CDX 포토몬을 쏘았다.

「차는 있는데 별로야」

「그건 상관없어요. 차만 있으면 되니까. 또 한 가지. 섹티 no, 피티 yes」

「나도 섹티는 별로야」

「그럼 내일 오후 6시 Y역 앞 오키」

그는 「오키」 하고 몽키팬더 이모티콘과 눈꽃하트를 날렸다.

37

그는 Y역 앞에 젠트라CDX를 세워 놓고 보츠를 기다렸다. 오후 6시가 되자 학생들이 쏟아져 나왔다. 아이들은 참새처럼 조잘거리며 떼를 지어 다녔다. 어떤 아이는 노점상으로 가고, 어떤 아이는 학원으로 향했다. 일단의 애들은 시내버스를 향해 뛰었다.

갑자기 풋풋한 아이들을 보니까 식욕이 돋았다. 즉시 파베초콜릿을 꺼내 베어 물었다. 달콤한 맛이 혀끝을 거쳐 목구멍을 자극했다. 초콜릿을 먹으며 보츠가 어떤 애인지 상상해 봤다. 그 나이에 피맛보기 멤버라면 문제아일 게 틀림없었다. 파베초콜릿을 3개 먹었을 때 가방을 멘 아이가 다가왔다.

"아저씨가 키즈예요?"

"맞아, 내가 키즈야."

"보츠가 좀 늦는다고 그랬어요."

그는 '알았어.' 하고 초콜릿을 내밀었다. 여중생이 '나 파베초콜릿 안 먹어요.' 하고 홱 돌아섰다. 보츠를 기다리며 초콜릿 5개나 먹어 치웠다. 단내로 머리가 지근거릴 때 여중생이 들어왔다. 그는 생각보다 어린 여중생을 빤히 쳐다보았다.

"네가 보츠야?"

"아저씨가 키즈?"

"맞아."

"생각보단 젊네."

보츠가 가방을 벗어 뒷좌석으로 휙 던졌다. 그는 차를 출발시키면서 어눌하게 물었다.

"어디로 갈까?"

"한강이 보이는 숲으로."

"왜 한강이 보이는 숲이지?"

"거기가 제일 안전하니까."

그는 운전을 하면서 '너 몇 학년이지?' 하고 물었다. 보츠가 '이학년.' 하고 코를 찡그렸다.

38

그는 한강이 보이는 숲가에 젠트라CDX를 세웠다. 보츠가 차안을 훑어보더니 톡 쏘아붙였다.

"믹스베지칩스랑 핫식스더킹러쉬레드 가져왔어?"

"믹스베지칩스가 떨어져서 컬러푸드베지칩스하고 수미칩허니머스타드를 구해왔어."

"네오초코롤케익하고 티카칩스파타고니아는?"

그는 가방에서 케익과 캔, 칩을 꺼냈다.

"핫식스더킹러쉬레드하고 티카칩스파타고니아 구하느라고 좀 고생했어."

"믹스베지칩스가 없어서 찝찝하지만, 핫식스더킹러쉬레드하고 수미칩허니머스타드를 가져왔으니까 봐 줄게."

그는 과자를 아작아작 깨물어 먹는 보츠를 쳐다봤다. 중학교 2학년 치고는 체구가 작았다. 왜소한 몸에 후드 집업재킷을 걸쳐서 더

작아 보였다. 보츠는 그의 시선 따위는 아랑곳 않고 과자와 음료수를 먹었다. 날씨가 추워서 보츠의 팔에 오톨도톨 소름이 돋았다. 그는 손을 뻗어 집업재킷 앞섶을 여며 주었다. 먹기를 마친 보츠가 생각난 것처럼 물었다.

"씨피엘 주사기 구해왔어?"

"여기 가져왔어."

그는 1cc 25g용 주사기 세트를 꺼냈다. 보츠가 주사기를 잡아채더니 포장을 뜯었다.

"우리집에도 있지만 이게 더 낫네."

"주사기는 무엇에 쓸 거지?"

"이걸로 아저씨 피를 뽑을 거야."

"내 피를?"

보츠가 놀랐느냐는 듯이 빤히 쳐다보았다. 그는 당황한 기색을 감추고 어깨를 폈다.

"아, 아니… 그냥 좀 어색해서."

보츠가 주사기에 니들을 꽂고 명령조로 말했다.

"팔을 걷어."

39

보츠는 그의 팔에서 1cc 25g 정도의 피를 뽑았다. 뽑는 솜씨로 보아 한두 번 해 본 게 아니었다. 보츠가 알코올거즈를 내밀며 '눌러.' 하고 말했다. 그는 주사자국에 거즈를 대고 눌렀다. 보츠가 주사기에서 니들을 제거하고 입으로 가져갔다. 그는 팔을 문지르다 말고 물끄러미 쳐다보았다. 보츠가 주사기를 끝을 입에 물고 쪽 빨았다. 주사기 안에 있던 피가 순식간에 입속으로 들어갔다. 피를 다 마신 보츠가 '맛이 새콤하네.' 하고 웃었다. 그는 눈을 동그랗게 뜨고 물었다.

"이게 네 피티야?"

"뭐가 이상해?"

"아니 그냥… 이런 피티는 처음이라서."

"곧 익숙해질 거야."

"피맛은 이상하지 않아?"

"약간 새콤달콤했어."

"이렇게… 피를 먹는 게… 좋아?"

"피를 마시면 마음이 편해져. 학교에서 받은 스트레스도 싹 날아가 버리고."

보츠의 손등에 빨간 피가 실처럼 자국을 남겼다. 그는 아무렇지 않게 말하는 보츠를 멍하니 쳐다보았다. 보츠가 핫식스더킹러쉬로 입가심을 한 뒤 물었다.

"아저씨 소설을 쓴다면서?"

"탈북자 소설을 몇 편 썼어."

"요즘에 그런 소설을 누가 읽어."

"그래서 뱀파이어 소설을 쓰는 중이야."

"아무튼 피맛보기 멤버가 된 거 환영해."

"난 아무것도 몰라, 잘 부탁해."

"이제 아저씨 차례야."

보츠가 말을 마치고 주사기를 가방에 넣었다. 그는 잠시 멈칫거리다가 말했다.

"내 피티는 좀 달라."

"어떻게 할 건데?"

"네 살을 깨물 거야."

"어디를?"

"가슴."

"아저씬 순진한 바보 같아."

"내가 그렇게 보여?"

"눈빛이 맑은 게 꼭 아기토끼 같아. 그래도 그게 마음에 들었어."

"난 세게 물 거야. 괜찮겠지?"

보츠가 대답 대신 집업재킷과 블라우스를 벗었다. 이내 블라우스 사이로 뽀얀 젖가슴이 드러났다. 여물지 않은 가슴이 반토막 복숭아처럼 보였다. 보츠가 봉긋한 가슴을 앞으로 쑥 내밀었다.

"깨물어 봐."

그는 젖가슴을 응시하다가 천천히 입을 가져갔다. 입술과 혀에 젤리 같이 말랑한 게 느껴졌다. 그는 한 차례 호흡을 가다듬고 지그시 깨물었다.

40

그는 이빨에 느껴지던 감촉을 되새기며 소설을 썼다. 실제로 경험하고 쓰니까 장면이 생생히 살아났다. 남조도 떨리는 마음으로 여학생의 젖가슴을 물었을 거라는 생각이 들었다. 허락을 받았는데도 흥분이 되니 남조는 더욱 긴장했을 게 틀림없었다. 그는 긴장과 흥분이 오가던 순간을 떠올리면서 세세히 묘사했다.

보츠의 피맛은 약간 짭조름하면서도 상큼했다. 알즈의 피에서는 부드러운 신맛이 난 반면, 보츠는 강한 알칼리성이었다. 한창 피를 빨고 있을 때 보츠의 심장이 쿵쿵 뛰었다. 그 소리는 더 큰 흥분을 불러일으켰다. 그가 젖가슴에서 입을 떼자 보츠가 물었다.

'내 피맛 어때?'

그는 음료수로 입가심하고 대답했다.

'달콤하면서도 상큼했어.'

보츠가 코를 찡긋거리더니 말했다.

'아저씨 피도 맛있었어.'

그는 젖가슴에 난 자국을 보고 또 다시 흥분했다. 하트형 이빨자국은 더 물어달라고 말하는 것 같았다. 그는 보츠의 가슴에 키스하고 머리를 들었다. 보츠가 귀여운 표정으로 종알거렸다.

'젖을 먹고 싶으면 먹어.'

'그래도 돼?'

그는 바보 같은 표정을 지으며 물었다. 보츠가 '피맛도 보았는데 그게 대수야?' 하고 웃었다. 보츠의 봉긋한 가슴 쪽으로 머리를 숙였다. 보츠가 엄마처럼 머리를 끌어다가 젖가슴에 댔다. 그는 말랑한 젖에 입을 대고 아기처럼 빨았다.

41

소설의 중간부분까지 썼을 때 알람이 울었다. 밴드에 래빗 이모티콘을 올린 건 보츠였다.

「안녕, 스트레스가 확 풀리는 피티였어」

그는 춤추는 피오나공주 아이콘과 하트를 보냈다.

「나도 막혔던 게 뚫렸어」

「다음에는 EXS 될 때까지 해」

「EXS가 뭐지」

「익조스티드. 기진맥진할 때까지 하는 피티」

「익조스티드 콜」

그와 보츠의 대화를 보고 미치가 끼어들었다.

「저하고는 언제쯤 할 수 있을까요? 하루가 급해요」

미치에 이어 페시와 피라, 스네도 들어왔다. 먼저 페시가 양파 이모티콘과 키스 로고를 올렸다.

「저는 17세고 고딩이에요. 나하고 하면 특별할 거예요」

피라도 날개 달린 뱀파이어 아이콘을 띄웠다.

「저는 29살, 제 피티는 특별해요. 고라님의 초이스를 기다립니다」

피라에 이어 스네도 블랙배트 캐리커처를 올렸다.

「저는 27세고 숲속에 살아요. 낮에는 잠을 자고 밤에만 움직여요」

그는 네 사람에게 슈렉 이모티콘과 붉은 하트를 날렸다.

「미치, 페시, 피라, 스네님 반갑습니다. 곧 신청하겠습니다」

미치가 울상인 포춘텔러를 띄웠다.

「저는 막다른 골목에 빠졌어요. 피티만이 나를 구할 수 있죠. 키즈님의 빠른 초이스를 기다립니다」

그는 미치에게 붉은 하트 이모티콘을 보냈다.

「그럼 먼저 미치님께 신청하겠습니다. 언제가 좋을까요」

미치가 얼라이브댄스 포춘텔러와 꽃다발을 붙였다.

「화목토만 빼고는 언제든 좋아요」

「오늘이 금요일. 다음 주 월요일 굿」

「월요일 굿. 중간에 타임과 스팟을 잡기로 해요」

페시가 끼어들어 푸른 양파 이모티콘을 쏘았다.

「저는 그 다음 주에 콜」

그는 페시에게 고개 끄덕 한스토리를 보냈다.

「네, 그 다음 주 콜」

피라와 스네도 다음 주와 그 다음 주에 피티를 가지면 좋다고 하트를 띄웠다. 그는 네 사람에게 각각 피티 날짜를 잡아 주었다.

42

그가 웹사이트를 여기저기 뒤지고 있을 때 여동생 소이가 왔다. 소이는 그가 탈북한 직후 뒤따라 남쪽으로 내려왔다. 소이가 쉽게 내려올 수 있었던 건 인민군 대좌로 있는 아버지 덕분이었다. 아버지는 자신의 모든 것을 희생하면서 하나뿐인 딸을 남쪽으로 내려보냈다. 자유와 희망이 넘치는 땅에서 꿈을 이루고 행복하게 살라고. 아버지의 말대로 소이는 자신의 꿈을 위해 최선을 다했다.

소이는 탈북하자마자 북한 말투와 습성을 바꾸고 경쟁사회에 뛰어들었다. 소이가 남쪽에 와서 한 일은 온갖 아르바이트였다. 24시간편의점, PC방카운터, 가전제품판촉원, 카페테리아종업원, 댓글포스팅어, 스트릿내레이터, 팸플릿배포원, 여행사보조원 등등. 그렇게 아르바이트를 전전하다가 탈북자 사장과 눈이 맞아 결혼했다. 이제 소이는 동남아를 코스로 하는 여행사의 랜드레이디가 되었다. 그는 소이에게 무슨 일로 왔느냐고 물었다. 소이가 밤비노를 내려놓으며 짧게 대답했다.

"유럽 여행코스 답사."

그는 털 없는 고양이를 경계의 시선으로 보았다. 소이가 밤비노를 쓰다듬으며 눈을 흘겼다.

"얘 이상한 동물 아니야."

그 말을 듣고 밤비노가 냐옹, 하고 울었다. 소이가 밤비노를 키우기 시작한 게 5년이 넘었다. 그는 흉측한 동물을 왜 키우느냐고 말렸지만, 소이는 온갖 애정을 쏟아 부었다. 그는 할 수 없이 동생의 독특한 취미를 인정해 주었다.

밤비노는 먼치킨고양이와 스핑크스고양이의 교배종이었다. 이름을 밤비노라고 붙인 건 아기고양이처럼 생겨서였다. 이티처럼 생긴 밤비노도 장점은 있었다. 그것은 환경에 잘 적응하고 인간 친화적이라는 거였다. 다만 다른 동물과의 관계는 적대적이었다.

예상대로 자자를 발견한 밤비노가 날카롭게 울었다. 자자도 같이 목털과 이빨을 세우고 으르렁거렸다. 불리함을 느낀 밤비노가 테이블 위로 뛰어 올라갔다. 자가가 테이블 주변을 빙빙 돌며 적대감을 드러냈다. 소이가 이빨과 털을 세운 자자를 째려보았다.

"애는 언제부터 키운 거야?"

"산책을 나갔다가 데려왔어."

"오빠는 동물 안 좋아하잖아?"

"그랬지. 하지만 요즘 부쩍 호감이 들기 시작했어."

"그래서 집나온 강아지를 데려온 거야?"

"얘 집나온 게 아냐. 버려진 거지."

"그게 그거지? 뭐."

"아무튼 강아지가 있어서 활기가 돌아."

소이가 욕실로 들어가면서 중얼거렸다.

"치카는 씻는 걸 좋아하니까, 자주 목욕시켜 줘야 돼. 먹이도 청결하게 해서 주고."

"이애 이름이 치카야?"

"왜, 이상해?"

"이름보다 생긴 게 이상해서."

"암튼 애 나를 보는 것처럼 사랑해 줘야 돼."

43

커피를 마시던 소이가 '출판사에서 연락이 왔느냐.'고 물었다. 그는 '연락은 왔지만 거절 메일뿐이라.'고 대답했다. 그 말을 들은 소이가 인상을 찌푸렸다.

"좀 파격적으로 써 봐. 남쪽 사람들이 놀라서 기절할 정도로."

그는 소파에서 일어나 주방으로 갔다.

"그렇지 않아도 주인공을 뱀파이어로 했어. 스트레스를 받으면 피를 빨아먹는 인간으로."

"진작 그렇게 쓸 것이지."

"그것도 고민 끝에 내린 결정이야."

"지금도 늦지 않았으니까 주인공을 더 잔인하게 만들어. 단순히 목을 물고 피를 먹는 게 아니라, 잔혹하게 죽이고 찢고 발기고 해체해야 한다는 거지. 일본소설을 봐. 그 사람들 이젠 인간을 잡아먹다 못해 짐승처럼 난도질하고 있어."

그는 커피를 한 잔 더 타 가지고 돌아왔다.

"이번 소설은 출판사에서 군침을 흘릴지도 몰라. 내가 보기에도 꽤 잔인하거든."

"어련하시겠어?"

"정말이야. 이번엔 기대해도 좋아."

커피를 다 마신 소이가 소파에서 일어섰다.

"요즘 같은 세상에 누가 소설을 읽어. 만화도 보지 않는 판인데."

"그건 그래."

"하여간 오빠는 너무 순진한 게 탈이야."

"내가 순진하다면, 남조는 팔푼이도 못 되는 거야."

"맞다, 그 오빠 요새 뭐하고 지내?"

"하나원에서 소개해 준 공장에 다니는데, 적응이 안 돼서 힘든 것 같아."

"탈북한 지 몇 년 안 됐으니 죽을 맛이겠지. 다른 사람보다 심한 북한 사투리도 문제고."

"얼마 전에 여중생을 건드렸는데, 어떻게 됐는지 모르겠어."

"여중생을 건드려? 그 오빠 정말 큰일이다."

"지금 경찰에 쫓기고 있는 것 같아."

"경찰에 쫓기면 이미 끝난 거야."

"남회귀선으로 내려왔다고 좋아하더니 걱정이야."

"여기가 남회귀선이라면 북한은 북회귀선이야?"

"그렇다고 봐야겠지."

"하긴 지구상에 남은 단 하나뿐인 분단국가니까."

"그건 그렇고… 유럽에 가면 언제 돌아올 거야?"

"신규 코스를 잡는 대로 귀국할 거야. 시간이 좀 걸릴지도 몰라."

"일도 좋지만 건강 잘 챙겨."

"내 걱정 말고 오빠나 신경 써."

"나는 끄떡없어. 소설이 안 풀려서 문제지."

소이가 현관 쪽으로 가면서 말했다.

"두 달치 생활비 입금했으니까 아껴 써."

"알았어."

44

갑자기 주식시황이 궁금해져서 HTS창을 열었다. 떨어질 거라는 생각과 달리 미코렉터는 30%나 뛰어올랐다. 돈을 따는 것도 좋지만, 돈을 잃어야 샐러리맨이 갈등 속으로 빠져들 수 있었다. 샐러리맨이 갈등에서 빠져나오면 소설은 끝난 것이나 마찬가지였다. 지체 없이 미코렉터를 팔고 유니드코리아에 매수주문을 냈다.

유니드코리아는 4년간 적자를 기록한 코스닥 기업이었다. 부채비율도 800%를 넘어 1000%을 향해 가는 중이었다. 게다가 주가수익비율(PER)은 −0.66, 자기자본이익율(ROE)은 −60%, 주당순이익(EPS)은 −1200원이었다. 그는 유니드코리아 차트를 보면서 비긋이 웃었다. 이제야말로 샐러리맨이 직장과 사회로부터 소외되는 상황이 왔다.

주식이 체결되는 것을 확인하고 HTS를 껐다. 샐러리맨이 사람의 피를 먹으려면 주식이 떨어져야 했다. 주변 사람들도 하나둘 떠나가는 게 좋았다. 순간 그는 기발한 생각을 떠올리고 쾌재를 불렀다. 그건 다름이 아니라 샐러리맨에게 여자를 붙여 주는 거였다.

사랑하는 여자마저 떠난다면 샐러리맨의 정신세계가 허물어질 게 분명했다. 그는 즉시 미모의 여성을 파트너로 설정해 넣었다. 문제는 사랑을 해 보지 않은 샐러리맨의 감정을 어떻게 표현하느냐였다. 그는 몇 초간 고민에 빠져 있다가 엄지손가락을 탁 통겼다. 주변에서 맴도는 여자가 한 명 생각났기 때문이었다.

45

저녁을 먹고 알즈의 카톡에 러브 아이콘을 쏘아 보냈다. 「우리 사랑 한번 해 볼까요」 한 시간 후 알즈로부터 빅 보스ENT가 날아왔다. 「저는 사랑 같은 거 안 믿어요」 그는 「사랑은 믿는 게 아니라 찾는 겁니다」 하고 검치고 디에고 아이콘을 띄웠다. 알즈가 「이 시대에 사랑 같은 게 존재할까요」 하고 카즈미 커스터마이즈 일러스트를 날렸다. 그는 잠시 생각하다가 페이스북 메신저 채팅 신청을 했다. 잠시 후 알즈가 페이스북 메신저창으로 들어왔다.
「키즈님은 정말 사랑이 있다고 생각하나요」
「그럼요. 사랑이 너무 많아서 문젭니다」
「그런데 나한테는 왜 사랑이 안 보이는 거죠」
「그건 마음의 문을 닫아서 그런 거예요. 문을 활짝 열어 보세요」
「사랑이 문으로 들어오는 거라면 얼마나 좋아요. 내가 아는 사랑은 오는 게 아니라 만드는 게 됐어요. 현대인은 조건에 맞지 않으면 사랑을 하지 않거든요. 이익이 없으면 사랑의 감정도 만들지 않고요. 또 필요를 사랑으로 착각하고 있죠. 그렇지 않나요」
「사랑은 조건이나 필요에 의해 생기고 일어나죠. 하지만 아무런 목적 없이 다가오는 사랑도 있어요」
「키즈님은 그걸 믿는 건가요. 목적 없이 다가오는 사랑을요」
「분명히 제게는 사랑이 찾아왔어요. 푸른 봄과 함께」
「사랑이 찾아왔다면 다행이지만, 상대가 무언가를 요구하면 어떡하죠」
「그럼 사랑을 먼저 하고, 그 다음에 해결책을 찾아야죠」
그의 대꾸에 알즈는 한동안 반응이 없었다.

46

막 채팅을 마쳤을 때 카톡 알람이 울었다. 카톡으로 문자를 보낸 건 남애였다.
「남조 오라바니가 또 범행을 저질렀씨요. 이번에는 고등학생을 성추행하고 사라졌씨요」
 그는 눈껌뻑 햔스토리 이모티콘을 보냈다.
「남조한테서 문자나 전화가 온 건 없었지」
 남애가 고개를 흔드는 요조 이모티콘을 띄웠다.
「나한테는 연락을 안 할 거야. 표기 오라바니라면 몰라도」
「하긴 연락이 올 때가 지났다고 생각했어. 남조가 그런 일을 벌일 때는 항상 나한테 얘기했거든」
「남조 오라바니한테서 연락이 오믄 알려 주시라요」
「당연히 그래야지. 하지만 남조가 뉴스에 나올까 봐 걱정이다」
「이미 방송에선 희대의 성추행범이 나타났다고 야단이야. 경찰도 수배를 내렸고요」
「벌써 수배를 내렸어」
「이번 피해자는 국회의원 딸이래요. 그래서 더 난리를 치고 있씨요」
「남조가 왜 그러는지 알 수가 없다」
「암튼 남조 오라바니한테서 연락이 오문 타일러 보시라요. 자수하라고 말이야요」
「내 말을 들을지 모르겠지만 노력은 해 볼게」
 남애는 걱정스런 말을 몇 마디 더 올렸다. 그는 남애와 카톡을 끝내고 남조에게 문자를 보냈다. 「시간이 된다면 한번 만나자. 네게 도움이 될지도 몰라. 표기」 밤늦게까지 기다렸지만 남조는 답을 하지 않았다.

47

다음날 아침 일찍 카톡을 신청한 건 알즈였다. 알즈는 카톡창에 쌜쭉 스베누 아이콘을 띄웠다. 「우리 사랑보다 피티를 즐기기로 해요」 그는 귀 쫑긋 슈렉통키 아이콘과 하트 로고를 보냈다. 「하긴 피티도 사랑의 일종이죠. 서로 마음이 통해서 하는 거니까요」 알즈가 지팡이를 짚은 코스튬 아이콘을 올렸다.

「그런 의미에서 번개피티 콜」

그는 마법사 럼펠스틸스킨을 날렸다.

「네, 번개피티 콜」

「다른 멤버들하고는 언제 잡혀 있죠」

「다음 주는 미치하고 피라예요」

「그럼 됐네요. 오늘 저녁 7시 명동성당 굿」

「굿. 오후 7시 명동성당」

알즈가 클라크 아이작 아이콘을 올리고 나갔다. 갑자기 잡힌 피티지만 거북하지 않았다. 그것은 알즈가 <늑대의 사과>를 소개해 준 사람이기 때문이기도 했다. 그뿐이 아니었다. 지금 쓰고 있는 <블러드 서킹>의 중심에 알즈가 있었다. 그는 길게 자란 머리를 깎고 덥수룩한 수염도 밀었다. 소설을 쓸 때는 금기지만 이번에는 룰을 깨트렸다.

48

알즈가 그를 데려간 곳은 40층짜리 케이브빌딩이었다. 케이브빌딩은 특이한 게 한두 가지가 아니었다. 건물 입구와 복도, 홀, 룸까지 모두 동굴 구조였다. 동굴은 미로처럼 끝도 없이 이어지고 갈라지고 꺾이고 굽이쳤다. 천정에는 박쥐 모양의 오색 SED조명등이 매달려 있었다. 그는 박쥐 조명등이 줄줄이 달린 동굴을 따라 걸었다.

"이곳을 찾는 사람들은 어떤 부류입니까?"

"박쥐를 숭배하는 사람들이라고 할 수 있죠."

"그럼 배트클럽?"

"맞아요."

"그래서 건물 내부를 천연동굴 형태로 만든 거군요. 조명등도 박쥐 모양이고요."

"분위기가 좀 이상해도 꽤 자유로운 곳이에요."

그가 멀뚱한 표정을 짓자 알즈가 가면을 꺼냈다. 가면은 박쥐 모양에 늑대 일러스트가 그려진 것이었다. 알즈가 늑대가면을 건네주면서 눈짓을 했다.

"이걸 얼굴에 쓰세요."

"꼭 이걸 써야 합니까?"

"배트클럽이니까요."

그는 늑대가 그려진 박쥐가면을 꾹 눌러 썼다. 정면에 눈구멍과 콧구멍이 뚫려 불편하지 않았다. 알즈가 앵무새박쥐가면을 쓰고 '어서 가죠. 조금 늦었거든요.' 하고 앞장섰다. 그는 될 테면 돼라, 하는 심경으로 알즈를 따라갔다. 알즈가 수많은 동굴을 돌아 널찍한 홀로 들어섰다. 대형 홀에서 박쥐가면들이 파티를 즐기고 있었다.

남자들은 블랙슈트 차림이고 여자들은 컬러드레스를 우아하게 걸쳤다. 알즈가 그들 쪽으로 다가가자 독수리박쥐가면이 손을 들었다. 독수리박쥐가면과 알즈가 가볍게 포옹한 뒤 귓속말로 대화를 나누었다. 그가 쭈뼛거리고 있자 알즈가 '허즈.' 라고 소개했다. 독수리박쥐가면이 반갑다는 듯이 손을 내밀었다.
　"배트클럽에 오신 걸 환영합니다."
　그는 얼떨결에 독수리박쥐가면의 우람한 손을 잡았다. 모든 면으로 보아 독수리박쥐가면은 모임의 리더 같았다. 큰 키에 건장한 체구는 프로레슬러를 연상시켰다. 알즈가 라운드테이블에 놓여 있는 글라스를 건네주었다. 글라스를 채운 술은 보드카가 들어간 블루라군이었다. 그는 블루 라군을 한 모금 마셨다. 회원들은 모두 행동과 모션, 제스처로 의사소통을 했다. 그뿐이 아니었다. 그들은 핑거와 바디, 표정으로 말하고 표현하고 즐겼다. 그가 멍하니 서 있자 알즈가 다가와 속삭였다.
　"마음에 드는 암컷박쥐를 골라 보세요."
　그는 조금은 놀란 표정으로 물었다.
　"아무나 고르면 됩니까?"
　"제스처나 미소로 호감을 표시해 보세요. 마음에 들면 응할 겁니다."
　그는 홀에 가득 찬 남녀 박쥐가면들을 둘러보았다.

49

　그의 시선을 끄는 암컷박쥐는 고양이눈이었다. 무엇보다 박쥐가면에 고양이눈을 표현한 위트가 돋보였다. 표정, 모션, 제스처도 다른 박쥐가면들보다 귀여웠다. 흰 피부에 레드 피즈리본원피스는 늘씬한 몸매를 더 매력적으로 만들었다. 그는 고양이박쥐가면 쪽으로 다가가 코스모폴리탄을 권했다. 고양이박쥐가면이 기다렸다는 듯 글라스를 받았다.

그는 제스처로 고양이박쥐가면과 대화를 나누었다. 고양이박쥐가면에 의하면 현재 27세이고 웹 북스토어로 일하고 있다. 결혼은 하지 않았고 친구와 함께 파티에 참석했다. 고양이박쥐가면은 계속 모션과 제스처로 규칙을 알려 주었다. 배트클럽에는 남편이나 애인, 친구를 데려올 수 있다. 그들은 파티에 참석하는 순간 모두 프리드먼이 된다. 여기서는 퇴장하는 것도 자유고 파트너를 바꾸는 것도 자유다.

클럽멤버는 이곳에 들어선 순간 자신을 잊고 즐긴다. 클럽을 나가는 순간 과거를 잊고 현실로 돌아간다. 새로 만난 파트너에 대해서는 아무것도 묻지 않는다. 상대가 아무리 마음에 들어도 연락처를 주거나 애프터를 신청하지 않는다. 끝으로 그녀는 작은 소리로 속삭였다. '늑대박쥐가면님 만나서 기쁩니다.' 그도 작은 소리로 대답했다. '고양이박쥐가면님 파트너로 받아 줘서 고맙습니다.'

그녀는 제스처를 하다가 가끔씩 바디를 터치했다. 그 또한 그녀에게 가벼운 스킨십을 시도했다. 파티가 무르익을 무렵 박쥐가면들이 짝을 지어 사라졌다. 그 모습을 본 그녀가 슈트를 잡아끌었다. 그는 그녀에게 이끌려 동굴룸으로 들어갔다.

50

그는 그녀의 리드에 따라 린넨슈트를 벗었다. 고양이박쥐가면도 레드 피즈리본원피스를 벗고 알몸이 되었다. 그녀의 몸은 늘씬했고 가슴은 서양인처럼 탐스러웠다. 또한 잘록한 허리와 큰 엉덩이는 아라비아여인을 연상시켰다. 침대에 올라가서도 그녀는 가면을 벗지 않았다. 그도 가면을 쓴 상태로 섹스에 들어갔다.

고양이박쥐가면이 기다렸다는 듯 바디페팅을 시작했다. 그도 그녀의 잘록한 허리와 풍만한 가슴을 커레스했다. 그녀가 모든 느낌과 감각을 받아들이려는 것처럼 몸을 열었다. 그도 그녀의 소프트한 페팅에 몸과 정신을 맡겼다. 한동안 그와 그녀는 손과 발, 입, 혀를 사용해 커레스와 페팅을 나누었다. 잠시 후 그녀가 내지르는 신음이 격렬해졌다. 그 순간 100% 발기된 페니스를 힘 있게 찔러 넣었다.

페니스가 들어가자 그녀가 갑자기 울음을 터트렸다. 그녀의 울음소리는 교접이 진행될수록 점점 더 커졌다. 오르가슴에 이르렀을 때 '늑대박쥐가면님과 섹스를 하는 게 기뻐서 우는 거예요.' 하고 속삭였다. 그는 그녀의 울음소리가 절정의 순간에 터지는 희열이라고 생각했다. 그의 생각처럼 그녀는 섹스를 하는 내내 짐승처럼 울었다.

섹스가 끝나자 그녀가 무릎을 꿇고 그의 몸을 닦았다. 그 모습은 '이제부터 당신의 시종이 되겠어요.' 라는 듯한 태도였다. 그는 그녀의 정성스런 서비스를 받은 뒤 2차를 시도했다. 고양이박쥐가면은 2차에서도 단말마처럼 울음을 터트렸다. 섹스가 끝났을 때 그녀가

'당신을 사랑하게 될지도 몰라요.' 하고 중얼거렸다.

51

그가 없는 사이 자자와 치카가 전쟁을 벌였다. 자자는 콧등과 뺨, 몸통을 물렸다. 치카는 목과 배, 다리에 깊은 상처를 입었다. 그가 나타나자 두 동거자는 더욱 격렬하게 상대를 물고 할퀴었다. 그대로 놔 둔다면 어느 쪽이든 치명상을 입을 게 뻔했다. 어쩔 수 없이 자자의 목에 리드줄을 걸고 식탁다리에 묶었다.

치카는 건넌방에 넣고 패브릭소파로 입구를 막았다. 자자는 리드줄에 묶이는 동시에 양처럼 온순해졌다. 반면 치카는 날카로운 소리를 내며 울었다. 그는 치카의 방으로 들어가 몸과 머리를 쓰다듬었다. 그럼에도 치카는 울음을 멈추지 않았다. 치카를 안고 달래다가 상처부위를 살펴보았다. 문득 고양의 피맛은 어떨까, 하는 생각이 들었다.

한 차례 입맛을 다시고 치카의 상처에 혀를 댔다. 순간 비릿하면서도 씁쓰름한 맛이 혀끝을 통해 전해졌다. 치카의 피맛은 새끼 피전의 것과는 조금 달랐다. 새끼 피전이 강한 산성이라면 치카는 약한 산성이었다. 치카는 치료해 주는 것인 줄 알고 지그시 눈을 감았다. 그 틈을 이용해 재빨리 상처에 이빨을 박았다.

순간 치카가 비명을 지르며 품에서 뛰어내렸다. 그는 혀끝에 남아 있는 치카의 피맛을 음미해 보았다. 역시 치카의 피맛은 비릿하면서도 씁쓰름했다. 한창 피맛을 음미할 때 자자가 컹컹 짖었다. 그는 꼬리를 흔드는 자자에게 속삭였다.

"네레 내 흉내를 내믄 안 된다이."

52

한창 컴퓨터 웹서핑을 하고 있을 때 알람이 울렸다. 알람 소리를 낸 건 웹뉴스창이었다. 스마트폰을 열고 뉴스창에 올라온 글을 읽었다. 뉴스창에는 <샐러리맨, 도시를 탈출해 자연으로 돌아가다>라는 글이 포스팅되어 있었다. 도시에서 사라진 샐러리맨은 네이라는 40대 남자였다. 네이는 돌연 회사에 사표를 내고 산속으로 들어갔다.

입산 전 네이는 기행과 난행으로 일관했다. <60일간 익히지 않은 음식 먹기>, <80일간 에너지 없이 지내기>, <100일간 차를 타지 않고 다니기> <120일간 두끼만 먹기 지내기> , <150일간 씻지 않고 버티기>, <200일간 타인과 경쟁하지 않기>, <300일간 자유에서 벗어나기> 등이었다. 네이는 산업사회가 만든 문화적 혜택을 모두 거부했다. 네이의 삶을 취재한 매스컴들이 흥분해서 떠들어댔다.

'현대인, 드디어 호모에렉투스로 돌아가다.'
'호모사피엔스, 드디어 경쟁에서 풀려나다.'
'인간, 드디어 자본주의 사회에서 해방되다.'
'자본주의자, 드디어 진정한 자유를 찾다.'

산으로 들어간 네이는 자본주의 시스템을 모두 버렸다. 심지어는 옷, 신발, 식료품, 도구, 휴대폰, 컴퓨터, 텔레비전까지 포기했다. 매스컴이 보는 네이는 <정상인의 비정상적 일탈>의 전형이었다. 매스컴의 일방적 시각을 한 블로거가 반발하고 나섰다. 30대 블로거는 '경쟁사회가 인간을 도시에서 도망치게 만든다.'고 썼다.

한 누리꾼은 '현대인의 정신상태가 이미 폭발 직전이며, 그걸 현대사회가 이해하지 못한다.'고 울분을 토했다. 수많은 글 중 고교생이 올린 것이 눈길을 끌었다. 고교생은 '현대인의 반사회성은 호모에렉투스 때부터 생성된 것이다. 그때 형성된 반사회성이 경쟁사회, 소비사회, 욕망사회로 인해 꽃을 피우게 되었을 뿐이다.'고 썼다. 자신을 모바일족이라고 밝힌 유저는 다음과 같은 글을 올렸다.

'인간이 인간을 상대로 범죄를 저지르는 건, 오직 인간이 만든 소사이어티로 인해서다. 인간이 자연으로부터 독립하기 위해 만든 제도와 규칙이 이제 인간의 목을 조르고 있다. 경쟁과 속도와 집단적 이기에 내몰린 인간은 이성은 물론이고 본성까지 잃어버렸다. 현대인인 우리는 인간이 만든 도시 속에서 천천히 짐승이 되어 가고 있다.'

한 종편에서는 <백 투 더 네이처> 라는 프로를 만들어 자연인들을 소개했다. 불행하게도 모든 자연인들은 문화적 혜택을 거부하지 않은 채 살고 있었다. 그들이 문화적 혜택을 거부하지 않는 건 자연 속에서 살아남을 수 없어서였다. 그는 자연인들의 이러한 행위를 소비와 경쟁과 탐욕에 물든 습성 때문이라고 결론지었다.

53

소설 속에서 샐러리맨은 17세 소녀를 성폭행했다. 이 장면은 남조의 범행에서 모티브를 얻었다. 샐러리맨은 퇴근하다가 예쁘게 생긴 여고생을 따라갔다. 여고생은 아무런 경계심 없이 집으로 향했다. 샐러리맨은 으슥한 골목에서 나이프를 꺼냈다.

'내 말을 들으면 아무 일도 벌어지지 않을 것이다. 하지만 소리를 지르면 너를 죽일 수밖에 없다.'

여고생은 샐러리맨의 협박대로 빈 교회건물로 따라갔다. 교회로 들어간 샐러리맨은 여고생을 앉혀 놓고 말했다.

'네 피를 맛보고 싶을 뿐이야. 성폭행 같은 건 추호도 생각 없어.'

여고생은 떨면서도 차분하게 물었다.

'어떻게 피맛을 볼 건데요?'

샐러리맨은 부드러운 톤으로 다독였다.

'치마를 벗고 팬티를 내려. 네 허벅지 피맛을 보고 싶으니까.'

여고생은 블레이저를 벗고 치마와 팬티도 제거했다. 샐러리맨은 팬티가 벗겨지자 무릎을 꿇었다. 잠시 기도하는 것처럼 앉아 있던 샐러리맨은 허벅지를 물었다. 여고생은 고통을 참으며 손으로 국부를 가렸다. 샐러리맨은 국부 따위는 관심없다는 듯 턱에 힘을 주었다. 여고생은 샐러리맨의 목적이 성폭행이 아니라는 걸 알고 안심했다.

문제는 피를 빨던 샐러리맨의 돌발적 행동이었다. 여고생은 샐러리맨이 흥분하지 않도록 터지는 신음을 눌러 참았다. 그렇지만 솟구쳐 나오는 신음은 어쩔 수가 없었다. 결국 샐러리맨과 여고생은 뒤엉켜 쓰러졌다. 그 상황에서도 샐러리맨은 허벅지에서 입을 떼지 않았다. 한동안 피를 빨던 샐러리맨이 상체를 일으켰다.

'네 피맛은 달콤하고 새콤했어. 너는 아팠겠지만 나는 대만족이야.'

여고생은 남자가 정상이 아닌 게 고마울 뿐이었다.
'더 먹고 싶으면 계속 하세요.'
샐러리맨은 그 말을 듣고 미소를 지었다.

54

샐러리맨이 피를 먹는 장면까지 썼지만 좋지 않았다. 그는 잠시 고민한 뒤 실제로 피맛을 봐야겠다고 생각했다. 그렇지 않으면 남쪽 출판사를 감동시킬 수가 없었다. 문득 밴드멤버 중 여고생이 있다는 걸 떠올렸다. 소설을 쓰는데 밴드멤버가 이토록 도움이 될 줄이야. 그는 곧바로 페시에게 레서펜더 아이콘을 띄웠다.

「페시, 이틀 후 피티 콜」

글을 올린 지 한 시간만에 양파 이모티콘이 날아왔다.

「콜, 어디서 만날까요. 전 학생이니까 늦은 시간이 좋아요. 토요일이나 일요일이면 더 좋고요」

그는 활짝 웃는 타이그리스 아이콘과 하트를 보냈다.

「토요일 밤 6시 H대 앞 굿」

페시가 룰루랄라 양파 이모티콘과 장미꽃을 쏘았다.

「굿, H대가 우리학교 부근인 걸 어떻게 알았어요. 스팟으로는 최고예요」

「그럼 스팟은 H대 앞 롯데시네마야. 오키」

「오키, 롯데시네마」

그는 페시와 카톡을 마친 뒤 이메일을 열었다. 이메일 안에는 많은 글들이 들어와 있었다. 그중 K출판사와 J사, M사의 리플이 유독 눈에 거슬렸다. K출판사는 '귀하의 소설을 검토해 보았지만 출판할 수 없다는 결론에 도달했습니다. 죄송합니다.'고 간단히 썼다.

J출판사는 '더 좋은 소설로 인연을 맺었으면 합니다.' 하고 정중히 거절했다. M출판사는 '우리는 시의성과 대중성을 동시에 갖춘 글을 찾고 있습니다. 선생님의 소설은 너무나 교육적이고, 도덕적이고, 계몽적입니다.'고 토를 달았다. 그는 출판사들이 보낸 메일을 모두 지워 버렸다.

55

롯데시네마 앞에 서 있을 때 누군가 툭 건드렸다. 그는 멍하니 있다가 깜짝 놀라서 돌아섰다. 팔을 친 건 스키니진에 화이트셔츠를 입은 여자애였다. 한눈에도 피티 상대인 페시라는 걸 알 수 있었다. 그는 반가운 나머지 포옹 자세를 취하고 다가갔다. 페시가 선뜻 팔을 벌려 받아 주면서 해맑게 웃었다. 페시는 17살답지 않게 성숙한 이미지를 풍겼다. 얼굴은 갸름한 편이지만 몸매는 탐스러울 정도로 볼륨감이 넘쳤다. 그는 다시 한번 페시의 탄탄한 몸을 끌어당겨 안았다.

"페시 맞지?"

"키즈님?"

"오케이."

"매너가 북한 출신 같지 않네요."

"페시도 고딩 같지 않은데."

"잘 먹고 잘 지내니까요."

"어디로 갈 거지?"

페시가 홱 돌아서더니 걸어갔다.

"따라오세요."

그는 멍하니 서 있다가 재빨리 따라나섰다. 페시는 보험회사 빌딩을 지나 왼쪽 골목으로 접어들었다. 보험회사 골목이지만 막상 50층이 넘는 빌딩들이 빽빽했다. 페시는 그 빌딩들 중 6번째 건물로 들어섰다. 얼핏 보아도 빌딩은 45층 정도는 되는 것 같았다. 로비를 지나자 곧바로 수많은 스마트룸이 나타났다.

룸들은 제각기 특징을 가지고 있었다. 어떤 룸은 투명유리처럼 안이 훤히 들여다보였다. 어떤 룸은 벽전체가 OLED 스크린으로 되어 있었다. 또 다른 룸은 알 수 없는 기하학적 기호로 도배되었다. 앞서 가던 페시가 '재미있는 빌딩이죠?' 하고 웃었다. 그는 '조금은 흥미로운데.' 하고 중얼거렸다. 페시가 엘리베이터 안으로 들어서며 물었다.

"커플시네마라고 들어 봤어요?"

"커플시네마라면 영화관 아니야."

"이 빌딩 커플시네마는 물론이고 미팅룸, 키스룸, 리스닝인룸, 러브다운룸, 헤어룸, 폰팅룸, 레시피룸, 게임룸, 헬스룸, 슬리피룸, 섹티룸 같은 것들이 있어요. 한 마디로 종합 스마트룸 빌딩이죠."

그는 엘리베이터 벽을 반사적으로 돌아봤다. 페시의 말대로 벽과 천정은 온통 모니터 광고였다. 그 중 러브다운룸과 섹티룸, 키스룸이 시선을 끌었다. 빠르게 올라가던 엘리베이터가 35층에서 멈췄다. 페시가 엘리베이터에서 내려 긴 회랑을 걸어갔다.

회랑을 몇 개 돌아가자 아담한 스테이션이 나타났다. 스테이션도 모두 모니터 광고로 번쩍였다. 페시를 본 20대 매니저가 정중히 허리를 숙였다. 많은 커플들이 차지를 계산하고 스마트키를 받았다. 페시가 스마트워치로 입장료를 내면서 말했다.

"렛 미 인 주세요."

56

커플시네마룸은 특이하게 설계된 미니 영화관이었다. 널찍한 룸에는 소파겸용 베드와 테이블, 샤워부스, 미니홈바, 피팅룸이 있었다. 스마트 프로젝터, 휘는 OLED 스크린, 톨보이 스피커, 3D 홈시어터도 보였다. 한 마디로 말해 시네마룸은 미니 방송국 수준이었다. 페시가 가져온 시디를 스마트 프로젝터에 넣었다. 잠시 후 영화 시그널이 뜨고 대형 화면이 나타났다. 페시가 OLED 스크린을 응시하면서 물었다.

"렛 미 인은 봤겠죠?"

그는 뒷머리를 긁적거리며 대답했다.

"몇 년 전에 본 기억이 있어."

페시가 프로젝터 음량을 맞췄다.

"열두 살 소년과 뱀파이어 소녀의 우정을 그린 영화인데, 원작자가 욘 아이비데 린드크비스트라는 작가예요."

"감독이 토마스 알프레드슨이고, 주연은 카레 헤레브란트하고 리나 레안데르손이 맡았을 거야."

"잘 아네요."

"나도 뱀파이어 영화는 좋아하니까."

"하긴 북한도 이젠 닫힌 나라가 아니죠."

"아무리 닫아도 모바일까지 막을 순 없거든."

페시가 메고 온 가방을 침대에 내려놓았다.

"영화보다는 피티가 중요하니까, 슬슬 시작하죠."

"피티는 어떤 방식으로 하는 거지?"

페시가 가방에서 실물 같은 드라큘라 이빨을 꺼냈다. 그가 놀란 눈으로 쳐다보자 페시가 이빨을 끼웠다. 드라큘라 이빨은 끝이 빨갛게 코팅되어 있었다. 언뜻 보면 금방 피를 빨아먹은 것 같았다. 페시가 위아래 이빨을 딱딱 부딪치면서 말했다.

"나는 혀와 입술을 맛볼 거예요. 키즈님은 어디를 맛보고 싶죠?"

"나는 허벅지 맛을 보고 싶어."

그의 말을 들은 페시가 투명부스를 가리켰다.

"먼저 샤워부터 하세요."

"알았어."

그는 통유리로 된 사각부스 안으로 들어갔다. 부스에는 모든 게 갖추어져 있었다. 욕조, 거울, 타월, 샴프, 비누, 칫솔, 면도기, 콘돔, 그레이스젤 등등. 그는 먼저 이를 닦고 면도를 한 뒤 몸을 씻었다. 그가 샤워를 하는 동안 페시는 피티를 준비했다. 손놀림으로 보아 한두 번 해 본 솜씨가 아니었다. 페시는 테이블에 드라큘라 이빨, 티슈, 솜, 소독약 등을 늘어놓았다. 그리고는 걸친 옷을 모두 벗고 침대에 누웠다.

57

   15도 휜 OLED 스크린에서 귀엽게 생긴 소녀가 피를 빨고 있었다. 20대 청년은 소녀에게 목을 물린 채 황홀경에 빠져들었다. 소녀는 청년의 숨이 끊어지기 직전까지 피를 빨았다. 페시가 스크린을 힐끗 쳐다보더니 상체를 숙였다. '우리도 피티를 시작하죠.' 그는 OLED 스크린을 응시하고 있다가 똑바로 누웠다.
   뾰족한 드라큘라 이빨이 얼굴 쪽으로 다가왔다. 드라큘라 이빨에서 달콤한 향기가 풍겼다. 그 향은 들이켜면 들이켤수록 감미로웠다. 그가 코를 벌름거리자 페시가 '가만히 있어요.' 하고 속삭였다. 그는 눈을 감고 페시의 다음 행동을 기다렸다. 페시가 드라큘라 이빨로 입술을 가볍게 깨물었다. 입술 끝부분에서 날카로운 통증이 일었다.
   잠시 후 페시가 입술을 벌리고 혀를 밀어 넣었다. 그는 입안으로 들어온 혀를 조심스럽게 빨았다. 페시도 그의 혀를 감싸듯이 하고 커레스했다. 그는 페시의 혀를 빨면서 묘한 쾌감에 사로잡혔다. 그건 페시도 마찬가지인 것 같았다. 페시가 가는 신음과 함께 부르르 떨었다. 그는 더 강하게 페시의 혀를 빨았다.
   페시가 그의 혀를 입속으로 끌어들여 살짝 물었다. 처음에는 커레스하듯 물다가 점차 힘을 주었다. 혀끝에서 형용할 수 없는 통증이 일었다. 통증과 함께 피가 빨려 나가는 느낌이 들었다. 페시는 드라큘라 이빨을 깊이 꽂은 채 피를 빨았다. 그는 몸부림을 치다가 페시의 이빨에 몸을 맡겼다. 이내 피가 쭉 빨려 나가면서 온몸이 나른해졌다.

58

 노트북을 열고 피티하던 상황을 자세히 기술했다. 17살답지 않게 페시는 공격적이었다. 그도 페시의 도발적인 행동에 맞춰 몸을 움직였다. 처음부터 그와 페시는 급소를 물며 흥분했다. 남자의 피를 맛본 페시는 금방 달아올랐다. 그는 보물을 만지는 것처럼 페시의 나신을 더듬었다. 17세 소녀지만 가슴과 엉덩이, 허벅지는 탐스러웠다.

 부드러운 피부와 눈부신 속살은 흥분을 고조시키고도 남았다. 페시가 '빨리 피맛을 보세요.' 하고 중얼거렸다. 그는 잠시 망설이다가 눈이 부시도록 하얀 허벅지에 입술을 가져갔다. 페시가 '조금 더 위쪽으로요.' 하고 속삭였다. 그는 페시가 원하는 곳으로 이빨을 가져갔다. 페시가 마음 놓고 하라는 듯 한쪽 다리를 들었다.

 스크린에서는 클로이 모레츠가 피를 빨고 있었다. 피를 빨리는 남자의 신음이 방안을 가득 메웠다. 그는 신음소리를 들으며 페시의 허벅지에 이빨을 박았다. 순간 페시가 움찔했으나, 이내 다리를 벌리면서 길게 폈다. 그는 음모가 뺨에 닿는 것을 느끼며 피를 빨았다. 이빨 사이로 짭조름한 액체가 흘러들었다.

 잠시 후 페시의 입에서 묘한 신음이 터졌다. 신음은 고통의 순간 내는 소리가 아니었다. 그것은 절정의 카타르시스를 느낄 때 솟는 신음이었다. 그는 신음이 커질수록 집요하게 달라붙었다. 페시의 신음소리와 함께 격렬한 떨림이 느껴졌다. 온몸에 느껴지는 떨림은 또 다른 흥분을 불러왔다. 그것은 새로운 세상으로 들어선 느낌, 바로 그것이었다.

59

점심을 먹은 뒤 HTS창을 열고 주가를 확인해 보았다. 이제야말로 샐러리맨의 심경이 된다고 생각하면서 화면을 똑바로 응시했다. 순간 그는 깜짝 놀라 눈을 동그랗게 떴다. 며칠 사이에 유니드코리아가 관리대상으로 분류되어 있었다. 더욱 놀라운 사실은 유니드코리아가 상장폐지절차를 밟고 있다는 것이었다.

그는 눈을 비비고 다시 한번 HTS화면을 들여다보았다. 아무리 확인해도 관리대상이 된 것은 틀림없었다. 그는 놀라움을 넘어 충격에 휩싸였다. 원금 5000만원 중 절반이 날아가 버린 것이다. 곧바로 웹서핑을 해 관리대상이 된 경위를 알아보았다.

유니드코리아는 오피써가 55억원(자기자본 25.4%)을 횡령해 일차 타격을 입었다. 이차로 국민은행, 산업은행, 외환은행으로부터 원리금(원금 48억원, 이자 3억6000만원)을 갚으라고 독촉을 받았다. 원리금 상환을 위해 유니드코리아 CEO와 디렉터가 동분서주했다. 그러나 이미 회사 경영이 적자로 돌아선 상황이었다.

엎친 데 덮친 격으로 제3자배정 유상증자도 이루어지지 않았다. 위험을 감지한 매니지먼트가 사방으로 뛰었지만 역부족이었다. 이에 한국거래소 코스닥시장본부는 상장폐지 사유가 발생했다고 공고했다. 유니드코리아는 그날부터 사흘간 하한가를 기록한 후 거래가 정지되었다.

한국증권거래소 코스닥시장본부에 따르면 '부채비율이 2000%를 넘어섰고 유보율마저도 −1000%에 이르러 회생이 불가능하다.'는 거였다. 또한 오피써의 거액 횡령은 상장폐지에 결정적이었다고 덧붙였다. 감사에 참가한 감사인마저도 '유니드코리아의 존속능력을 그 어디에서도 확인할 수 없다.'고 못을 박았다.

그는 HTS창을 닫고 냉수를 연거푸 들이켰다. 아무리 소설을 쓰기 위해서지만 이것은 아니었다.

60

다음날 그는 아침도 거른 채 밖으로 나섰다. 공원은 푸르게 물들어 있었지만 마음은 무거웠다. 주식으로 자본금의 절반을 날린 것은 뜻밖이었다. 공원을 세 바퀴 돌았는데도 우울한 마음은 가시지 않았다. 솔직히 말해 우울한 것이 아니라 절망적 심경이었다. 샐러리맨이 주식에서 손해를 보고 느낀 감정이 바로 이거였다.

소설을 쓰기 위해선 유니드코리아가 상장폐지되는 게 바람직했다. 다만 투자금의 반을 잃고 보니 감정의 분화가 일었다. 한쪽으로는 잘 되었다는 생각과 다른 쪽으로는 기분 나쁘다는 감정이었다. 자본주의와 사회주의가 다른 점이 바로 이것이었다. 자신이 가진 돈을 한순간의 실수로 모두 잃어버릴 수 있다는 것.

그는 벤치에 누워 뒤척거리다가 술집으로 향했다. 아무래도 술을 마시지 않고는 견디기가 어려웠다. 이른 저녁이어서 술집에는 손님이 별로 없었다. 서너 명의 노동자와 연인 한쌍이 손님의 전부였다. 그는 소주 두 병과 후라이드치킨 한 마리를 주문했다. 여주인은 소주를 가져다 놓은 뒤 주방으로 들어갔다.

주인이 사라지자마자 병째로 소주를 들이켰다. 빈속에 소주를 마셨는데도 취기가 오르지 않았다. 샐러맨도 이런 기분이었을 거라는 생각이 들자 쓴웃음이 솟았다. 그는 후라이드치킨이 나오기 전에 소주 두 병을 비웠다. 알코올이 전신에 퍼지자 비로소 마음이 느긋해졌다.

61

치킨집을 나섰을 때는 깊은 밤이었다. 문제는 투명하도록 맑은 정신이었다. 소주를 다섯 병이나 마셨음에도 정신은 멀쩡했다. '젠장 술을 들이부어두 취기가 오르디 않는구만.' 그는 입맛을 쩍쩍 다시고 밤거리를 둘러보았다. 술집과 식당, 노래방, 불가마, 게임장은 여전히 북적거렸다. 남한은 역시 자본과 쾌락이 흘러넘치는 나라였다. 많은 사람들이 먹고 마시고 즐기기 위해 떼로 몰려다녔다.

그는 사람들을 보다가 히죽 웃고 말았다. 자신도 그들과 별로 다르지 않다는 생각이 들었기 때문이다. 그는 취기를 쫓아내기 위해 계단에 주저앉았다. 계단에 엉덩이를 붙였을 때 나뒹구는 팸플릿이 보였다. 컬러로 인쇄된 팸플릿은 광고문구로 어지러웠다.

24시 불고기집, 오후 1시-6시까지 30%할인. 25시 노래방, 3시간에 3만원 음료수 무한서빙. 일식집, 기본 5만원 무한대 고기제공. 먹자집, 24시간영업 안주 무한제공. 치즈등갈비, 기본 4만원 고기 무한제공. 모텔, 2인 1실 물침대 대료 1만 5천원. 안마시술소, 1시간 2만원 무한서비스. 나이트클럽, 기본안주 매치될 때까지 부킹주선. 실내포장마차, 먼저 입장하는 손님 안주 우대. 철야교회, 내가 하늘문을 열고 너희에게 복을 쌓을 곳이 없도록 붓지 아니하나 보라.

그는 마지막 팸플릿을 보고 피식 웃었다. 교회마저 유흥업소처럼 광고에 혈안이 되어 있어서였다. 그는 팸플릿들을 북북 찢어서 허공에 던졌다. 자본주의 인간들은 남의 돈을 빼앗기 위해 혈안이었다. 자본주의자는 단 한 명도 남을 위해서 자신을 희생시키지 않았다. 자본주의 하나님까지 사람을 끌어들이기 위해 난리니 말할 필요가 없었다. 그가 입맛을 다시고 있을 때 누군가 말을 걸었다.

"아저씨 심심하면 같이 놀아 줄까?"

그에게 말을 붙인 건 여중생 두 명이었다.

"나하고 놀아 준다고? 어떻게?"

"노는 방식은 잘 알잖아."

단발머리가 바짝 다가섰다.

"피자 두 판 값만 줘."

"도대체 나하고 논다는 게 뭐야?"

"남녀가 무얼 하고 놀겠어?"

"배고프면 이거라도 먹어."

그는 치킨봉투를 쑥 내밀었다.

"그게 뭐야?"

"먹다 남은 치킨이야."

짧은치마가 봉투를 홱 잡아챘다.

"이건 잘 먹을게. 하지만 우린 캐시가 필요해."

"캐시? 현금 말이야?"

"훔치는 것보단 낫잖아."

그는 여자애들을 빤히 쏘아보았다.

"훔치는 게 더 나을지 몰라. 어른하고 노는 것보단."

짧은치마가 치킨조각을 입에 넣었다.

"어때? 같이 놀지 않을래?"

"난 어린애들하고 놀지 않아."

단발머리가 그를 훑어보았다.

"이 아저씨 보기보단 순진한 것 같은데."

"정말 그런 것 같다."

"잡아먹지 않을 테니까 따라와."

"이것들이 정말?"

그는 화가 난 척 소리쳤다. 짧은치마가 옆구리를 꾹 찔렀다.

"거 봐, 호기심이 당기면서."

"호기심? 내가 그런 것 같아?"

"얼굴에 호기심이라고 써 있는데, 뭘."

여자애들이 재미있다는 듯이 깔깔거렸다. 그는 게슴츠레한 눈으로 여자애들을 쳐다보았다. 짧은치마가 손가락을 까딱 하고 돌아섰다.

"따라와."

62

그는 여자애들을 쫓아가면서 고개를 흔들었다. 애들은 분명히 건전하지 않은데 묘하게 끌렸다. 솔직히 말하면 화풀이할 대상을 만난 기분이었다. 어쩌면 잘 된 건지 모른다고 생각하면서 걸었다. 앞장서서 가던 짧은치마가 쓱 돌아보았다. 그는 짧은치마를 향해 히죽 웃어 주었다. 짧은치마가 안심된다는 듯 걸음을 재촉했다.

좁은 골목을 따라 한참을 가자 공원이 나타났다. 밤이 깊어서 그런지 공원은 적막감마저 들었다. 공원 안으로 들어선 짧은치마가 벤치를 가리켰다. '여기가 좋겠다.' 그는 CCTV 사각지대에 있는 벤치를 힐끗 쳐다보았다. 아이들 눈치를 보아 이런 일을 한두 번 한 게 아니었다. 더구나 벤치는 키 큰 관목 사이에 있어서 아늑하기까지 했다.

"너희들 정말 나하고 놀자는 거야?"

"그럼 장난치러 온 거 같아?"

"내가 어떻게 중딩하고 놀아."

"노는 데 나이가 따로 있어?"

단발머리가 씹던 껌을 퉤 뱉었다.

"잡아먹지 않을 테니까 걱정 마."

"누가 잡아먹힐까 봐 그래?"

"그럼 왜 꽁무니를 빼고 그래."

"하는 짓이 이상해서 그렇지."

"잔말 말고 여기 앉아."

두 여자애가 어깨를 잡고 찍어 눌렀다. 그는 여자애들의 힘에 밀려 주저앉았다.

"이거 너무 우격다짐 아니야?"

"이 아저씨 생각보다 겁이 많네."

"힘으로 하니까 그러는 거지."

"지금부터 조용히 해."

단발머리가 그의 포켓에서 지폐 서너 장을 뽑았다. 짧은치마가 지폐를 확인하더니 눈짓을 했다.

"벤치에 누워."

"무얼 하려고 그래?"

"남자들 입으로 해 주는 거 좋아지?"

"입이라니?"

"오럴 말이야."

말을 마친 짧은치마가 그의 상체를 밀었다. 그가 버둥거렸지만 두 명을 당해낼 수가 없었다. 결국 그는 바지를 벗기고 페니스를 노출시켰다. 짧은치마가 달려들어 페니스를 입에 넣었다. 입속으로 들어간 페니스가 순식간에 발기되었다. 그는 본능적으로 짧은치마의 목을 손으로 움켜잡았다. 짧은치마는 개의치 않고 입과 혀를 놀렸다. 그는 짧은치마의 머리를 들어올리고 목을 졸랐다. 짧은치마가 캑캑거리며 숨을 몰아쉬었다. 단발머리가 무어라고 소리쳤지만 들리지 않았다.

63

한번 목을 조르기 시작하자 멈출 수가 없었다. 옆에 서 있던 단발머리가 몽둥이를 들고 내리쳤다. 순간 뒤통수에서 불이 번쩍, 하고 일었다. 단발머리가 재차 몽둥이로 후려쳤다. 그럼에도 그는 목을 조르는 것을 멈추지 않았다. 아니 멈출 수가 없었다. 짧은치마가 눈을 까뒤집으며 바닥에 뒹굴었다.

"주미야, 정신 차려! 주미야."

단발머리가 필사적으로 짧은치마를 흔들었다. 아무리 흔들어도 짧은치마는 일어나지 않았다.

"살려 내. 이 나쁜 놈아!"

단발머리가 몽둥이를 집어 들더니 마구 휘둘렀다. 그는 날뛰는 단발머리를 향해 주먹을 날렸다. 주먹을 얼굴에 맞은 단발머리가 푹 고꾸라졌다. 그는 단발머리의 몸에 올라타서 목을 졸랐다.

"너희 같은 에미나이들은 죽어두 싸다."

단발머리가 밑에 깔린 채 사지를 버둥거렸다. 손끝에서 여자애의 발악적인 움직임이 느껴졌다. 그는 정신없이 단발머리의 목을 졸랐다.

"뒈지라우. 팍 뒈지라우."

잠시 후 단발머리가 사지를 축 늘어뜨렸다. 그는 땅바닥에 쓰러진 단발머리의 맥을 짚어 보았다. 맥이 없는 것으로 보아 숨이 끊어진 게 틀림없었다. 그 순간 형언할 수 없는 쾌감이 일었다. 죽이는 쾌감은 피를 먹는 것보다 더 짜릿하고 황홀했다. 그는 '기러니까 내레 그냥 가라구 그랬지비.' 하고 중얼거렸다. 그때 멀리서 달려오는 구둣발 소리가 들렸다. 그는 벌떡 일어나 골목으로 뛰어들었다.

64

그는 현관문을 잠그고 밖을 향해 귀를 기울였다. 그런 상태로 십 분 간 바깥 동정을 살폈다. 하지만 밖에서는 아무런 기척도 들리지 않았다. 그는 길게 한숨을 내쉬고 냉장고 문을 열었다. 차가운 물을 컵에 가득 따라 단숨에 들이켰다. 냉수를 마셨어도 갈증은 쉽게 가시지 않았다.

"왜 이렇기 목이 타는 거이야?"

그는 입맛을 다시고 뒤로 돌아섰다. 그때 물컹한 것이 발끝에 걸렸다. '이게 뭐이야?' 그는 깜짝 놀라 몸을 움츠렸다. 발끝에 걸린 것은 자자의 다리였다. 자자는 그가 놀라자 뒤쪽으로 엉거주춤 물러섰다. 그는 자자의 주둥이를 응시하다가 눈을 치켜떴다. 자자의 콧등에 묻어 있는 것은 분명히 피였다.

"네레 지금 무시기 짓을 한 기야?"

그의 황급히 치카의 방으로 뛰어 들어갔다. 예상대로 치카는 방 한가운데 쓰러져 있었다. 재빨리 늘어져 있는 치카를 안아 들고 흔들었다. 아무리 흔들고 두드려도 치카는 움직이지 않았다. 그는 눈알을 굴리는 자자에게 발작적으로 소리쳤다.

"내레 기렇게 예뻐해 줬는데 치카를 물어 쥑여?"

화난 표정을 본 자자가 책상 밑으로 들어갔다.

"네레 인자 강아지가 아이라, 흡혈귀야."

자자는 눈만 껌뻑거릴 뿐 반응을 보이지 않았다. 그는 싸늘하게 식은 치카를 들고 밖으로 나갔다. 치카가 물려 죽은 건 순전히 그의 잘못이었다. 그가 치카의 목만 핥지 않았어도 자자가 따라할 리 없었다. 그는 아파트 뒤쪽 화단에 치카를 묻었다. 그리고는 나뭇가지를 꺾어 십자가를 세워 주었다.

65

그는 해가 중천에 떠오를 때까지 자고 일어났다. 술은 깼지만 머리가 빠개질 것처럼 아팠다. 점심을 베이글과 아메리카노로 때우고 집을 나섰다. 여자애들 동향이 궁금해서 견딜 수가 없었다. 사실 여자애들을 죽이려고 한 것은 아니었다. 그런데 숨넘어가는 소리를 듣자 손에 힘이 들어갔다. 몸부림을 치며 떨 때는 제정신이 아니었다.

그는 캉골 헌팅캡을 푹 눌러쓰고 공원으로 향했다. 그곳에 가면 여자애들 동향을 알 수 있으리라는 생각에서였다. 공원이 가까워졌어도 경찰은 보이지 않았다. 여자애들이 죽었다면 이쯤에 폴리스라인을 쳐야 했다 '이거 어드러케 된 거이야?' 그는 공원으로 들어가 주변을 둘러보았다. 아무리 살펴도 이상한 낌새는 없었다.

"도무지 알 수 없는 닐이구만."

그는 벤치에서 일어나 지구대 쪽으로 향했다. 그곳마저 조용하다면 여자애들은 죽지 않은 거였다. 지구대로 가면서 어젯밤 일을 떠올려 보았다. 치킨집에서 소주를 다섯 병 마시고 나왔다. 집으로 가다가 꽃제비 같은 여중생 2명을 만났다. 애들이 놀자고 떼를 써서 근처 공원으로 따라갔다. 여자애들이 돈을 빼앗고 강제로 추행을 했다.

더 이상 참을 수 없어서 여자애의 목을 졸랐다. 한 명이 쓰러지자 다른 한명이 달려들었다. 그 애마저 목을 졸라 쓰러뜨렸다. 분명히 여자애들은 사지를 늘어뜨리고 뻗었다. 그런데 공원은 아무런 일도 없다는 듯 조용했다. 그는 고개를 저으며 지구대 안을 들여다보았다. 지구대에는 따분하다는 표정의 경찰 두 명이 앉아 있을 뿐이었다.

66

 다음날 일찍 일어나 웹사이트를 모조리 뒤졌다. 네이트 뉴스, 다음카카오, 구글뉴스, 네이버뉴스, 유튜브, TV팟, TV캐스트, 퍼스널 인터넷방송까지 살폈다. 하지만 그 어디에도 여자애들에 관한 뉴스는 없었다. 그래도 안심할 수가 없어서 TV를 켜 보았다. 지상파와 케이블에서도 여자애들이 죽었다는 얘기는 없었다.
 그는 웹사이트를 뒤적이다가 깜빡 잠이 들었다. 꿈속에서 여자 꽃제비 2명을 만났다. 꽃제비들은 그를 따라다니며 돈을 달라고 치근덕거렸다. 그는 꽃제비들에게 쫓겨 성당으로 도망쳤다. 성당은 그에게 맛디아라는 세례명을 준 곳이었다. 꽃제비들은 성당 안까지 따라와 강짜를 부렸다. 그는 기도실과 세례실, 신부실을 헤매고 다니다가 깨어났다.
 "이건 또 머이야?"
 그는 무언가 이상해서 목을 만져 보았다. 목 상단에서 붉은 피가 묻어 나왔다. 피가 나도록 목을 핥아댄 것은 자자였다. 그는 침대에 앉아 있는 자자에게 소리쳤다.
 "네레 목을 빨믄 안 된다구 그랬지비?"
 야단을 맞은 자자가 침대 아래로 내려갔다. 그는 '날래 니 방으로 가라. 이 흡혈귀 같은 간나야.' 하고 소리쳤다. 말귀를 알아들었는지 자자가 비척비척 나갔다. 그는 침대에서 일어나 냉수를 찾아 들이켰다. 찬물이 넘어가도 정신은 맑아지지 않았다.
 창문이란 창문은 모두 열고 공기를 들이마셨다. 한동안 공기를 마시고 심호흡을 하자 약간 기분이 풀렸다. 그때 붉은 해가 도시 너머에서 떠오르고 있었다. 그는 붉은 해를 바라보다가 노트북을 열고 자판을 두드렸다. 소설에 쓴 것은 여자애들 목을 조르는 장면이었다.

67

오랜만에 페이스북을 열고 안으로 들어갔다. 그 사이 많은 사람들이 메시지를 남겨 놓았다. 어떤 사람은 그의 글에 칭찬을 아끼지 않았다. 어떤 사람은 혹독할 정도로 비평을 쏟아 놓았다. 어떤 사람은 격려와 칭찬의 글을 적어 놓았다. 탈북자가 소비사회에 대해 소설을 쓰는 게 어줍지 않다는 반응도 있었다.

한창 페이스북을 뒤적이고 있을 때 보이스톡이 들어왔다. 반사적으로 보이스톡 슬라이스를 밀고 통화를 했다. 남애가 보이스톡에 대고 다짜고짜 '남조 오라바니가 표기 오라바니를 만나고 싶어합네다.' 하고 말했다. 그는 '남조가 왜 나를 만나고 싶어하지?' 하고 물었다. 남애가 잠시 뜸을 들이더니 입을 열었다.

"이유는 잘 모르갔고, 예전 그 장소로 나오라고 했씨요. 제일 포스트라 뭐라나."

"나보고 제일 포스트로 오라고?"

"그렇게 말하믄 안다고 했씨요."

"알았어. 내가 찾아가서 만나 볼게."

"혹시 그 거이 비밀 연락장소 아니야요?"

"맞아, 비밀 연락장소야."

"그러믄 남조 오라바니가 북쪽 지령을 받고 움직이는 것이야요?"

"그건 아니야."

"그런데 왜 포스트니 뭐니 하는 거이죠?"

"그냥 편의상 붙인 이름일 뿐이야."

"요새 통전부 이백이십오국하고 정찰총국, 간첩육성소에서 비밀 공작원을 내려 보낸다는 거이 알고 있씨요?"

"아니 몰라."

"누군가가 기러는데… 탈북자나 월남자, 귀순자를 가장해서 공작원을 보낸다는 거이야요. 남쪽에 적극 동조하는 인사들을 납치하거나 테러를 하기 위해서 말이야요. 혹시 남조 오라바니가 북쪽 지령을 받는 건 아닌지 의심스럽구만요."

"걱정 마. 남조는 그런 일을 할 아이가 아니니까."

"내레 표기 오라바니만 믿갔씨요."

남애는 간곡하게 말한 뒤 보이스톡을 끊고 나갔다.

68

남조가 찾아오라고 한 포스트는 자연동굴이었다. 제1포스트는 U시에 있고, 제2포스트는 S시에 있고, 제3포스트는 B시 북쪽에 위치해 있었다. 이 중 제1포스트는 U시에서 10km쯤 들어간 산속에 위치했다. 남조는 그에게 '우리레 남쪽에 적응하디 못하믄 산속에 있는 동굴로 들어가서리 산사람처럼 살자.'고 제안했다.

그는 남조의 말이 일리가 있다고 생각했다. 사회주의 사회에서 살다가 자본주의 사회에 적응한다는 게 쉽지 않기 때문이었다. 또 자본주의 사회는 돈을 위해 타인과 경쟁하고 싸워서 이겨야 하는 곳이었다. 국가가 주는 배급만 타 먹던 그가 경쟁사회에 잘 적응할지 의문이었다. 결국 그는 남조가 봐 두었다는 동굴을 탐사하러 따라나섰다.

 남조가 그를 데려간 동굴이 바로 1,2,3 무인포스트였다. 그가 보기에도 깊은 산속이라면 어느 정도 지낼 수 있을 것 같았다. 북조선에도 산속에 들어가 사는 사람들이 종종 있었다. 더구나 동굴 주변에는 산나물, 과일, 약초, 버섯이 지천이었다. 그 정도면 타인과 싸우고 경쟁하고 배신지 않으며 살아도 되었다. 그가 외출준비를 하고 있을 때 알람이 울렸다. 밴드에 포춘텔러와 장미를 올린 건 미치였다.

「피티, 언제쯤 가능하죠」

 그는 고개를 흔드는 햔스토리 이모티콘을 보냈다.

「미안. 이번 주는 바쁘고 다음 주 어때요」

 미치가 울상짓는 포춘텔러를 띄웠다.

「다음 주에는 꼭 피티를 갖는 거죠. 이번에 못하면 큰일나요」

 그는 약속을 지키겠다고 하고 채팅을 끝냈다.

69

 남조는 그를 보자마자 달려와서 와락 끌어안았다. 그는 비쩍 마른 남조의 얼굴을 보고 놀라지 않을 수 없었다. 남조는 본래 몸집이 좋고 근육도 탄탄하고 얼굴도 두툼한 편이었다. 그와 같은 외모로 인해 경보병여단 시절에는 주로 남쪽 게릴라 역할을 맡았다. 외모와 행동이 남조선 사람과 흡사하다는 이유에서였다.

그런 남조가 창백한 얼굴에 수염까지 기르고 있었다. 게다가 복장은 남한 군인들이 입는 전투복 차림이었다. 주위를 살펴본 남조가 '누구레 뒤따라온 닌간 없지비?' 하고 물었다. 남조의 이런 어투는 곤경에 처했을 때 튀어나오는 말이었다. 북에 있을 때도 가끔 심한 사투리를 써서 사람들 눈총을 받았다. 그는 남조의 어깨를 두드려 주었다.

"아무도 따라온 사람은 없어."

"기렇다면 안심이구만. 날래 안으로 들어가자우."

남조가 완벽하게 은폐된 동굴 입구를 가리켰다. 그는 남조를 따라 동굴 안으로 들어갔다. 남조는 동굴 깊숙한 곳에 은신처를 만들어 놓았다. 그곳은 동굴 안에 있는 또 다른 무인포스트였다. 그가 텐트 안으로 들어서자 남조가 머리를 흔들었다.

"남조선에 적응하기레 죽기보다 힘들다이."

"지금까지 잘 해 왔잖아."

"기건 억지루 버틴 거이야."

"이왕 목숨 걸고 내려왔으니까 잘 해 봐야지."

"아니야, 내레 인자 지쳐 베렸어. 닌간들이 돈 때문에 서로 이용하고 배신하고 헐뜯고 싸우는 거이 신물난다."

"하긴 나도 서서히 지쳐가고 있어."

"표기, 네레 내 마음을 이해할 기야. 무인포스트로 도망쳐온 거이 말이야."

"이해해. 실은 나도 도망치고 싶은 마음이거든."

"사실… 니도 총알을 맞고 넘어왔으니끼니 그럴 기야."

"이젠 상처만 남은 영광일 뿐이지."

"아직두 그 닌간들… 네레 소설 인정 않지비?"

"그건 소설이 재미없어서 그럴 거야."

"재미없어서가 아이야. 그 닌간들 입맛에 네레 소설이 맞지 않아서디."

"하긴 그런 건지도 모르겠다."

"내레 이름이 왜 남조인지 알간?

"몰라."

"우리 아바디가 본래 서울 사람이랬어. 북남전쟁 때 의용군에 끌레갔는데, 아마 고등학생 때일 기야. 전쟁이 끝난 다음 북에 남았더랬디. 아바디가 어린 내레 앞혀 놓구 누차 말했다 아이가. 자유로운 남조선으로 내레가서 행복하게 살라고 말이야. 자유가 없는 북에서는 희망이 없으니끼니 반드시 남조선으로 내레가라고. 기래서 내 이름을 남조라고 붙인 거이야."

"그런 사연이 있었군."

"남애도 남조선을 사랑하라구 기렇게 지은 거이야. 내레 인자 이 난장판 같은 사회에 미렌없다."

"그래서 다시 북으로 가겠다는 거야?"

"내레 북으로 가디 않는다. 남쪽이 고향이나 마찬가지니께니 죽어두 여게서 죽어야디."

"생각 잘했다. 시간이 지나면 마음이 바뀔 거야."

"내레 마음 같은 거이 바꿀 생각 없다. 그저 본능에 따라 움직일 뿐이디."

"본능?"

"피를 먹으믄 마음이 펜해지고 세상이 밝게 보인다 아이가."

"피를 먹으면?"

"내레 경보병여단 시절에 고라니피 먹는 훈련을 했드랬어. 동물 피를 먹지 못하믄 적진에서 살아 나오디 못하거든. 그때 살아 있는 동물 피가 맛있다는 거 처음 알았디. 헌데 남쪽에 와서리 닌간의 피를 먹으리라군 상상두 못했다 아이가."

"사람 일은 알 수 없는 거니까."

"헌데 닌간의 피가 이토록 맛있는 줄은 꿈에두 몰랐다. 살갔다고 발버둥치는 닌간일수록 더 맛있고 흥분된다니게. 먹으믄 먹을수록 달착지근해지구 말이디."

"나도 가끔 그럴 때가 있어."

"니도 기럴 때가 있다구?"

"아주 가끔 나도 모르게 피를 먹고 싶을 때가 있어."

"하긴 표기 니도 남쪽에 적응하기레 쉽디 않을 기다."

"죽을 지경이야."

"내레 북을 떠날 때 당간부 몇 놈 목을 따고 내려왔다 아이가. 그때도 그 간나들 피를 맛보았드랬디. 그때 가슴속이 후렌해지구 세상이 넓어 보였다 이거이야. 인자서 말이지만, 내레 지뢰밭을 뚫고 오믄서 다짐했다 아이가. 다시는 북으로 돌아가디 않갔다구 말이야. 죽어두 남쪽에서 죽갔다고 작정했드랬디. 근데 여게서도 쫓기는 신세가 되었으니."

"갈 데 없는 건 나도 매한가지야."

남조가 주전자에 물을 붓고 불을 붙였다.

"약초 끓인 맛을 보라우. 커피보단 백배 나을 기다."

70

　남조는 약초차를 대접하면서 간곡히 당부했다.
　"네레 집으루 돌아가서리 내가 저지르는 범죄를 낱낱이 쓰라우. 기러믄 남조선에서 반드시 성공하고 말기야. 남쪽 아들은 잔인하고 충격적인 걸 좋아하니끼니. 꼭 기렇게 하라우. 내레 계속해서리 범죄를 저지르고 돌아다닐 기야. 닌간이기를 포기한 닌간들 피를 빨구, 목을 자르구, 잔인하게 죽일 거다 이거이야. 표기, 네레 남조선에서 성공하는 거이 보기 위해서라두 반드시 실천할 기다. 기러니 내한테 약속하라우. 내레 벌이는 범죄를 반드시 소설로 쓰갔다구 말이야."
　그는 남조의 불타는 눈을 보며 머리를 끄덕였다. 그의 반응에 남조가 두 손을 와락 움켜잡았다. 그도 남조의 거칠어진 손을 힘차게 잡았다. 남조는 동굴을 나서는 그에게 덧붙였다. '내레 자유사회에 적응하는 거이 실패했디만 표기, 니라두 꼭 성공하라우. 내 말 알갔지?' 그는 간절한 표정의 남조를 가만히 끌어안았다.
　"너무 자신을 학대하지 마. 아직 기회는 있어."
　"니하고 내는 생각이 같았디. 북에서도 기랬지만, 지금두 마찬가지일 기야."
　"남조, 나는 너를 믿어."
　"내두 니를 믿는다. 기러니끼니 내 말 멩심하라우."
　그는 남조의 어깨를 두드려 주었다.
　"네가 수배되었지만 경찰이 잡기는 어려울 거다. 지금은 예전의 네가 아니거든."

"내레 기러케 많이 벤했나?"

"나도 몰라볼 정도야."

"기렇다믄 다행이다."

"너는 이 시대의 혁명가야. 힘내."

"알았다. 내레 남쪽에서 물러서디 않을 기다. 더 이상 물러날 곳 두 없지만서두."

"맞다. 우리는 이제 북으로 돌아갈 수도 없어."

"한반도는 이념의 적도인 기라. 북남에 각각 회귀선을 가지구 있지비. 우리 어릴 때 철석 같이 약속했디 않았나. 남북으로 갈라진 리념대립을 우리가 고쳐 보자구 말이야."

"그랬지. 그러니까 포기하지 마."

남조는 산을 내려가는 그에게 '내레 자본주의 닌간들 목을 무자비하게 따두 욕하지 말라우.' 하고 소리쳤다. 그는 '알았어. 너도 남회귀선을 포기하지 마.' 하고 돌아섰다. 집으로 오는 동안 그는 '인간이기를 포기한 인간들'을 곱씹어 보았다.

호모에렉투스는 짐승으로부터 자신을 보호하기 위해 사회성을 강화시켰다. 그래서 혼자 사는 것보다 집단을 이루는 것을 선택했다. 그 결과 호모에렉투스는 짐승으로부터 생명을 보존할 수 있었다. 이제 호모사피엔스 사피엔스로 진화한 인간은 짐승으로부터의 방어는 필요없게 되었다. 그래서 그들은 과거의 동지였던 인간을 공격하게 되었다.

71

 1년 전만 해도 남조는 곧 죽을 사람처럼 보였다. 얼굴은 누렇게 뜨고 눈에는 힘이 없었다. 말과 행동, 표정에도 생기가 없었다. 남조가 그렇게 된 이유는 경쟁사회인 남쪽에 적응하지 못해서였다. 남조는 탈북 직후 그에게 고충을 털어놓았다.
 '내레 자유주의 체제가 맞디 않는 거 같다. 모든 거이 힘들구 어렵구 난해할 뿐이다.'
 그런 남조가 산속으로 들어간 후 놀랍게 변했다. 우선 사람을 바라보는 눈빛이 달라졌다. 말과 행동에도 생기가 넘치고 의욕이 충만했다. 다만 걱정이 되는 것은 몸이 마른 거였다. 그는 남조를 만난 후 샐러리맨의 행동에 변화를 주었다. 좀 더 야성적인 성격을 부여하고, 대인관계도 협소하게 하고, 자신 속으로 깊이 파고들게 만들었다.
 그는 소설을 처음부터 끝까지 다시 읽어 보았다. 아무리 봐도 남조의 등장으로 소설은 활력을 얻었다. 그뿐이 아니었다. 재미와 갈등, 전개도 한층 배가되었다. 그가 막 노트북을 덮었을 때 휴대폰 알람이 울었다. 보이스톡으로 전화를 걸어온 건 남애였다.
 "남조 오라바니를 만나고 왔씨요?"
 "어제 만나고 돌아왔어."
 "무슨 야기를 나눴씨요?"
 "그냥 얼굴만 보고 왔어."
 "부탁이나 전한 야기는 없었씨요?"
 "회포만 풀고 온 거야. 산속 동굴에 숨어 있거든."

"산속 동굴에 숨어 있다고요? 시내가 아이고?"

"예전에 탐사했던 자연동굴이야. 둘만 알고 아무도 모르는 곳이지. 거기서 잘 지내고 있어."

"잘 있다니 다행이구만요. 기렇지만 무슨 일을 벌일지 알 수가 없으니…"

"큰 일은 저지르지 않을 거야. 남한사회를 향해 메시지를 보내는 것일 뿐이니까."

남애는 몇 마디 더 물은 뒤 보이스톡을 끝냈다.

72

한창 잠을 자고 있는데 누군가가 문을 긁었다. 졸린 눈을 비비며 일어나 현관문을 열었다. 문을 시끄럽게 긁어댄 건 바로 자자였다. 그는 문을 열자마자 소리를 질렀다.

"네레 언제 밖으로 나간 거이가?"

자자는 들은 척도 않고 거실을 가로질러 갔다.

"잠도 안 자고 무시기 하러 돌아다니는 기야?"

그가 아무리 윽박질러도 자자는 꼼짝하지 않았다. 그 대신 입가를 긴 혀로 쓱쓱 핥았다. 그때 자자의 콧등과 주둥이에 묻어 있는 피가 보였다. 그는 재빨리 자자의 주둥이를 살펴보았다. 주둥이와 코에 말라붙어 있는 것은 분명히 피였다.

"네레 오늘부터 감금이야. 날래 방으로 들어가라우."

자자는 방으로 들어가 찍 소리도 내지 않았다. 그는 자자의 방을 책상으로 막아 버렸다. 피맛을 보러 돌아다니는 건 그 하나로도 충분했다. 키우는 강아지까지 피를 먹게 놔둘 수는 없었다. 자자를 가두었을 때 알람이 울렸다. 밴드에 포춘텔러 클립을 올린 건 미치였다.
「키즈님, 내일 오후 피티 어때요」
그는 춤추는 통키 이모티콘과 하트를 날렸다.
「내일 굿. 어디서 만날까요」
미치가 활짝 웃는 포춘텔러 아이콘과 장미를 띄웠다.
「오후 다섯 시, 강남 청담씨네시티 앞 콜」
「콜, 다섯 시 강남 청담씨네시티」

73

미치는 만나자마자 자신이 무당이라고 떠들어댔다. 밴드에 띄운 포춘텔러를 보고 짐작은 했지만 좀 의외였다. 그는 무당 같지 않은 여자를 힐끔힐끔 훔쳐보았다. 미치가 뭐가 묻었느냐는 듯이 눈을 동그랗게 떴다. 그는 머리를 긁적이고 자세를 바로 했다.

북한에도 무당이 있지만 남한처럼 굿을 벌이지 않았다. 그들은 단순히 점을 치고 사주와 관상을 볼 뿐이었다. 주 고객은 당간부, 군장성, 외교관, 무역업자 등이었다. 당간부를 상대할 때도 보위부 감시망을 피하지 않으면 안 되었다. 보위부에서는 미신 추종자들을 숙청대상 1호로 삼았다. 미치가 청담씨네씨티 쪽으로 가면서 투덜거렸다.

"요즘 신빨이 받지 않아서 미칠 지경이에요."
"신빨이 안 받는다면… 굿이 안 된다는 뜻인가요?"

"맞아요. 아무리 발광을 해도 신령님이 강림하시지 않아요. 그래서 되는 일이 없어요."

그는 다시 한번 미치의 모습을 훑어보았다. 아무리 봐도 무당이라는 느낌은 들지 않았다. 튀는 화장, 세련된 옷차림, 발칙한 헤어스타일은 영락없는 보보스족이었다.

"혹시 포춘텔러가 적성에 맞지 않는 거 아닙니까?"

"적성보다는 기호라고 해야겠네요. 칼을 들고 강신무를 추면 마음이 시원해지거든요."

그는 어이가 없어서 쿡쿡 웃었다.

"신빨이 안 받을 땐 어떻게 합니까?"

"술을 먹거나 나이트클럽에 가서 몸을 풀어요. 그래도 안 되면 남자를 만나죠."

"그래도 안 되면 피티를 하는 건가요?"

"맞아요. 그걸 어떻게 알았죠?"

그는 당연하다는 투로 말했다.

"늑대의 사과 멤버들 모두가 비슷한 이유로 피티를 하는 거 아닙니까."

"하긴 늑대의 사과 멤버들은 하나같이 일탈하고 싶은 욕망에 빠져 있죠. 로스는 부모가 유명해서 피맛 멤버가 된 거고, 보츠는 가족들로부터 멀어지기 위해서 피를 마시는 거예요. 페시는 집안이 지나치게 부유해서 고독 속으로 뛰어든 애고요."

"다른 사람들… 피라와 스네도 같은 이읍니까?"

"모두 비슷한 이유로 피티를 하는 거예요. 물론 구체적으로는 조금씩 다르겠지만."

"하긴 나도 소설 때문에 피티를 하는 거니까."

"재미있는 건… 늑대의 사과 멤버들 모두가 내로라하는 집 자식들이라는 거예요."

"그게 정말입니까?"

"로스는 아버지가 군 장성이고, 보츠는 어머니가 국립대 총장이에요. 페시는 대기업 회장을 아버지로 두었고, 피라와 스네도 각각 전직 장관과 검찰총장이 부모예요."

"대단한 사람들을 부모로 두었군요."

"또 한 가지… 그들 모두가 진실한 신도거나 세례를 받았다는 거예요."

"그건 처음 듣는 얘깁니다."

"키즈님도 세례를 받지 않았나요? 세례명이 열두 제자 중 하나인 맛디아고요."

"그건 그렇죠. 하지만 요즘엔 미사에 통 참석하지 않아서…"

"아무튼 늑대의 사과 멤버들은 모두 신앙을 가지고 있는 건 분명해요."

"그럼 알즈님도 종교를 가지고 있겠네요."

"아직 모르셨군요. 알즈님은 수녀 출신이에요. 세례명은 마리아고요."

"아, 그랬군요."

그는 미치를 따라 청담동 대로를 걸어갔다. 미치가 청담씨티를 지나 교회 골목으로 들어섰다. 골목 입구로부터 9번째 집을 지나치자 미치가 걸음을 멈췄다.

74

미치가 그를 끌고 간 곳은 팔루스카페였다. 그는 카페 안으로 들어가다 말고 멈춰 섰다. 그가 얼어붙은 것은 남근조각이 입구 양쪽에 서 있어서였다. 그것은 마치 모라이가 문 입구를 지키는 듯한 형상이었다. 더 충격적인 것은 남근이 사람보다 크다는 사실이었다. 그런데다가 문 안쪽 남근은 손님에게 절을 하는 모습이었다.

홀 중앙의 남근은 여자 성기를 뚫고 올라와 있었다. 기둥과 식탁다리, 의자, 테이블, 찻잔, 그릇, 각종 장식품도 모두 남녀성기였다. 그가 당황한 표정을 짓자 미치가 널따란 홀로 들어섰다. 그는 널려 있는 남녀 성기를 보다가 허둥지둥 따라갔다. 미치가 성기를 시찰하듯 홀을 한바퀴 돌더니 살사룸으로 들어갔다.

"강남 한복판에 이런 곳이 있는 줄 몰랐죠?"

"남쪽은 정말 알 수 없는 곳이군요. 이런 걸 만들어 놓고 장사를 하다니."

미치가 음경 형태의 의자에 앉으며 생끗 웃었다. 그도 미치를 따라 음부 형태의 의자에 주저앉았다. 반원형 테이블은 음경과 음부가 뒤엉킨 모습이었다. 미치가 음경 의자에 편하게 좌정한 뒤 말했다.

"이 카페 너무 유명해서, 안 와 본 여자들이 없어요."

"하긴 그렇겠습니다."

그는 수저조차 남녀 성기인 것을 보고 고개를 저었다. 미치가 천정에 매달려 있는 전등을 가리켰다. 머리 위에서 거대한 남근이 붉은 빛을 발하고 있었다. 잠시 후 종업원이 성기 형태의 찻잔을 내왔다. 찻잔 가장자리에 남근이 있고, 그곳 중앙에 스트로가 꽂혀 있었다. 그 앞에 놓인 찻잔은 클리토리스에 스트로가 박혀 있었다.

미치가 스트로가 꽂힌 남근에 입을 대고 쪽쪽 빨았다. 음료수가 정액처럼 뽀얀 색깔이어서 조금은 민망했다. 그는 클리토리스에 박힌 스트로에 입을 대고 천천히 빨아들였다. 스트로를 따라 올라온 음료수는 맑은 물빛이었다.

"이것 보세요. 재미있지 않아요?"

그는 미치가 가리킨 곳을 힐끗 돌아보았다. 테이블 옆에 두 명의 나부 조각상이 있었다. 특이한 것은 두 여자 모두 페니스를 달고 있다는 점이었다. 여자의 음부에서 솟아난 남근은 너무 커서 쓰러질 지경이었다. 그 옆에 서 있는 나부상은 더욱 놀라웠다.

여자가 커다란 음경을 남자의 음부에 삽입한 상태였다. 그 옆에서는 남자가 여자의 음부에서 솟아난 음경을 빨고 있었다. 그는 민망한 나머지 맹물만 찔끔찔끔 들이켰다.

75

그는 화장실에 갔다가 도망치듯 살사룸으로 돌아왔다. 상기된 표정의 그를 보고 미치가 재미있다는 듯이 깔깔 웃었다. 그는 화장실의 상황을 얘기하려고 호흡을 가다듬었다. 미치가 한참 동안 키득거리더니 손을 저었다. 그가 화장실에서 마주친 남자용 변기는 음부였다. 건너편에 있는 여자용 변기는 음경이었다.

놀라운 것은 남녀 변기의 형태만이 아니었다. 팔루스카페답게 남녀 화장실은 출입문이 없었다. 즉 남녀가 서로 마주보면서 일을 보게 되어 있었다. 그는 음부의자에 엉덩이를 붙이고 앉았다. '역시 팔루스카페답습니다.' 미치가 남근 스트로를 입에 넣은 채 생끗 웃었다.

"이곳에 왔다 가면 스트레스가 확 풀린대요. 그래서 여자들이 주로 찾아오죠. 물론 남자들도 가끔은 들르고요."

그는 스콜피온을 들고 조금씩 마셨다. 미치가 생각난 듯 건너보았다.

"식사도 하실래요?"

"식사보다는 술을 마시죠."

"그럼 여기선 술을 하고, 이차는 식사, 삼차에 피티를 하죠."

"그런데 피티는 어떻게?"

미치가 스트로를 빨면서 말했다.

"기다려 보세요. 재미있을 테니까요."

"아, 네에…"

그는 칵테일을 마시며 피티방식을 상상해 보았다. 하지만 어떤 방식일지 전혀 예측이 되지 않았다. 미치는 술과 담배를 하고 나이트클럽에 드나드는 무당이었다. 그런 여자가 피티를 벌인다면 기상천외할 게 틀림없었다. 미치가 칵테일을 몇 방울 마시고 말했다.

"키즈님은 눈이 맑아서 신뢰가 가요."

"미치님도 무당 같지 않게 순수해 보입니다."

"사실 저도 신당을 벗어나면 일반인이에요. 그래서 신령님이 홀대하는지 몰라도."

76

탱고룸을 지날 때 빙 둘러 앉은 여자들 네댓 명이 보였다. 그는 그녀들을 지나가려다가 반사적으로 멈춰 섰다. 놀랍게도 여자들은 전부 모조페니스를 입에 물고 있었다. 그 모습으로 보아 페니스 페팅 교습을 받는 것 같았다. 어떤 여자는 페니스를 입속 깊숙이 넣고 빨았다. 다른 여자는 귀두를 맛있는 표정으로 핥았다. 그는 민망한 나머지 헛기침을 큼큼 했다. 미치가 재미있지 않느냐는 듯이 웃었다.

"저 여자들 페니스에 담긴 칵테일을 마시는 거예요."
"그러면 저 모조페니스가 술잔이라는 말입니까?"
"그런 셈이죠."
"아, 네에…"
"남근에 담긴 술을 마시면 원하는 사람을 만날 수 있다는 얘기가 있거든요."
"여기 오는 여자들은 모두 싱글입니까?"
"대부분 그렇죠. 모두 남근을 숭배하는 것처럼 먹고 마시니까요."

그는 기분이 업된 미치를 따라 팔루스카페를 나왔다. 카페 부근에는 고급 모텔들이 몰려 있었다. 미치는 그 중 하나를 골라 안으로 들어갔다. 미치가 선택한 모텔은 묘하게도 펠라티오였다. 룸으로 들어가자마자 미치가 옷을 벗어던졌다. 미치의 몸은 겉보기와 다르게 볼륨감이 넘쳤다. 특히 큰 유방과 가는 허리, 동그란 엉덩이가 돋보였다.

그가 머뭇거리는 사이 미치가 샤워부스로 들어갔다. 투명유리에

비친 나신은 탐스럽다 못해 눈이 부실 지경이었다. 그는 침대에 누워 피티의 형식을 상상해 보았다. 팔을 물어뜯고 피를 빨 것인가? 칼로 상처를 내고 피를 먹을 것인가? 그도 아니면 피가 날 때까지 섹스를 할 것인가?

잠시 눈을 감고 있는 사이 깜빡 잠이 들었다. 꿈속에서 미치가 성기를 물어뜯었다. 그는 당황한 나머지 성기를 빼내려고 발버둥쳤다. 하지만 미치는 페니스를 물고 놓지 않았다. 결국 그는 성기가 잘려 나갈 때쯤 깨어났다. 미치가 샤워가운을 걸친 채 내려다보았다.
"그새 잠이 들었나 봐요?"
"네 피티하는 꿈을 꾸었습니다."
"어떤 피티였죠?"
"성기를 물어뜯기는 피티였습니다."
"키즈님은 정말 재미있는 분이군요."
미치가 전신에 바디크림을 바르며 깔깔거렸다. 그는 성기가 붙어 있는 것을 확인하고 샤워부스로 들어갔다.

77

집에 돌아왔을 때 자자는 밖으로 나가고 없었다. 그는 침실로 들어가 쓰러지듯 누웠다. 역시 미치는 남근에 푹 빠진 특이한 무당이었다. 그녀는 피티 전 긴 커레스로 분위기를 업시켰다. 즉 전신을 커레스해 페니스를 90%로 만들었다. 미치는 페니스가 99%에 이를 때까지 커레스와 페팅을 이어갔다. 그는 참다 못해 짐승처럼 덤벼들었다.

하지만 미치의 제지로 인해 뜻을 이룰 수 없었다. 페니스는 드디어 100%를 넘어 터질 것처럼 아팠다. 그 순간 미치가 발끝에서 머리끝까지 페팅을 요구했다. 그는 할 수 없이 미치의 온몸을 더듬고 핥고 빨았다. 미치는 눈을 가늘게 뜬 채 그의 페팅을 즐겼다. 페니스는 이제 통증이 일다 못해 마비될 지경이었다.

그 순간을 기다렸다는 듯 미치가 페니스를 물었다. 미치의 입속으로 들어간 페니스는 폭발 직전이었다. 미치는 신의 강림을 받는 것처럼 페니스를 정성껏 커레스했다. 그는 숨을 몰아쉬며 '도저히 참을 수 없어요.' 하고 중얼거렸다. 미치가 '입안에 사정하세요.' 하고 신음처럼 내뱉었다. 그는 미치의 입안에 정액을 쏟아넣었다. 미치가 사출된 정액을 꿀꺽꿀꺽 삼켰다.

그는 격렬한 심박동소리를 느끼며 성기를 뺐다. 미치가 허벅지를 조이며 성기에 이빨을 박았다. '가만히 있어요!' 그는 놀란 나머지 미치의 얼굴을 밀쳐냈다. 밀어내면 밀어낼수록 미치는 더욱 세게 물고 늘어졌다. 결국 미치는 페니스에서 흘러나온 피를 먹고 입을 뗐다.

"이제는 신령님이 강림하실 것 같아요."

"그럼… 피티는 끝난… 겁니까?"

"내 피티는 끝났고, 다음은 키즈님 차례예요."

그는 미치의 만족스런 얼굴을 보다가 몸을 움직였다. 무당의 음부 맛이 어떤지 알아보고 싶어서였다.

78

그는 느지막하게 일어나 성기에 연고를 발랐다. 다행히 물어뜯긴 상처는 깊지 않았다. 헐렁한 쇼츠를 찾아 입은 뒤 웹서핑에 들어갔다. 많은 사건이 포스팅됐지만, 여자애들이 죽었다는 기사는 없었다. '이거이 천만다행 아이가.' 그는 낮게 중얼거리고 HTS창을 열었다. 자본금을 잃어서 그런지 따고 싶은 생각이 일었다.

H증권사에서 모멘텀이 좋다며 추천한 것은 옴니텔이었다. S증권사에서는 제이콘텐트리와 포스트앤씨를 유망주로 꼽았다. D증권사에서는 디아이와 매트릭스, 카프로를 주목했다. 이 중에서 모바일결제주이면서 미래 성장주인 포스트앤씨가 눈길을 끌었다.

즉시 비밀번호를 입력하고 포스트앤씨를 구매했다. 다행히 포스트앤씨의 차트는 대세상승 초기였다. 기관과 외국인이 동반매수에 나서 하락할 염려도 없었다. 주식을 매수하고 나서 HTS창을 닫았다. 북쪽에서는 상상도 할 수 없는 일이지만, 주식투자는 생활에 활력을 주었다.

시도때도없이 알려 주는 주식시황은 살아 숨쉬는 생명체였다. 순간순간 전해지는 짜릿한 긴장감은 그 무엇에 비할 바가 아니었다. 그가 막 노트북을 덮었을 때 알람이 울렸다. 스마트폰으로 춤추는 포춘텔러를 보낸 건 미치였다.

「판타스틱한 피티였어요」

그는 혀를 빼 문 슈렉 아이콘을 올렸다.

「짜릿한 피티였습니다」

미치가 환희에 가득찬 포춘텔러를 날렸다.

「이제 신령님이 강림하셨어요. 몸과 마음이 가벼워요」
그는 미소 핫스토리 이모티콘과 장미를 띄웠다.
「저도 미치님 덕분에 좋은 일이 생길 것 같습니다」

79

며칠 전에 집을 나간 자자가 돌아오지 않았다. 눈밖에 난 녀석이지만 보이지 않으니까 걱정스러웠다. '이 간나가 어데서 무엇을 하고 돌아다니는 거이가?' 북쪽에서는 강아지가 잡아먹는 대상일 뿐이었다. 탈북한 지 3년이 지나도록 그런 생각은 변하지 않았다. 그러던 게 점차 친구나 가족으로 느껴지기 시작했다.

그는 리드줄을 들고 아파트 밖으로 나섰다. 먼저 자자를 만난 공원 안팎을 둘러보았다. 공원을 몇 바퀴 돌아도 자자의 모습은 보이지 않았다. 공원에 없다면 재래시장에 있을지 모른 다는 생각이 들었다. 즉시 1KM 떨어진 재래시장 쪽으로 방향을 잡았다. 재래시장으로 가다가 대형마트 일대도 살펴보았다. 마트 주변에도 집을 나온 강아지는 없었다.

문득 지하차도로 갔을지 모른다는 생각이 머리를 스쳤다. 지하차도는 폐쇄된 길이어서 사람들이 온갖 물건을 내다 버렸다. 버리는 물건은 가재도구, 전자제품, 식기류, 나무상자, 각종 생활용품 등이었다. 간혹 반려동물을 유기하는 사람도 있었다. 그는 슈퍼로 들어가 네슬레 퓨어라이프를 집어 들었다. 퓨어라이프를 반쯤 마셨을 때 주인남자가 말을 걸었다.

"무얼 그렇게 찾아다니슈?"

"강아지를 찾고 있습니다. 흰색 불테리언데 오른쪽 눈에 검은 반점이 있죠."

"이 주변에 유기견이 제법 돌아다닙니다만, 불테리어는 보지 못한 것 같소."

그는 '애꾸눈 강아지를 보면 꼭 붙잡아 두십시오.' 하고 슈퍼를 나왔다. 시 외곽으로 가면서 자자가 가출한 이유를 생각해 보았다. 밥을 제때 주지 않아서인가? 잠자리를 편하게 봐 주지 않아서인가? 사랑을 따듯하게 베풀지 않아서인가? 다음 순간 그는 머리를 세차게 흔들었다.

"그건 아이다. 절대 아이야."

자자에게 밥을 제때 주지 않은 적이 없었다. 잠자리를 잘 봐 주지 않는 적도 없었다. 애정을 베풀지 않은 적은 더더욱 없었다. 자자가 집을 나간 이유는 단 하나뿐이었다. 그것은 오로지 피맛을 보기 위해서였다. 생각이 거기에 미치자 다리가 풀리고 맥이 빠졌다.

80

지하차도에 도착했을 때는 해가 진 뒤였다. 낮에는 밝던 곳이 해가 떨어지기 무섭게 으스스해졌다. 그는 버려진 옷장과 캐비닛, 책장 사이를 뒤지며 '자자, 어드메 있지비?' 하고 불렀다. 사람의 목소리를 듣고 유기견 몇 마리가 나타났다. 그는 유기견들을 쓱 훑어본 뒤 상자에 주저앉았다. 자자의 짓거리를 생각하면 내버려 두는 게 옳았다.

피맛을 본 강아지를 데려다가 무엇에 쓴다는 말인가? 한참 땀을 식히고 있을 때 부스럭 소리가 들렸다. 소리는 버려진 거실장 안에서 들려왔다. 그는 자리에서 일어나 거실장 문을 열었다. 순간 거실장 안에서 시퍼런 불빛이 쏟아져 나왔다. 그는 깜짝 놀라 거실장 문을 쾅 닫았다.

잠시 후 그는 푸른 불빛이 짐승의 안광이라는 걸 알아차렸다. 다시 거실장을 열었을 때 새끼 원숭이가 머리를 내밀었다. 그는 두려움에 떨고 있는 원숭이를 안아 들었다. '네레 왜 여게에 들어가 있는 거이가? 가족이 없는 기가?' 새끼 원숭이는 거실장 밖으로 나와서도 계속 떨었다.

"겁먹디 말라우. 해치지 않을 테니끼니."

그는 가지고 간 프레시 트뤼플을 몇 개 주었다. 새끼 원숭이는 트뤼플을 눈 깜짝할 사이에 먹어 치웠다. 먹는 모습으로 보아 며칠은 굶은 것 같았다. 문득 원숭이를 키우는 것도 나쁘지 않다는 생각이 들었다. 말썽꾸러기 자자는 집을 뛰쳐나가고 없지 않은가. 그는 새끼 원숭이를 안고 발걸음을 돌렸다.

81

다음날 새끼 원숭이를 데리고 동물병원을 찾아갔다. 건강상태를 진단해 본 결과 마른 것을 제외하곤 이상이 없었다. 그는 수의사에게 '원숭이 사육법을 알려달라.'고 말했다. 수의사는 '짧은꼬리 마카크는 기르기가 까다롭지 않은 종이니 걱정 말라.'며 웃었다.

수의사는 또 '짧은꼬리 마카크는 곰마카크나 붉은얼굴 원숭이로도 불린다.'고 귀띔해 주었다. 그밖에 먹이를 주고, 잠을 재우고, 목욕시키는 것까지 알려 주었다. 그는 집으로 돌아와 짧은꼬리 마카크를 웹써칭해 보았다. 마카크의 주식은 과일, 씨앗, 나뭇잎, 뿌리 등이었다. 그 외에 민물게, 개구리, 새알, 곤충, 애벌레도 먹었다.

짧은꼬리 마카크는 보통 원숭이와 다른 점이 많았다. 그중 하나가 음식을 음식주머니에 저장했다가 꺼내 먹는 거였다. 또 하나는 몸 전체에 가늘고 긴 암갈색 털이 나는 것이었다. 암갈색 털은 기온에 따라 굵어지기도 하고 가늘어지기도 했다. 얼굴은 붉고 털이 없으며, 꼬리 길이는 32mm와 69mm 사이였다.

82

그는 짧은꼬리 마카크에게 비비라는 이름을 지어 주었다. 먹는 것에만 집착해서 붙여 준 이름이었다. 비비는 집에 온 날부터 먹기 시작해 금방 윤기가 돌았다. 털 색깔도 좋아지고 흐릿하던 눈빛도 맑게 빛났다. 몸에 난 크고 작은 상처도 모두 아물었다. 그가 들이는 정성을 비비는 사랑이라고 생각한 것 같았다.

비비는 항상 그의 몸에 들러붙거나 매달렸다. 심지어는 성당에 갈 때도 떨어지지 않았다. 어쩔 수 없이 그는 비비와 함께 미사에 참석했다. 수녀들은 비비에게도 세례명을 붙여 주었다. 예수의 12제자 중 제일 신앙심이 깊은 바돌로매였다. 바돌로매는 아르메니아 지방에서 선교활동을 하다가 죽임을 당했다. 문제는 바돌로매가 산 채로 살가죽이 벗겨지고, 목을 잘려 죽었다는 것이었다.

그는 바돌로매라는 세례명에 맞게 비비의 방을 신성하게 꾸몄다. 방안에 십자가와 그네도 달아주고 나무기둥과 줄기도 설치했다. 도배도 나뭇잎 종이로 하고 창문에는 파란색 커튼을 달았다. 비비는 차츰 그의 팔 대신 나무기둥과 그네에 매달려 재롱을 부렸다. 말귀를 알아듣는 것은 자자보다 더뎠지만 눈치 하나는 빨랐다. 그래서 그가 무엇을 좋아하고 싫어하는지 금방 알아챘다. 그는 비비의 사진을 찍어 페이스북에 올렸다. 비비의 사진을 보고 댓글을 단 건 알즈였다.

「귀여운 새끼 원숭이네요」

그는 활짝 웃는 몽키 아이콘을 보냈다.

「자자가 나가고 짧은꼬리 마카크가 들어왔어요. 강아지보다 총명해서 좋습니다」

「이름은 지어 줬나요」

「비비라고 지었습니다. 세례명은 바돌로메고요」

「이름보다 세례명이 더 재밌네요」

알즈가 빗치레인저 아이콘과 함께 섹티를 신청했다. 그는 하늘을 나는 통키 아이콘으로 대답했다.

「언제 할까요」

「내일 오후 3시에 KN전철역 앞」

「3시 KN전철역 굿」

「그럼 내일은 섹티예요」

그는 알즈에게 눈웃음을 치는 쿵푸팬더를 띄웠다. 알즈가 섹티를 신청한 게 다행이었다. 미치가 물어뜯은 페니스는 아물었지만, 공포감은 아직 사라지지 않았다. 그는 오랜만에 편안한 마음으로 잠자리에 들었다.

83

 약속장소에 나온 것은 의외로 알즈가 아니라 고양이박쥐가면이었다. 그는 눈부시도록 아름다운 여자를 보고 침을 꿀꺽 삼켰다. 배트클럽 미팅 때 가면 속으로 얼핏 본 게 전부였다. 밤새도록 섹스를 했지만 얼굴은 볼 수도 없었다. 귀는 어떻게 생겼는지, 눈동자는 투명한지, 코는 오뚝한지도 몰랐다. 하얀 피부와 큰 유방, 신음소리가 섹시하다는 것밖에는.
 가면을 벗은 그녀는 범접할 수 없는 매력을 풍겼다. 청순함, 순수함, 해맑음, 싱그러움이 바로 그것이었다. 그런데다가 키까지 늘씬하게 커서 마치 선녀가 하강한 것 같았다. 그가 멍한 표정으로 서 있자 고양이눈이 미소를 지었다.
 "사실은 저를 위해 알즈님이 양보한 거예요."
 "알즈님이라면 충분히 그럴 만하죠."
 "배트클럽은 애프터를 하지 않지만, 제가 키즈님을 만나게 해달라고 졸랐어요."
 "저도 고양이박쥐가면님을 만나고 싶었습니다. 연락처나 아이디를 몰랐을 뿐이죠."
 "그렇다면 다행이군요. 저는 키즈님이 실망할까 봐 걱정했는데."
 "저 이래 봬도 쿨한 성격이에요."
 그는 그녀와 함께 퓨전레스토랑으로 향했다. 레스토랑으로 가면서 그녀는 많은 얘기를 들려줬다. 배트클럽에 가입하게 동기와 알즈를 만난 것 등이었다.

84

그녀는 식사를 하면서 모든 것을 털어놓았다. 대부분의 개더링 멤버들은 퍼스낼리티를 숨기는데 그녀는 달랐다. 그녀는 현재 27세로 웹 북스토어를 경영하고 있다. 아직은 싱글이고 배트클럽에는 2년 전에 가입했다. 현재 활동하는 개더링은 서너 개 정도이다. 하지만 모든 활동을 접으려고 고려 중에 있다. 이유는 개더링들이 점점 더 이상해져 가기 때문이다.

마지막으로 그녀는 이름이 '미소'고 세례명은 카시아라고 밝혔다. 카시아는 순수함이라는 뜻을 가지고 있다고 덧붙였다. 그는 미소라는 이름과 카시아 라는 세례명을 중얼거려 보았다. 부르면 부를수록 편안해지는 이름과 세례명이었다. 그녀가 컵에 물을 따라 그 앞으로 밀어 놓았다.

"아기 때 웃는 모습이 너무 예뻤대요. 그래서 아빠가 미소라고 지으셨대요."

"정말로 웃는 모습이 예쁩니다. 천진난만한 소녀 같기도 하고요."

그녀는 쑥스러워 하면서도 미소를 잃지 않았다. 그는 그녀의 해맑은 모습을 보며 네그로니를 마셨다.

"조부님 고향이 평양인데, 육이오 때 피난을 오셨어요."

"아 네… 그랬군요."

"조부님은 돌아가실 때까지 고향만 그리워 하셨어요. 그래서 아빠한테 유언을 남기셨죠."

"어떤?"

"통일이 되면 유골을 고향땅에 묻어 달라고요. 하지만 아버지도 그 유언을 들어 드리지 못하고 돌아가셨어요."

"안타까운 일이군요."

"키즈님을 처음 봤을 때 조부님 생각이 났어요. 혹시 평양에 살지 않았나 하고요."

"맞습니다. 저도 평양이 고향입니다."

"그럴 줄 알았어요. 키즈님이 공동경비구역을 통해 넘어온 분이라는 말을 들었을 때 직감했으니까요."

"그런데 아버님은… 어떻게?"

"출판사를 경영하셨는데, 너무 순진하셔서 적자만 내다가 그만두셨어요."

"그럼 아버님이 출판사 경영 때문에 돌아가신 겁니까?"

"그런 셈이나 마찬가지죠. 출판사를 접은 뒤 병을 얻었고 금방 돌아가셨으니까요."

그는 고개를 끄덕이고 블루하와이를 마셨다. 조부의 고향이 평양이라서 그런지 더욱 마음이 갔다.

85

미소는 디저트를 들면서 출판사와 문단의 생리를 자세히 알려 줬다. 그는 반가운 나머지 먹는 것도 잊고 들었다. 미소에 의하면 남쪽 출판사는 작가의 입장 따위는 고려하지 않는다. 남쪽 출판사는 북쪽처럼 국영기업이 아니라 사적인 영리기업이다. 그렇기 때문에 섣부른 모험을 하거나 손해를 보는 투자를 하지 않는다. 다시 말해 남쪽에서는 사상성보다 영리성과 대중성, 즉 돈을 우선시한다. 그 이유는 책이 많이 팔려야 회사가 생존경쟁에서 살아남을 수 있기 때문이다.

이러한 영업방침에는 작가의 이력과 경력에도 예외가 없다. 그들은 메이저로 등단한 작가가 아니면 관심을 갖지 않는다. 메이저로 등단해도 출간한 경험이 있어야 하고, 보장된 판매부수를 가지고 있어야 한다. 또한 일정 수의 독자층을 확보하고 있어야 한다. 어떤 책을 내도 십만 부 이상 팔리는 작가가 바로 그들이다. 그 작가의 독자들은 책이 좋든 나쁘든, 작품성이 좋든 나쁘든, 맹목적 팬이 된다.

북한은 작가의 당성과 사상성을 중시하지만 남쪽은 정 반대이다. 즉 남쪽에서는 팔리지 않는 책은 쓰레기나 마찬가지다. 그래서 메이저 출판사들은 작가의 상품성과 대중성을 먼저 살핀다. 그런데다가 좋은 대학을 나오고, 남다른 스펙을 가지고 있으면 더욱 좋다. 특정지역, 특정학교, 특정매체, 특정단체, 특정방송사, 특정신문사와 인맥이 있는 것도 필요하다. 그들과의 특별한 관계가 광고와 판매에 도움이 되어서다. 출판사는 이 모든 것을 구비한 작가에게 우선으로 출판기회를 준다. 그럼에도 그녀의 아빠는 작품성만 보고, 무명작가들 책을 출간했다는 것이다.

"키즈님을 보면 아빠 생각이 나요. 상업성보다는 예술성만 강조했던…"

그는 블루하와이를 한 모금 마시고 말했다.

"북에서 소설은 선전도구나 다름없습니다."

"사회주의 체제니까 어쩔 수 없을 거예요."

"저도 사실 김일성 일가의 업적을 찬양하는 짓거리만 했습니다. 그게 싫어서 남쪽으로 내려온 거지만."
"여기서도 불만스러운 건 마찬가지죠?"
"그건 그런 것 같습니다."
"살다 보면 차츰 적응이 될 거예요. 언어나 외모, 패션은 이미 서울사람인데요 뭘."
"제가 그렇게 보입니까?"
"전혀 구별할 수 없을 정도예요."
"하지만 아직도 받아들이기 힘든 게 많습니다."
"하긴 배트클럽이나 피맛보기밴드를 보면 그렇게 느껴질 거예요."
"남쪽에서는 그런 걸 왜 하는지 모르겠어요."
"그게 자유세계의 트렌드고 패러다임이니까요."
"아, 네에…"

86

가면을 벗고 하는 섹스는 또 다른 느낌이었다. 그는 미소의 순수함이 다치지 않도록 조심스럽게 다가갔다. 미소도 지난번과 달리 수줍은 듯이 몸을 열었다. 그는 삽입하기 전 부드러운 커레스를 시도했다. 그녀도 몸을 열기 전 소프트한 스킨십과 키스로 응했다. 그는 몸 전체를 커레스하면서 다음 단계인 페팅으로 나아갔다.

페팅은 얼굴과 목, 겨드랑이, 가슴, 배, 허벅지 순이었다. 페팅이 클리토리스에 이른 순간 그녀가 활화산처럼 터졌다. 그는 끓어오르는 활화산 속으로 과감히 뛰어들었다. 그녀는 뛰어든 그를 성난 폭풍처럼 감싸 안았다. 근육덩어리는 활화산 속에서 격렬하게 춤을 추었다. 그녀의 입에서 구관조 울음 같은 신음이 터졌다.

그녀의 신음은 이내 격한 울음으로 바뀌었다. 그는 그녀가 실컷 울 수 있도록 깊이 파고들었다. 머릿속에서는 계속 북에 두고 온 금화가 생각났다. 금화라면 얼마든지 사랑하고 웃고 울 수 있을 것 같았다. 잠시 후 땀으로 범벅이 된 그녀가 속삭였다.

"우리 사랑을 시작한 건가요?"

그 말에 그는 고개를 끄덕이지 않았다. 이제 겨우 두 번 정도 만나고 사랑이라니. 하지만 그녀는 이미 사랑에 빠진 것 같았다. 그것은 그녀의 반응만 봐도 알 수 있었다. 그녀는 그가 바디를 터치할 때마다 몸을 떨었다. 그가 역배위로 바꿨을 때 그것은 정점을 찍었다. 거꾸로 누운 그녀가 짐승 같은 울음을 터트렸다.

"너무 기뻐요."

오르가슴에 이르렀을 때 알즈는 소리를 질렀다. 더 이상 참을 수 없을 때는 온몸을 물어뜯었다. 반면 미소는 솟구치는 환희를 울음으로 표현했다. 그는 미소가 마음껏 울도록 교접시간을 지연시켰다. 결국 그녀는 섹스 내내 울음에 섞어 모든 걸 토해냈다.

87

미소는 헤어지기 전 몇 가지를 더 알려 주었다. 그녀에 의하면, 출판사들은 파격적인 소설을 좋아한다는 것이다. 작가도 평범한 사람보다는 이력이 특별하고 화려한 사람을 선호한다. 웹툰으로 세계적인 명성을 얻은 작가라든가. 세계적인 문학상 후보에 들어간 작가라든가. 작품이 영화로 만들어진 작가라든가. 역사적 진실을 위해 분신한 작가라든가, 종교의 신성성을 모독한 작가라든가, 하는 따위들이다.

이들은 이미 뉴스메이커고 그것만으로도 상품성이 있다. 즉 작가는 노이즈 마케팅을 해서라도 유명해져야 한다. 소설이 파격적이고 이슈를 담고 있으면 일단은 합격이다. 이때도 자신과 성향이 맞는 출판사를 만나는 것이 관건이다. 성향이 같다는 것은, 같은 길을 함께 가는 동지이자 가족이라는 뜻이다. 동지는 곧 파벌화된 것이고, 그 파벌을 끝까지 유지하면서 생사를 같이 하는 가족이다. 그들은 파벌과 생사를 같이 할 대상, 즉 가족이 아니고는 절대로 투자를 하지 않는다. 그래서 내로라하는 출판사들은 먼저 작가와 가족이라는 관계를 맺는다.

메이저 출판사는 좀처럼 신인급을 가족으로 삼지 않는다. 왜냐하면 신인급에게는 광고비가 많이 들기 때문이다. 내로라하는 문학상을 받지 않은 작가에게도 관심을 보이지 않는다. 좋은 매체를 통해 등단하지 않아도 관심 밖이 된다. 유명세를 타지 않은 작가도 제외 대상 일순위가 된다. 결국 작가는 어떤 방법으로든 자신을 가치 있게 만들어야 한다. 그렇지 않으면 출판은커녕 문단에서 살아남을 수조차 없다.

그 동기가 사회적 저항이든, 종교적 테러든, 반사회적 행동이든 마찬가지다. 작가 자신이 매스컴의 중심에 서지 못하면 안 된다는 것이다. 그는 미소가 말한 '남쪽 출판계의 생리'를 곱씹으며 돌아왔다. 예상했지만 남쪽 출판사의 문턱은 생각보다 높았다. 또 남쪽은 예상보다 견고한 파벌, 학벌, 문벌로 뭉쳐 있었다. 그는 집으로 돌아와서 곧바로 술병을 찾았다. 술을 마시지 않고는 잠들 수가 없었다.

88

그는 다음날 오후 늦게까지 잠을 자고 일어났다. 소주를 병째로 들이켜고 잤더니 속이 쓰렸다. 컵라면으로 대충 끼니를 때우고 다시 자리에 누웠다. 그는 침대에 누워서 미소가 한 말을 곱씹어 보았다. 미소의 말대로라면 출판은 물 건너간 거나 다름없었다. 그야말로 자신은 등단도, 경력도, 출신도 내세울 게 없었다.

상상력은 이념으로 굳어 있고, 내용은 계몽적이고, 주제는 교육적이었다. 또한 단어는 구식이고, 문장은 북한식이고, 구성과 전개는 고리타분했다. 단 하나 있다면 빗발치는 총알세례를 받으며 JSA를 뚫고 왔다는 것이었다. 하지만 그 일은 모든 사람의 기억에서 지워진 지 오래였다. 그는 침대에서 뒤척거리다가 벌떡 일어났다. 밖으로 나가서 술을 먹어야겠다는 생각이 들어서였다.

곧바로 외출복으로 갈아 입고 집을 나섰다. 아직 해가 떨어지지 않았지만 개의치 않았다. 가슴속에서 치미는 열기를 다스리려면 독주가 필요했다. 유흥가 뒤쪽에 가면 싸구려 선술집들이 늘어서 있었다. 그곳은 술값이 저렴해서 탈북자나 조선족들이 주로 찾았다. 가끔 동남아 출신 노동자들도 들러 술을 마셨다.

그가 막 선술집 골목으로 들어섰을 때 누군가 말을 붙였다. 그는 골목 안으로 들어가려다가 멈춰 섰다. '이 아저씨 조선족이 아니라 탈북자잖아.' 골목에서 건들거리고 있는 건 남자애 3명이었다. 그는 고등학생으로 보이는 남자애들에게 '무슨 일이냐?'고 물었다. 세 명 중 키 큰 아이가 목을 세우며 다가섰다.

"탈북자 같은데, 놀다 가지 않을래요? 중딩 여자애 하나 있어요."

"난 여중생한테 관심이 없어."

통통한 남자애가 담배를 꼬나들었다.

"다섯 장에 해 줄게요. 잠깐 놀다가 가요."

"정말 관심 없다니까."

비쩍 마른 남자애가 이죽거렸다.

"안 하면 안 할 것이지. 소리는 왜 질러요?"

"이 녀석이 어른한테 무슨 짓이야."

그는 비쩍 마른 남자애의 머리를 툭 쳤다. 머리를 맞은 남자애가 인상을 찡그렸다.

"아 아저씨 안 되겠다. 놀다 가라는데 치기는 왜 쳐."

키 큰 남자애가 목청을 높였다.

"이 양반이 남쪽 무서운 줄 모르는구만."

"학생이면 집에 가서 공부나 해. 길에서 포주노릇 하지 말고."

덩치 큰 남자애가 눈을 치켜떴다.

"우리가 포주라고?"

남자애의 말이 떨어지기 무섭게 주먹이 날아왔다. 아이들은 그를 에워싸고 무차별로 주먹질을 해댔다. 어느 순간 눈앞에서 번쩍, 하고 섬광이 일었다. 그는 두 손으로 얼굴을 감싸고 고꾸라졌다. 아이들은 사정없이 손과 발과 주먹을 휘둘렀다. 순간 코에서 뜨거운 액

목적적인 그리고 수단적인

체가 흘러내렸다. 그는 코를 감싸고 있던 손을 떼었다.

예상대로 시뻘건 피가 손바닥을 물들였다. 피를 본 아이들이 놀란 듯 멈칫거렸다. 그는 코에서 흐르는 피를 혀로 쓱쓱 핥아먹었다. 찝찌름한 피가 목구멍 안으로 넘어갔다. 그 모습을 본 아이들이 슬슬 도망치기 시작했다. 그는 남자애들의 뒷모습을 보며 피를 꿀꺽 삼켰다.

'내레 삼팔선을 뚫고 내레온 탈북자다. 기래서 어뜨카서?'

89

다음날 그는 부은 코를 부여잡고 병원을 찾아갔다. 의사는 '코뼈가 휘었었으나 큰 문제는 없다.'고 진단을 내렸다. 그는 천만다행이라 생각하고 집으로 돌아왔다. 주사를 맞은 엉덩이가 아팠지만 행동엔 지장이 없었다. 답답해 하는 비비를 데리고 오후 산책에 나섰다. 원숭이가 나타나자 코흘리개들이 금방 몰려들었다.

비비가 즐거워하는 것을 보면서 벤치에 앉았다. 계절은 벌써 봄을 지나 초여름으로 접어들었다. 시간은 빠르게 가는데 소설은 여전히 제자리였다. 그는 푸른 하늘을 올려보며 입맛을 다셨다. 아무리 생각해 봐도 여름 안에 끝내는 것은 무리였다. 한숨을 내쉬고 있을 때 알람이 울었다. 카톡으로 문자를 보낸 건 의외로 남애였다.

「남조 오라바니가 어젯밤에 인기 모델을 성폭행하고 승용차를 빼앗아 달아났씨요」

그는 문자를 보자마자 스마트폰 뉴스창을 뒤졌다. 뉴스창에는 남조의 범행이 포스팅되어 있었다. 남조는 외제차를 모는 아가씨를 선택해 범행을 저질렀다. 범행 대상자가 유명 모델이라는 것은 모르고 한 짓이었다. 단지 부유해 보이는 여자를 타깃으로 삼았을 뿐이었다. 중요한 것은 남조가 본격적으로 범행에 나섰다는 점이었다. 그는 남애에게 「자세한 내용을 알아보고 답을 주겠다」고 문자를 보냈다.

90

남조는 모델의 목에 깊은 이빨자국을 남겼다. 이빨자국을 본 경찰은 '소녀를 공격한 자와 동일범이라.'고 결론지었다. 모델은 경찰서에서 '늑대를 닮은 동물이라.'고 진술했다. 또 '사람이라면 목만 집요하게 물고 늘어질 리가 없다.'고 진저리를 쳤다.

경찰은 모델의 진술에 따라 몽타주를 만들었다. 경찰이 제작한 몽타주는 붉은 털이 수북한 늑대였다. 그는 경찰이 작성한 몽타주를 인쇄해 두었다. 남조가 모델을 습격한 건 그에게 보내는 메시지였다. 그는 잠시 고민을 하다가 밴드에 글을 올렸다.

「바이틀 피티 할 분, 신청 기다립니다」

10분 후 알즈가 아스킨 니크르바즈 아이콘을 보냈다.

「드디어 키즈님도 바이틀 멤버가 되셨군요. 축하해요」

알즈에 이어 로스와 보츠도 하트 일러스트를 실었다.

「바이틀로의 어드밴스 축하드립니다. 키즈님」

미치와 페시도 한마디씩 적었다. 미치는 만세 포춘텔러 아이콘을 뛰웠다.

「다음 피티는 바이틀로 하겠습니다」

페시가 키스를 하는 양파 이모티콘을 날렸다.

「저도 다음 피티는 바이틀로 할게요」

피라가 목을 물어뜯는 뱀파이어 캐리커처를 붙였다.

「바이틀 대환영이에요」

스네도 피티에 응한다고 황금박쥐 아이콘을 쏘았다.

「키즈님의 바이틀 피티를 기다리고 있었어요」

그는 피라에게 슈렉 이모티콘과 하트를 보냈다.

「피라님은 언제 타임이 됩니까」

피라가 뱀파이어 아이콘으로 대답했다.

「내일이라도 가능해요」

그들의 대화 중간에 스네가 끼어들었다.

「저도 이번 주는 타임이 남아요」

그는 피라에게 하트를 날리는 슈렉콘을 보냈다.

「이번 바이틀 피티는 피라님입니다. 언제 만날까요」

피라가 하트를 입에 문 뱀파이어 아이콘을 쏘았다.

「내일 오후 5시. 월드컵경기장 지하 cgv영화관 굿」

그는 슈렉고양이 이모티콘과 장미를 띄웠다.

「굿, 월드컵경기장 지하 cgv영화관 5시」

피라가 승리표시 뱀파이어 아이콘을 날렸다.

「그럼 내일 만나요」

그는 회원들에게 「행복하기 즐겁기 순수하기」 하고 통키 아이콘과 하트를 보냈다. 알즈와 로스, 보츠, 미치, 페시, 스네가 「즐거운 피티」 하고 밴드를 나갔다. 피맛보기 회원을 타깃으로 삼는 건 금기였다. 하지만 지금으로서는 어쩔 수 없었다.

91

 피라는 진한 화장으로 인해 오페라배우처럼 보였다. 푸른 눈화장과 검붉은 립스틱, 창백한 얼굴이 그걸 말해 줬다. 또한 보이시한 복장과 큰 키는 보는 사람을 압도하고 남았다. 나이는 20대 후반이나 30대 초반쯤으로 보였다. 나이를 정확히 알 수 없는 건, 중성적 목소리 때문이었다. 그는 묘한 긴장감을 느끼며 피티 형식에 대해 물었다. 피라가 숄더백을 열더니 멘토스 스틱을 꺼냈다.
 "피티는 걱정 말고 이거나 드세요."
 "그게 뭐죠?"
 "머리를 비워 두는 데 좋은 거예요."
 그는 멘토스 스틱을 잘라 단숨에 털어 넣었다. 어차피 바이틀 피티를 하려면 맑은 정신은 금기였다. 멘토스 스틱을 비우자 피라가 앞장서서 걸었다. 그는 빈 스틱을 주머니에 넣고 파라를 따라나섰다. 피라가 역삼각형 빌딩을 오른쪽으로 돌아 7번째 건물로 들어섰다. 50층 정도 되는 건물 이름은 묘하게도 루시빌딩이었다. 피라가 복잡한 복도를 돌아 엘리베이터 앞에서 멈췄다. 엘리베이터 문은 타원형이고, 고속이라는 문자가 보였다. 피라가 엘리베이터 안으로 들어서며 물었다.
 "머리는 좀 어때요?"
 그제야 그는 시야가 왜곡된다는 걸 알았다.
 "앞이 흐릿한 게… 꼭 술에 취한 것 같습니다."
 "잠시 후면 정신이 혼미해질 거예요. 하지만 이상한 약은 아니니까 걱정 마세요."

그는 머리를 흔들고 엘리베이터 계기판을 쳐다보았다. 계기판 숫자가 빠른 속도로 넘어갔다. 문제는 엘리베이터가 내려가는지 올라가는지 알 수 없다는 것이었다. 그는 흐려지는 의식을 되찾으려고 안간힘을 썼다. 피라가 힐끗 쳐다보더니 재미있다는 표정으로 웃었다.

"그럴 필요 없어요. 시간이 지나면 자연스럽게 회복될 테니까요."

그는 환청 같은 소리를 듣고 목을 세웠다. 어차피 피라를 믿고 이곳까지 온 것 아닌가. 생각이 거기에 미치자 조금은 느긋해졌다.

92

고속 엘리베이터가 도착한 곳은 키스샵이었다. 그는 흐릿한 의식으로 키스샵 입구를 응시했다. 긴 폴딩 도어에 벌거벗은 남녀들이 군무처럼 그려져 있었다. 그림 속에서 남녀들은 섹스파티를 즐기는 중이었다. 젊은 남녀는 서로의 국부를 입으로 물었다. 금발 남녀는 서로의 혀를 뜯어먹는 중이었다. 자세히 보니 그 그림들은 휘는 OLED 스크린이었다.

그는 몽롱한 의식을 떨치려고 머리를 흔들었다. 그럼에도 여전히 머리와 시야는 맑아지지 않았다. 피라가 키스샵 출입문을 밀치고 들어갔다. 그는 피라를 따라 붉은 조명등이 켜진 실내로 들어섰다. 피라를 보고 검은 연미복 차림의 남자가 다가왔다. 피라가 남자에게 알 수 없는 언어를 몇 마디 건넸다. 남자가 고개를 끄덕이더니 시크릿 도어를 열었다.

시크릿 도어 안으로 들어서자 긴 회랑과 유리방이 나타났다. 각 유리방에서는 젊은 남녀가 키스피티를 벌이고 있었다. 첫째 방에는 온몸에 피를 바르는 여자가 보였다. 남자의 가슴에서 피가 솟았고, 여자는 그것으로 하트를 그렸다. 다음 방에서는 남자가 여자의 목을 물고 피를 빨았다. 여자는 피를 빨릴 때마다 격렬하게 몸부림쳤다. 다음 방에서는 엑스터시에 빠져드는 남녀가 보였다. 두 사람은 여기저기에 상처를 내고 그것을 먹었다.

그 다음 방에서는 피를 뒤집어쓴 소녀가 남자 앞에서 춤을 추었다. 다음 방은 더 충격적이었다. 두 남녀가 서로의 몸을 뜯어먹고 있었다. 그는 놀란 표정을 지으며 유리방 쪽으로 다가섰다. 유리 안은 마치 판타지 영화처럼 일렁거렸다. 아무리 눈을 크게 떠도 흔들리고 비틀리고 굽이쳤다. 그는 옆에 있는 피라와 연미복 남자를 돌아보았다. 그들도 판타지 영화처럼 일그러지고 흔들렸다. 그의 모습을 본 피라가 요염한 미소를 지었다.

"우리도 피티를 하러 가죠."

93

피라는 룸에 들어서자마자 옷과 구두를 벗었다. 벗는 모습도 보이시한 복장처럼 시원스러웠다. 그는 흐릿한 의식으로 피라의 몸매를 훑어보았다. 피라는 의외로 작은 젖가슴에 마른 엉덩이를 가지고 있었다. 긴 목과 늘어진 팔, 가는 다리는 외계인을 연상시켰다. 그가 눈을 껌뻑거리자 피라가 샤워부스를 가리켰다.

그는 연신 감기는 눈을 치켜뜨고 투명부스로 들어갔다. 차가운 물을 뒤집어썼는데도 정신은 맑아지지 않았다. 샤워부스 안에서 침대를 흘깃 훔쳐보았다. 벌거벗은 피라가 침대에 앉아 붉은 액체를 들이켰다. 마시는 모양새로 보아 술은 아닌 것 같았다.

 대충 샤워를 마치고 샤워부스 밖으로 나왔다. 피라가 기다렸다는 듯 붉은 액체가 든 글라스를 건넸다. 그는 피라가 건네준 글라스를 들고 한 모금 마셨다. 목구멍으로 넘어간 액체는 쓴 맛과 단맛이 뒤섞인 묘한 것이었다. 피라가 한 번에 삼키라는 것처럼 사인을 보냈다. 그는 피라가 시키는 대로 단숨에 들이켰다.

 붉은 액체가 들어가자 머리가 쪼개지는 것처럼 흔들렸다. 피라가 '카트를 탄 캐롯주스예요.' 하고 웃었다. 그는 혼란스런 정신을 추스르려고 닥터페퍼를 마셨다. 피라가 샤워부스로 들어가며 중성적 목소리로 말했다.

 "잠시 기다리세요. 금방 나올 테니까요."

 피라가 투명부스로 들어가는 것을 보고 쓰러졌다. 캐롯주스를 먹어서 그런지 금방 잠이 들었다. 꿈속에서 그는 근육질의 쉬메일과 동물적인 섹스를 벌였다. 아니 그것은 동물적이라기보다 기괴하기 짝이 없는 섹스였다. 약효 때문인지 방과 침대와 가구와 창문이 빙글빙글 돌았다. 그런 상황에서 쉬메일은 강력한 페팅을 시도했다.

 그는 쉬메일의 입술과 혀를 온몸에 받으며 발버둥쳤다. 쉬메일이 '나 본래 여자예요. 단지 성기가 남자일 뿐이죠.' 하고 속삭였다. 잠시 후 쉬메일이 오럴섹스 자세를 취했다. 그는 완강한 힘에 밀려 오럴섹스를 하고 말았다. 모든 것을 포기했을 때 쉬메일이 말했다.

 '바이틀 피티를 할 시간입니다.'

94

그는 머리에 느껴지는 통증을 참으며 눈을 떴다. 캄캄한 어둠 속으로 실낱같은 빛이 스며들었다. 어디선가 박쥐의 날갯짓 같은 소리도 들렸다. 잘 들어보니 나방의 날갯짓 같기도 했다. 그는 지끈거리는 머리를 흔들고 스위치를 눌렀다. 몇 초 후 1OLED 스크린에 불이 들어왔다. 스크린에서는 젊은 남녀가 심장을 뜯어먹고 있었다.

여자의 심장에서 흘러나온 피를 남자가 삼켰다. 여자도 남자의 심장에서 뿜어진 피를 먹었다. 그는 천근같이 무거운 몸을 끌고 침대에서 일어섰다. '내레 지금 어디메 있는 거이가?' 그는 샤워부스로 가려다 말고 목을 더듬었다. 왼쪽 목에서 예리한 통증이 일었다. 목을 반쯤 비틀어 전신거울에 비춰 보았다. 커다란 이빨자국이 목 상단에 찍혀 있었다.

"이건 또 언제 생긴 거이야?"

거울 앞에 서서 지난밤 일을 떠올려 보았다. 그러나 생각나는 것은 아무것도 없었다. 피라와 키스샵에 입실해 괴이한 피티를 벌인 기억뿐이었다. 그는 정신을 가다듬은 뒤 룸 밖으로 나갔다. 밖은 조용했고 사람의 그림자조차 보이지 않았다. 길게 뻗은 회랑을 걸어가자 스테이션이 나타났다. 스테이션은 연미복 차림의 20대 남자가 지키고 있었다. 그는 남자에게 다가가 스마트키를 건네주었다.

"혹시 나하고 같이 온 여자 못 보았습니까?"

"같이 입실한 여자분 말입니까?"

"네 키가 크고 비쩍 마른 여자."

"그 분은 이틀 전에 돌아갔습니다만…"
"이틀 전이라니요. 내가 입실한 게 어제 아니었습니까?"
남자가 스마트키를 보관함에 넣으며 웃었다.
"손님은 삼일 전에 입실해서 뱀파이어 영화를 열 편 정도 보았습니다."
"내가 영화를 열편이나 보았단 말입니까?"
"틀림없는 사실입니다."
"여자가… 간 것도… 맞는 거지요?"
"그렇다니까요."
그는 한참 동안 서 있다가 돌아섰다.

95

집으로 돌아오자마자 피라에게 메시지를 보냈다. 피라는 그의 메시지에 답하지 않았다. 한 시간 뒤 알즈가 밴드에 들어왔다. 그는 알즈에게 피라가 누구인지 물었다. 알즈는 피라가 트랜스젠더라고 짧게 대답했다. 그가 계속 추궁하자 알즈가 마지못해 덧붙였다.
「최근에 페니스를 떼어 내고 여성성기를 달았어요」
그는 피라와 피티를 하던 순간을 떠올려 보았다. 흐릿한 기억 속에서도 피라는 분명히 남자였다. 근육이 드러난 기다란 팔, 돌처럼 탄탄한 허벅지, 커다란 페니스 등. 그것은 분명히 팔년 전, 총탄 세례를 받으면서 JSA를 넘어오던 자신의 모습이었다. 강인한 몸과 정신과 의지가 똘똘 뭉쳐져 있는 사내의 모습.
피라와 그는 사흘 동안 바이틀 피티를 벌였다. 처음에는 자신을 바이트하는 셀프피티를 벌였다. 즉 자신의 몸을 물어뜯고 피를 빨아먹었다. 그도 피라를 따라 몸에 상처를 내고 피를 먹었다. 그 다음에는 상대의 피를 뽑아서 마셨다. 그 다음에는 상대의 급소를 물어 피를 빨아 마셨다. 그 다음에는 애니멀섹스와 피티가 뒤섞인 행위를 했다. 그것은 분명히 힘센 남자끼리 벌이는 바이틀이었다.

그 이후는 꿈을 꾸는 것처럼 모든 게 희미하고 몽롱했다. 사실 룸에 들어간 순간부터 모든 것이 꿈속처럼 느껴졌다. 꿈같은 상황은 잠에서 깨어났을 때까지 계속되었다.

96

피라와 바이틀 피티를 벌인 것을 쓰고 침대 위로 쓰러졌다. 며칠간 힘과 피를 뺀 탓인지 온몸이 늘어졌다. 비비에게 먹이를 주는 것도 잊고 잠속으로 빠져들었다. 잠 속에서도 바이틀 피티는 계속되었다. 피라와 그는 벌거벗은 채 서로를 물어뜯었다. 피라는 성기와 배, 목 등을. 그는 허벅지와 가슴, 엉덩이를.

어느 순간 피라는 거대한 페니스를 세우고 달려들었다. 피라는 거부하는 그를 쓰러뜨리고 항문성교를 시도했다. 그는 참을 수 없는 고통으로 비명을 질렀다. 아무리 몸부림쳐도 피라는 애널섹스를 멈추지 않았다. 잠시 후 그는 쾌감을 느끼고 애널섹스를 받아들였다. 항문성교를 마친 피라가 이번에는 침대 위에 엎드렸다.

그는 피라의 등 뒤로 가서 페니스를 삽입했다. 피라가 짐승 같은 목소리로 신음을 질렀다. 엎드린 채 울부짖는 피라의 모습을 내려다보았다. 그 순간 피라가 한 마리의 수컷 늑대로 바뀌었다. 늑대가

된 피라가 기이한 울음소리를 냈다. 놀란 나머지 그는 피라의 몸에서 떨어져 나왔다. 늑대가 된 피라가 뾰족한 이빨을 드러내고 달려들었다. 그는 필사적으로 늑대의 이빨을 피해 달아났다.

아무리 달아나도 늑대를 떼어 버릴 수가 없었다. 결국 거대한 늑대가 달려들어 그의 목을 물었다. 목에서 피가 뿜어져 나올 때 눈을 번쩍 떴다. 꿈에서 깨어났는데도 늑대는 여전히 으르렁거렸다. 그는 놀란 나머지 늑대를 침대 밖으로 밀쳐 버렸다. 붉은 머리 늑대가 침대 아래로 굴러 떨어졌다. 가슴을 진정시키고 늑대를 바라보았다. 방바닥에서 뒹굴고 있는 것은 비비였다.

"네레 지금 내 목을 물어뜯은 거이가?"

그는 손을 들어 왼쪽 목 부위를 더듬었다. 목에서는 아직도 뜨거운 피가 흐르고 있었다. 손가락으로 피를 조금 찍어 맛을 보았다. 피맛은 약간 찝찌름하고 시큼했다.

97

병원에서 간단히 치료를 하고 돌아와서 HTS를 열었다. 그동안 올라갔을 거라고 생각한 주식이 15%나 떨어졌다. 서둘러 포스트앤씨의 기업컨센서스와 재무재표를 확인해 보았다. 포스트앤씨의 매출액은 487억원이고, 영업이익은 4억원이었다. EPS는 74원인데다가 ROE는 마이너스였다. 부채비율은 46.41%, 주가수익비율, 즉 PER은 94.02였다.

포스트앤씨는 4년간 매출액과 영업이익이 하락해 왔다. 하지만 올해 중반기부터는 흑자로 돌아설 예정이었다. 그는 포스트앤씨의 수급상황과 하락이유를 살펴보았다. 주가가 내려간 것은 외국인과 기관의 동반매도 때문이었다. 그 외에 유상증자를 120만주 실시한 것도 하락 이유였다.

이런 상황이라면 당분간 상승하기는 어려웠다. 지체없이 포스트앤씨를 매도하고 오앤공에 매수주문을 냈다. 오앤공의 시가총액은 428억원, 매출액 1126억원, 주가수익비율 16.43이었다. ROE는 5.86, EPS 200원, 주당배당금 50원, 부채비율은 99.36%였다.

지난해 당기순이익이 하향했지만 올해는 전망이 밝았다. 게다가 중국발 황사가 기승을 부릴 것이라는 점이 모멘텀으로 작용했다. 그는 오앤공 주식 3000주를 매입하고 HTS를 닫았다.

98

주식이 떨어져 기분이 나빴지만 소설로 위안을 삼았다. 피라와 피티를 한 덕분에 장면은 리얼해졌다. 문제는 샐러리맨이 사회적 피해자가 되지 않은 점이었다. 그는 생각 끝에 샐러리맨을 도시 빈민가로 이주시켰다. 그것은 샐러리맨한테 사회적 저항감을 심어 주기 위한 조치였다. 본격적으로 흡혈하기 위해서라도 빈민가 입주는 필요했다.

소설에 바이틀 피티 내용을 첨가한 뒤 비비에게 먹이를 주었다. 비비가 좋아하는 것은 과일, 씨앗, 나뭇잎, 새순, 풀뿌리였다. 난처한 것은 나뭇잎, 풀뿌리, 새순을 구하기 어렵다는 점이었다. 하는 수 없이 날생선과 날고기 등을 주었다. 처음에는 날고기를 거부하다가 점차 먹기 시작했다.

날고기 맛을 본 비비는 하루만 걸러도 난리를 쳤다. 어쩔 수 없이 값비싼 육류를 구해다 주었다. 나중에는 생선회, 조갯살, 간, 천엽까지 먹어 치웠다. 그는 비비가 날것에 집착하는 것을 보고 육식을 금지시켰다. 하지만 생고기 맛을 안 비비가 가만히 있을 턱이 없었다.

비비는 냉장고, 찬장, 베란다, 창고를 뒤져 고기를 훔쳐 먹었다. 심지어 쥐포, 오징어, 북어, 멸치, 조개젓까지 먹어 치웠다. 이제 비비는 먹기 위해 태어난 짐승처럼 배만 불러갔다. 그런 비비가 그의 목에 난 상처를 핥았던 것이다.

99

한창 메일을 읽고 있는데 카톡 알람이 울었다. 카톡을 보낸 건 의외로 여고생 페시였다. 페시는 눈 궁금 양파 이모티콘을 띄웠다.
「바이틀 피티를 했다는데 재미있었나요」
그는 땀 삐질 그레제드 아이콘을 보냈다,
「재미고 뭐고 알 수 없는 것 투성이야」
페시가 룰루랄라 페시언 이모티콘을 올렸다.
「그 언니 본래 그렇게 피티해요. 현실 같으면서 환상 같고, 환상 같으면서 현실 같이요」
「지금도 꿈인지 생시인지 알 수가 없어」
「지난번 고라님도 피라언니한테 피를 빨리고 드롭 아웃했어요. 더 이상 피를 빨리다가는 죽을 것 같다면서요」
「지난번 고라는 뭐하는 사람이지」
「애널리스트인데 실적이 떨어질 때마다 피티를 했어요. 피티를 하고 나면 스트레스가 풀린다나요」

「애널리스트면 충분히 그럴 거야. 거기도 경쟁으로 죽고살거든」

「우리 언제 화끈하게 해요」

「컨디션이 회복되면 만나」

페시와의 카톡을 끝내고 다시 메일을 읽었다. 그중 M출판사에서 온 것이 눈길을 끌었다.

'먼저 옥고를 보내 주신데 감사드립니다. 보내 주신 소설을 오랜 시간을 두고 검토를 했습니다. 하지만 많은 장점을 가졌음에도 저희가 출간하기에는 어렵다는 결론을 내렸습니다. 잘 아시다시피 저희 편집부의 검토결과는 작품에 대한 객관적 평가일 순 없습니다. 다만 회사의 출간방향과 부합이라는 면에서 본 주관적인 판단일 뿐입니다. 그럼 저희의 결정을 이해해 주시기 바라며 글을 마치겠습니다.'

M출판사 메일 외에도 일곱 통이 더 들어와 있었다. 그는 메일들을 대충 읽은 뒤 삭제해 버렸다.

100

메일을 뒤적거리다가 새로운 글을 발견했다. 그 글은 H출판사 편집장이 보낸 편지였다. 그는 편지를 클릭하고 읽어 보았다.

'선생님께서 보내 주신 원고는 진지하게 검토해 보았습니다. 그 중 <마지막 사회주의자>, <북과 남>, <목숨을 건 탈출>은 강한 주제의식을 가지고 있다는 점에서 아쉬웠습니다. 다만 <사흘>은 주제를 의식하지 않는다는 점에서 흥미로웠습니다. 주인공이 자살하기 전, 사흘간 벌이는 복수를 담담히 기술한 점도 좋았습니다. 다만 상대를 죽이는 방법이 너무 고루하고 고전적이어서 식상했습니다. 현대사회는 더욱 잔인해지고 더욱 잔혹해지고 더욱 잔악해지고 있습니다. 이런 현실을 인식하고 썼으면 얼마나 좋았을까, 하는 생각입니다. 오랫동안 갈고 다듬은 작품을 혹평해서 죄송스럽습니다만, 좋은 원고를 인연으로 작가와 출판사가 함께 발전해 가면 얼마나 좋겠습니까. 선생님의 문운을 빌며 이만 줄이겠습니다.'

 그는 편지를 읽은 뒤 한숨을 내쉬었다. 다행스러운 건 단칼에 거절하지 않았다는 점이었다. 다른 출판사들은 기본적 설명도 없이 거절 메일을 보냈다. 어떤 출판사는 아예 답장도 주지 않았다. 그는 새 소설은 더욱 잔인하게 써야겠다고 생각했다. 아니 잔인하다 못해 인간이기를 거부하는 글을 써야겠다고 마음먹었다.

 한없이 자유롭고 끝없이 경쟁하고 제한없이 욕망하는 사회에서는 충격만이 답이었다. 즉 H출판사의 조언처럼 너무 주제의식에 집착하거나 작품성에 매달려서는 안 되었다. 남한 독자들은 웬만한 충격이나 쇼킹한 사건이 아니면 놀라지도 않았다. 그런 독자들을 사로잡을 수 있는 건 잔인함, 잔혹함, 잔악함 그 자체였다.

제 2 부
자유의 로맨틱한 죽음

101

 쇼핑해 놓은 채소와 빵, 라면, 육류, 통조림이 바닥났다. 비비가 먹어 치운 게 이유지만, 쇼핑을 해 두지 않은 탓이었다. 통장을 확인해 보니 두 달치 생활비 밖에 남아 있지 않았다. 통장 잔액도 소이가 아껴 쓰라며 입금한 돈이었다. 이 돈을 다 쓰면 당장 뛰어나가 무슨 일이든 해야 할 판이었다. 북쪽에서의 삶은 돈이 별로 들지 않지만, 남쪽은 돈이 없으면 단 한 발짝도 움직일 수 없었다.
 그는 비비를 데리고 인근에 있는 마트로 향했다. 밖으로 나서자 원숭이를 본 아이들이 몰려들었다. 아이들은 너도나도 비비를 만지고 어르고 쓰다듬었다. 몇몇 아이들은 포테이토 크리스프와 마야시 크리스피크레페를 주었다. 비비는 아이들이 먹을 걸 주자 신이 나서 소리를 질렀다. 마트 입구는 금방 모여든 아이들로 북적였다.
 그는 즐거워하는 아이들과 비비를 위해 시간을 주었다. 그런 다음 마트에 들어가 식빵, 치즈, 쨈, 통조림, 소시지 등을 구입했다. 그후 재래시장으로 가서 쌀과 채소, 과일, 육류를 샀다. 식료품을 구매하는 동안 비비는 조용히 따라다녔다. 얌전한 비비가 사랑스러워 리드줄을 풀어 주었다. 비비는 리드줄이 풀리기 무섭게 재래시장 뒤쪽으로 뛰어갔다.

그는 깜짝 놀라 '네레 어드메로 가는 거이가.' 하고 소리쳤다. 다행히 비비는 병아리가 들어 있는 상자 앞에서 멈췄다. 그가 다가갔을 때 비비는 병아리를 들여다보고 있었다. 비비의 표정은 분명히 작은 생명체에 대한 애정이었다.

"그 거이 한번 안아 보라."

그는 병아리를 들어 비비의 손에 들려주었다. 비비는 병아리를 받더니 재빨리 가로수 위로 올라갔다. 그는 당황한 나머지 '네레 병아리 죽이믄 안 된다이.' 하고 외쳤다. 그가 아무리 협박하고 다그쳐도 비비는 꼼짝 하지 않았다. 오히려 보라는 듯이 병아리를 입속에 넣었다. 놀란 병아리 주인이 발을 동동 굴렀다.

"저걸 어째, 저걸 어째."

그는 길가에 나뒹구는 돌을 집어 비비에게 던졌다. 비비는 돌에 맞으면서도 병아리를 아작아작 씹어 먹었다. 병아리를 다 먹은 비비가 턱에 묻은 피를 쓱 핥았다.

102

그는 샐러리맨에게 원숭이 한 마리를 붙여 주었다. 새끼가 아니라 다 큰 원숭이로 설정했다. 샐러리맨이 원숭이와 슬럼가를 배회하는 것이 요점이었다. 소설의 줄거리 수정을 마치고 점심을 먹었다. 비비한테는 지은 죄를 물어 밥을 주지 않았다. 끼니를 건너뛰자 비비가 꺅꺅 소리를 질렀다. 심지어 방문을 차면서 소동까지 부렸다.

그는 못 들은 척하고 외출 준비를 했다. 오랜만에 사우나에 가서 땀을 뺄 작정이었다. 막 집을 나섰을 때 밴드 알람이 울렸다. 밴드에 글을 풋업한 건 알즈였다. 알즈는 「신입 고라 한 명과 릴라 두 명이 들어왔습니다. 모두 환영해 주세요」하고 썼다. 알즈의 글을 본 신입 고라가 새비지 캐리커처를 올렸다.

「크루 26살, 프로그래머입니다. 24시간 피티 가능합니다」

크루에 이에 신입 릴라가 케로로 이모티콘을 띄웠다.

「전 티라예요, 올해 20살」

「저는 히체 22살」

즉시 로스, 보츠, 미치, 페시, 스네, 키토가 반응했다.

「늑대의 사과 가족이 된 걸 축하합니다」

그는 두 손을 든 통키 아이콘을 쏘았다.

「현 고라 키즈예요. 모두 환영합니다」

그의 글에 마린블루스를 붙인 건 크루였다.

「신입 고라 크루입니다. 잘 부탁드립니다」

그는 땀삐질 해럴드왕 이모티콘을 날렸다.

「혼자서 감당하기 어려웠는데 잘 됐습니다」

곧이어 티라가 동그란 눈 케로로를 보냈다.

「키즈님 반갑습니다. 시간 되면 피티해요」

그는 마법사 럼펠스틴스킨 일러스트를 올렸다.

「피티는 언제든지 가능해요」

히체도 제이-지 이모티콘으로 신고했다.

「저는 다른 밴드에서 탈퇴하고 왔어요. 늑대의 사과가 샤킹하다는 소문이 있거든요」

자유의 로맨틱한 죽음

그는 미소짓는 슈렉고양이 이모티콘을 띄웠다.

「현명한 선택입니다. 우리 샤킹한 피티를 해 보죠」

알즈가 「밴드를 확장하기로 했어요. 고라나 릴라도 더 늘리고요. 모두 동의하는 거죠」 하고 블리치 퀸시 아이콘을 쏘았다. 모든 회원들이 일제히 「GOOD」 하고 하트를 날렸다.

103

사우나에서 땀을 빼는데 알즈로부터 카톡이 왔다.

「상의 없이 멤버를 늘여서 미안해요」

그는 고개 젓는 쿵푸팬더 이모티콘을 보냈다.

「그렇지 않아도 고라를 보강하라고 얘기하려던 참이었어요」

알즈가 귀 쫑긋 마치아소비 아이콘과 하트 로고를 올렸다.

「그럼 다행이군요. 키즈님이 기분 나쁠까 봐 걱정했는데」

「아니에요. 겹치기 피티 때문에 온몸이 엉망진창입니다」

「사실 그럴까 봐 신입을 보강한 거예요」

「잘 된 일입니다. 고맙습니다」

「이제 릴라 열에 고라가 둘이니까 균형이 잡힌 셈이네요. 당분간 편하게 피티를 할 수 있겠어요」

「젊은 고라가 보강됐으니까, 멤버들이 좋아할 겁니다」

알즈는 몇 가지 더 얘기를 하고 카톡을 나갔다. 그는 홀가분한 마음으로 사우나를 즐겼다. 그런데 곰곰이 생각해 보니 좀 불균형스런 느낌이 들었다. 고릴라 집단도 수컷 하나에 암컷이 열 마리 이상이 아닌가. 그는 집으로 돌아가면서 로스에게 문자를 보냈다.

「신입 고라가 들어온 거 어떻게 생각해요」

「너무 좋아요. 뉴 페이스잖아요. 또 젊고요」

「예전에도 이런 적이 있었나요」

「지난해에는 고라가 세 명까지 있었어요. 좀 나이가 든 게 문제였지만요」

「고라가 셋까지 있었다고요」

「수컷 셋에 암컷 이 열다섯 명이었어요. 그러다가 고라끼리 암투가 벌어졌죠. 결국 셋 다 치명상을 입고 드롭 아웃했어요. 그 다음에 들어온 게 키즈님이에요」

「그럼 이제야 정상을 되찾은 거네요」

「고라끼리도 피티를 하니까 타임 맞춰 보세요」

104

사우나에서 돌아왔을 때 메일 알람이 울었다. 서둘러 스마트폰을 열고 메일을 체크했다. 그에게 메일을 보낸 건 의외로 도피 중인 남조였다. 남조는 '우리가 맨들어 놓은 비밀 드보크에 들어가 보라. 거게에 중요 자료하구 긴급 연락사항이 있다. 소설 쓰는 데 보탬이 될디 몰라 자료를 보냈다.' 라고 적었다.

드보크는 지난해 남조와 그가 만든 비밀 블로그였다. 남조와 그는 이 블로그로 감정을 공유하고 중요한 일을 상의했다. 말하기 어려운 남북문제나 고충도 드보크에 털어놓았다. 담당경찰이 봐서는 안 될 중요한 사항도 드보크에 올렸다. 그렇지 않아도 남조의 동향이 궁금하던 차라 반가웠다. 그는 비밀번호를 입력하고 드보크를 열었다.

 남조가 드보크에 포스팅한 자료는 놀랍게도 CCTV맵이었다. 더 흥분되는 사실은 A시의 CCTV 배치상황이 모두 들어 있다는 점이었다. 그는 떨리는 마음으로 A시의 CCTV맵을 훑어보았다. A시 중에서도 그가 사는 S아파트를 중점적으로 살폈다. CCTV는 마을도서관, 어린이집, 마음금고, 약방, 반도체창고, K아파트 입구에 설치되어 있었다.
 H병원, 지하철역, 농협, 초등학교, 교차로, 24시편의점, B안경, Y주유소, S아파트 사거리에도 있었다. 후미진 골목이나 범죄가 용이한 곳에도 어김없이 설치되었다. 그는 집을 나와 S아파트 주변을 둘러보았다. 예상대로 CCTV는 50미터 간격으로 있었다. 충격적인 것은 그 어느 곳도 CCTV를 피해서 갈 수 없다는 점이었다.
 그는 일부러 CCTV를 피해 집으로 돌아가 보았다. 하지만 CCTV에 노출되지 않고 귀가하는 것은 불가능했다. 단지 한 군데의 경로를 거치면 CCTV에 잡히지 않았다. 그것은 마을도서관을 좌로 턴해 버스정류장, G빌라, S슈퍼, 231번지 앞길, D아파트 102동과 103동 3번째 샛길, T보신탕, D슈퍼를 거쳐 아파트 2번째 뒷길로 들어오는 경로였다.

105

 그는 즉시 집으로 돌아와 드보크를 열었다. 국가기밀에 해당하는 자료를 구입한 경위가 궁금해서였다. 게다가 맵에는 전국 주요도시의 CCTV 상황까지 들어 있었다. 그의 궁금증을 풀어 주는 것처럼 남조는 입수경위를 메모해 놓았다. 남조에 의하면 CCTV맵은 최근 범행에서 입수한 거였다.

 남조는 며칠 전 젊은 여자를 선택해 범행을 시도했다. 그런데 연약하게 보이던 여자가 치한 격퇴술까지 쓰면서 반격해 왔다. 남조는 치열한 격투 끝에 여자를 제압하고 목을 물었다. 여자는 목을 물린 상태에서도 끝까지 저항했다. 그 과정에서 남조도 작지 않은 상처를 입었다.

 남조는 여자의 핸드백에서 100테라 외장하드를 찾아냈다. 그리고는 은신처로 돌아가 노트북에 꽂았다. 예상외로 외장하드는 NIS에서 사용하는 대용량 메모리였다. 하드에는 대도시 CCTV상황, 중요기관 방어시스템, 비상시 주요인물 보호방안, 게릴라 침투시 대처방안, 전쟁시 주민 소개방안 등등의 데이터가 들어 있었다.

 그는 CCTV맵을 보내 준 이유를 생각해 보았다. 혼자서 범행을 하는 게 힘들어서인가? 같이 범행을 하자는 메시지인가? 경찰 수사에 혼란을 주자는 것인가? 소설을 좀 더 치밀하게 쓰라는 것인가? NIS와 전쟁을 벌이자는 것인가? 잠시 고민한 끝에 한 가지 결론에 도달했다. 그것은 바로 '범행에 동참하라.' 는 메시지였다.

 그는 드보크에 'CCTV맵 잘 받았다.' 라고 리플을 달았다. 또한 '네 덕분에 소설이 잘 나가고 있다.'고 덧붙였다. 마지막으로 '네 의도를 이해했다.'고 적었다. 이제 흡혈전쟁은 새로운 국면에 접어든 셈이었다.

106

다음날 오전에 집주인이 찾아왔다. 집주인은 40대 후반으로 영관급 군인이었다. 영관장교는 다짜고짜 A시로 발령이 났다고 말을 꺼냈다. 지금까지 전방만 돌았는데 본부로 가게 되었다는 거였다. 집주인은 이사를 다니다가 세월을 보냈다고 너스레까지 떨었다. 그는 집주인에게 당장 짐을 빼야 하느냐고 물었다. 집주인은 하루가 급한데 가능하겠냐며 쳐다보았다. 그는 잠시 생각을 한 뒤 고개를 끄덕였다.

"정 그렇다면 이사를 가야죠, 뭐."
"감사합니다. 거절하면 어쩌나 했는데."
"나라를 지키는 분이 필요하다는데 비워 줘야죠."
"역시 소설을 쓰는 분이라 다르군요."

집주인이 돌아간 다음 4구역으로 가 보았다. 4구역은 오래된 빌라와 단독주택이 뒤섞인 곳이었다. 허름한 식당과 술집, 포장마차가 드문드문 있고, 번듯한 상가는 눈에 띄지 않았다. 부동산에 나와 있는 월세는 30에서 60만 원선이고, 5만 원짜리 쪽방도 다수 있었다. 전세는 2천만 원에서 8천만 원까지 다양했다.

그는 보증금 천만 원에 30만 원짜리 단독주택을 찾아가 보았다. 단독주택은 묘하게도 신당 골목 안쪽에 위치해 있었다. 문제는 집의 보존상태였다. 40년 전에 지어진 집은 귀신이 나올 것처럼 을씨년스러웠다. 천정과 벽도 금방 무너질 것처럼 부실한 상태였다. 그래도 다행인 것은 안방과 욕실이 깨끗하다는 점이었다.

그는 집주인과 2년간의 월세계약을 맺고 돌아왔다. 영관장교에게는 일주일 안으로 이사를 가겠다고 알려 주었다. 영관장교는 '너무나 잘 된 일이라.'고 다시 한번 너스레를 떨었다. 영관장교와 통화를 마치고 A시를 검색해 보았다. 본래 A시는 1구역에서 50구역까지 나누어졌다. 그중 1구역에서 5구역은 영세민이 거주하고, 6구역에서 10구역까지는 중산층이 살았다.

11구역에서 20구역까지는 부호들의 거주공간이고, 21구역에서 30구역까지는 재개발지역이었다. 나머지 구역은 낙후된 상가와 시장, 공장지대가 혼재해 있었다. 문제는 4구역 일대에서 터지는 각종 범죄였다. 4구역에서는 하루가 멀다 하고 강도, 절도사건이 터졌다. 방화, 강간, 성추행 사건도 심심치 않게 일어났다. 경찰이 방범활동을 4구역에 집중시켰지만 역부족이었다.

결국 4구역은 모든 사람들이 꺼리는 슬럼가가 되고 말았다. 그는 <슬럼가>라는 말을 입속으로 되뇌고 노트북을 닫았다. 어쩌면 그곳이 <블러드 서킹>을 집필하는데 제격인지도 몰랐다.

107

며칠 후 집주인이 군복을 단정하게 입은 채 찾아왔다. 집주인의 어깨에 붙어 있는 계급은 중령이었다. 중령은 '정이 든 집인데 이사를 가게 해서 미안하다.'며 전세금을 돌려주었다. 그는 5천만 원을 받아서 즉시 증권계좌에 입금시켰다. 계좌에 남아 있던 돈까지 합치면 마지막 배팅을 하기에는 충분한 액수였다.

그는 전세비를 증권계좌에 입금하고 돌아와 집안을 살펴보았다. 집주인의 말대로 정을 붙이고 산 지도 5년이 되었다. 그동안 이 집에서 장편을 3편 쓰고 직장도 몇 군데 다녔다. 중요한 것은 이 집에서 남쪽생활에 적응했다는 점이었다.

그는 중령에게 집을 나간 자자의 생김새를 알려 주었다. 자자의 털색, 특징, 습성, 크기 등이었다. 중령은 '강아지가 돌아오는 즉시 연락을 드릴 테니 걱정 말라.'고 웃었다. 중령이 돌아간 다음 HTS를 열어 보았다. 예상과 다르게 오앤공은 20%나 하락해 있었다. 외국인이 매수에 나섰지만 기관의 매도를 당해낼 수 없었다.

이른 봄부터 온다던 최악의 황사도 감감 무소식이었다. 이대로 여름이 된다면 모멘텀으로 여기던 황사도 끝날 판이었다. 그는 20% 손실이 난 오앤공을 처리하고 엔터테인트로 갈아탔다. 수익을 내려고 투자하는 건 아니지만 막상 돈을 잃으니 기분이 나빴다.

108

HTS창을 닫은 뒤 비비를 데리고 집을 나섰다. 막 공원 입구에 들어섰을 때 알람이 울렸다. 밴드에 글을 올린 건 신입회원 히체였다.

「키즈님 요새 컨디션이 어때요」

그는 물건을 나르는 슈렉 이모티콘으로 대답했다.

「요즘은 이사 준비로 바쁩니다」

히체가 힙합을 추는 제이-지 아이콘을 보냈다.

「이사는 언제 끝나는 거죠」

그는 땀을 뻘뻘 흘리는 스머프 이모티콘을 띄웠다.

「다음 주면 끝날 것 같습니다」

「그럼 다음 주 이후는 가능한 거죠」

「물론이죠」

히체가 브레이크댄스을 추는 제이-지 아이콘을 날렸다.

「이사 즐겁게 하세요」

그는 하트를 나르는 판다독 이모티콘과 하트를 쏘았다.

「좋은 하루」

잠시 후 알즈가 「이사는 언제나 설레는 일이죠」 하고 메텔 아이콘을 풋업했다. 그는 「설레기도 하지만 힘들기도 하네요」 하고 슈렉 이모티콘을 디스패치했다. 알즈가 「이사 마치고 바이틀 피티 해요」 하고 마치아소비를 슈팅했다. 그는 「콜」 하고 엄지를 든 판다독 로고를 플라잉했다. 밴팅을 하는 사이 비비가 리드줄을 물어뜯었다.

그는 '기렇게 자유가 그리운 거이가?' 하고 줄을 풀어 줬다. 비비는 줄이 풀리자 나무 위로 뛰어 올라갔다. 원숭이를 발견한 아이들이 금방 모여들었다. 신이 난 비비가 나무에 매달려 재주를 부렸다. 비비의 재주를 보고 아이들이 먹을 걸 던져 주었다. 비비는 아이들이 던지는 과자와 콘칩을 모두 받아먹었다.

"이것도 먹어 볼래?"

어린 여자애가 바나나를 들고 흔들었다. 비비가 재빨리 손을 뻗어 낚아채 갔다. 여자애가 깜짝 놀라 뒤로 한 발짝 물러섰다. 옆에 있던 남자아이가 사과를 내밀었다. 사과를 발견한 비비가 번개같이 빼앗아 갔다. 그때 아이의 가족인 듯한 여자가 괴성을 질렀다.

"가까이 가지 마. 더러운 짐승이야!"

다른 남자아이가 멈칫거리더니 귤을 등 뒤로 감췄다. 나머지 아이들도 일제히 먹을 걸 숨겼다. 손을 내밀고 있던 비비가 여자를 흘깃

처다보았다. 여자가 나무에 걸터앉은 비비를 향해 눈을 부라렸다.

"저리 가. 너한테 줄 과일은 없어."

그 순간 비비가 덤벼들어 여자의 팔을 물었다. 여자가 비명을 지르며 핸드백을 휘둘렀다. 비비는 온몸을 맞으면서도 팔을 놓지 않았다. 오히려 더욱 발악적으로 팔을 물고 늘어졌다. 그는 놀란 나머지 몽둥이를 찾아들고 내리쳤다. 그제야 비비는 물고 있던 여자의 팔을 놓았다. 비비의 이빨에서 풀려난 여자가 악을 썼다.

"이 흉악한 짐승을 어떻게 좀 해요!"

그는 얼른 허리를 굽혔다.

"죄송합니다. 이 놈이 원래 이런 짓을 하지 않는데…"

여자가 다시 한번 소리를 질렀다.

"사람을 해치는 짐승을 데리고 다니다니 용서할 수 없어요."

109

그는 비비와 함께 경찰 지구대로 연행되었다. 여자는 지구대로 가면서 '사람을 공격하는 짐승을 당장 쏘아 죽이라.'고 악을 썼다. 젊은 경찰이 '원숭이 대신 주인을 처벌하는 게 원칙이라.'고 설명했다. 그럼에도 여자는 즉시 사살할 것을 주장했다.

그는 지구대에 도착할 때까지 싹싹 빌었다. 경찰도 '말 못하는 짐승이 그런 것이니 용서를 하시라.'고 거들었다. 여자는 지구대에 도착해서도 '절대로 용서할 수 없다.'고 거품을 물었다. 보다 못한 지구대장이 나서서 여자를 다독였다.

"어서 병원으로 가세요. 치료부터 하셔야죠."

그제야 여자는 분을 가라앉히고 병원으로 갔다. 여자는 병원에서도 '흉악한 짐승을 그냥 둬서는 안 된다.'고 소란을 부렸다. 그는 병원을 나오면서 비비에게 중얼거렸다.

"네레 이제 주인을 찾아가야 할 것 같다이."

110

다음날 짧은꼬리 마카크를 분양한다는 글을 SNS에 올렸다. 첫날부터 많은 사람들이 비비의 출생과 혈통에 대해서 물었다. 그는 '길에 버려진 원숭이를 데려왔다.'고 대답했다. 사람들은 '길바닥에서 주워온 원숭이라.'는 글을 보고 입양을 포기했다.

어떤 청년은 '비비가 주인을 물어 죽인 원숭이의 새끼라.'고 충격적인 사실을 알려 줬다. 그는 청년에게 비비의 출생과 성장과정을 물었다. 청년은 친절하게 비비의 출생을 요약해서 포스팅했다. 청년에 의하면, 비비의 어미는 자바라고 불리는 마카크 원숭이였다. 자바는 북한에서 살다가 휴전선을 통과해 남쪽으로 내려왔다.

비무장지대를 넘어온 자바는 곡마단에 붙잡혀 곡예를 배웠다. 곡마단에서 주인공 역할을 하던 자바는 나이가 들자 뒷방으로 쫓겨났다. 곡마단 단장은 쓸모가 없게 된 자바의 먹이를 줄여갔다. 새끼를 가진 자바는 위기를 느끼고 탈출할 기회를 노렸다. 그러던 어느 날 밤 자바는 임신한 몸으로 탈출을 감행했다.

자바가 도망친 걸 안 단장이 엽총을 들고 뒤를 쫓았다. 자바는 엽총을 쏘아대는 단장을 습격해 목을 물었다. 단장은 피를 흘리며 병원으로 실려 갔지만 결국 숨졌다. 곡마단을 탈출한 자바는 인근 숲에서 새끼를 낳았다. 새끼를 발견한 곡마단원은 '주인을 해친 원숭이새끼를 키울 수 없다.'고 버렸다는 거였다. 그는 포스팅된 글을 읽은 뒤 길게 한숨을 내쉬었다.

'네레 데려갈 사람이 없는 것 같다이.'

111

그는 어쩔 수 없이 비비와 함께 월세집으로 이사를 갔다. 이사 간 단독주택은 큰방, 작은방, 주방 겸 거실, 작은뜰의 구조였다. 큰방은 침실로 쓰고 작은방은 비비의 거처로 삼았다. 작은방 창밖에는 10년생 너도밤나무가 한 그루 서 있어 더없이 좋았다. 비비도 마음에 드는지 늘어진 나뭇가지를 잡고 흔들었다.

그는 비비에게 '그거이 먹으라고 있는 기 아이다.'고 주의를 주었다. 비비는 말을 알아들었는지 나뭇가지를 가만히 어루만졌다. 먼저 비비의 방을 정리하고 안방과 거실, 욕실, 뜰 순으로 치웠다. 이사 전 집주인이 새 장판과 함께 도배를 해 주었다. 장판을 새로 깔고 도배를 하니까 사람이 사는 집 같았다.

남쪽이 북쪽보다 좋은 건 모든 게 신속하다는 점이었다. 이사를 하는 것도, 집을 치장하는 것도, 옛 것을 버리는 것도 빨랐다. 그뿐이 아니었다. 남쪽 사람들은 만나고 헤어지는 것까지 번개 같았다. 돈을 벌고 돈을 쓰고 돈을 잃어버리는 것도 마찬가지였다. 비비는 짐 정리를 하는 내내 그림자처럼 따라다녔다. 아무리 떼어 놓으려고 해도 말을 듣지 않았다. 그는 비비를 안심시키기 위해 안방 침대에서 재웠다.

비비는 어린아이처럼 그의 곁에서 잠이 들었다. 한참 단꿈을 꾸는데 끈적한 것이 목에 느껴졌다. 무의식적으로 손을 들어 끈적한 것을 털어냈다. 하지만 끈적한 물체는 계속해서 목에 달라붙었다. 그는 견디다 못해 벌떡 일어나 앉았다. 목을 핥고 있는 것은 비비의 기다란 혀였다.

"네레 지금 무시기 짓을 하는 거이가?"

아무리 소리쳐도 비비는 물러나지 않았다. 오히려 어미젖을 빠는 것처럼 더욱 달라붙었다. 그는 비비를 번쩍 들어 침대 밖으로 던졌다. 바닥에 굴러 떨어진 비비가 놀란 눈으로 쳐다보았다. 그것은 비비를 만난 이후 처음 보는 낯선 표정이었다. 비비도 그의 난폭한 태도에서 적대감을 느낀 것 같았다. 엉거주춤 일어난 비비가 창가로 가 쪼그리고 앉았다. 그는 손을 들어 목 부위를 더듬어 보았다. 손끝에 끈적끈적한 피가 묻어났다. 그는 눈치를 살피는 비비에게 소리쳤다.

"당장 밖으루 나가디 못하간?"

잠시 후 비비가 풀 죽은 모습으로 나갔다. 그는 방문을 쾅 닫고 목에 붕대를 감았다.

112

밤새도록 비바람이 불면서 창문과 커튼을 흔들었다. 어느 순간엔 창문이 떨어져 나가는 것처럼 요란스러웠다. 그는 잠을 자면서도 계속 덜컹거리는 소리를 들었다. 그 소리는 악마의 외침처럼 끊임없이 의식을 두드렸다. 그는 뜬 눈으로 뒤척이다가 새벽녘에야 잠이 들었다. 잠 속에서 그는 흡혈귀에게 쫓겨 도망쳤다.

늑대가면을 쓴 흡혈귀는 세상 끝까지 따라와 괴롭혔다. 그가 흡혈귀로부터 벗어난 것은 한낮이 다 되어서였다. 늦게까지 짐을 잤으나 몸은 무겁기 이를 데 없었다. 그는 찌뿌듯한 몸을 이끌고 작은방으로 건너갔다. 예상대로 창문이 반쯤 떨어진 채 덜렁거리고 있었다.

그는 '비비 어디메 있지비? 바돌로메 어디로 간 거이야?' 하고 불렀다. 아무리 소리치고 찾아도 비비는 보이지 않았다. 이상한 생각이 들어 창밖을 내다보았다. 우려한 대로 너도밤나무 가지가 꺾어진 채 흔들거렸다. 어떤 가지는 부러져 땅바닥에 나뒹굴었다.

그는 반쯤 떨어진 창문을 들어 제자리에 맞추었다. 그런 다음 거실로 나가 커피포트를 켰다. 에스프레소와 베이글로 배를 채울 때 알람이 울렸다. 보이스톡으로 통화를 걸어온 건 남애였다. 남애는 다 죽어 가는 목소리로 울듯이 말했다.

"누구레 교회에 불을 놓았는데, 남조 오라비니 짓 같구만요."

그는 깜짝 놀라서 되물었다.

"남조가 교회에 불을 질렀다고?"

"기런 것 같구만요."

"사람은 다치지 않았어?"

"한 명이 타 죽었씨요. 목사라나요."

목사가 죽었다면 큰일이다.

"문제는 목사 목에 이빨자국이 있다는 거야요."

"이빨자국이 있다고 다 남조 짓은 아니잖아."

"기렇다면 얼마나 좋갔씨요. 하지만 남조 오라바니 짓이 분명하구만요."

"경찰이 사인을 밝힐 거야. 이빨자국이 사람의 것인지, 동물의 것인지도 가릴 거고."

그래도 남애는 안심이 안 되는 눈치였다. 그는 '이 일은 절대로 비밀이야. 아무한테도 말하지 마.' 하고 속삭였다. 남애는 알았다고 대답한 뒤 보이스톡을 끊었다.

113

남애와 통화를 마치고 SNS에 뜬 뉴스를 훑었다. 예상대로 뉴스창에는 많은 글들이 포스팅되었다. 한 유저는 '목사를 물어 죽인 범인은 인간이 아니라 짐승이라.'고 썼다. 그 유저는 '목사의 목에 난 이빨자국으로 보아 늑대가 틀림없다.'고 지적했다. 어떤 네티즌은 '지난번에 소녀와 모델을 덮친 범인과 동일범이라.'고 적었다.

고등학생이라고 밝힌 누리꾼은 '흡혈귀를 모방한 제삼자의 범행이 분명하다.'고 댓글을 올렸다. 한 여학생은 '흡혈귀가 도시를 휘젓고 다녀도 잡는 사람이 없다.'고 겁먹은 요조 이모티콘을 올렸다. 신자라고 밝힌 블로거는 '교회에 들어가 불을 지르고 목사의 피를 빨아먹은 건 신에 대한 도전이라.'고 리플을 달았다.

그는 인터넷에 올라온 글들을 빠짐없이 읽었다. 하지만 그 어디에서도 범인은 특정되어 있지 않았다. 서둘러 경찰청 트위터를 열고 들어가 보았다. 경찰청은 '목을 물린 것은 직접 사인이 아니고, 범인도 한 명이 아니라.'고 피력했다. 또 '화재현장에서 죽은 목사를 부검해 정확한 사인을 밝힐 것이라.'고 덧붙였다.

경찰청장도 '최근에 터진 몇 개의 흡혈사건은 우연히 벌어진 별개의 범죄이며, 그들 사이에 연관성은 보이지 않는다.'고 물을 탔다. 마지막으로 관할 경찰서 홈페이지에 들어가 보았다. 관할서 홈페이지도 '교회 화재사건은 단순한 실화고, 목사도 불을 끄려다가 실기해 목숨을 잃었을 뿐이라.'고 발을 뺐다.

특이한 건 NIS에서 '목사 흡혈사건은 국기를 문란케 하는 반사회적 범죄라.'고 유감을 표명한 점이었다. 그는 인터넷에서 떠도는 글을 몇 개 더 읽고 노트북을 덮었다.

114

다음날 남조가 저지른 범행대로 소설을 썼다. 남조가 종교시설에 방화한 것은 일종의 메시지였다. 목사의 목을 물고 흡혈한 것도 자유주의에 대한 경고였다. 즉 소비와 경쟁으로 일관하는 자본주의 사회에 경종을 울린 것이었다. 그는 방화 장면을 쓰다가 상황이 리얼하지 않은 걸 느꼈다. 남조의 범행이 웹사이트에 올라와 있지만 현장감은 떨어졌다.

즉시 밖으로 나가 4구역 일대를 둘러보았다. 예상대로 4구역 안에는 신당과 교회가 있었다. 그러나 버려진 신당이나 빈 교회는 없었다. 그는 종교시설을 포기하고 빈집과 폐가를 찾았다. 다행히 슬레이트가 깨지고 벽이 허물어진 집이 눈에 띄었다. 종교시설이 아니더라도 불에 타는 것을 볼 수 있으면 그만이었다.

그는 폐가 주변을 찬찬히 둘러보았다. 우선 폐가 인근에 CCTV가 설치되어 있는지를 살폈다. 지구대 순찰함이 있는 지도 확인해 보앉다. 다행히 폐가 주변에는 CCTV나 순찰함은 없었다. 그는 다시 집으로 돌아가 휘발유통을 들고 나왔다. 빈민촌답게 4구역은 해가 지자마자 어두워졌다. 이따금씩 불을 밝힌 집도 있지만 대부분 일찍 잠자리에 들었다.

폐가 주변에는 그 흔한 가로등마저도 없었다. 그는 마지막으로 폐가 안쪽과 주변을 둘러보았다. 여전히 사위는 조용했고 오가는 사람도 없었다. 그는 폐가로 다가가 휘발유를 뿌리고 라이터를 켰다. 빈집이지만 불을 지른다는 것 자체가 흥분을 가져왔다. 그는 남조가 불을 놓던 상황을 떠올리며 라이터를 던졌다.

슬레이트와 목재로 지어진 폐가는 금방 불길에 휩싸였다. 잠시 후 누군가가 '불이야.' 하고 소리쳤다. 그 소리와 함께 사람들이 여기저기서 뛰어나왔다. 사람들이 물을 뿌렸지만 불길은 수그러들지 않았다. 한참 뒤 사이렌 소리가 울리더니 소방차가 달려왔다. 소방관 10여 명이 호스를 연결해 불을 끄기 시작했다. 타오르던 불길이 잡혀갈 즈음 누군가가 외쳤다.

"불 속에 사람이 있어요!"

115

그는 발길을 돌리다 말고 그 자리에 멈춰 섰다. 자신이 목적한 것은 방화를 하는 상황이었다. 또한 불길이 집을 삼키고 꺼지는 것을 보면 그만이었다. 그런데 폐가 안에 사람이 있다니. 그는 떨리는 마음으로 소화작업을 지켜보았다. 잔불을 잡은 소방관들이 검게 그을린 사체를 들고 나왔다. 사체는 불에 타서 형체조차 알아보기 어려왔다.
 그는 죽은 사람을 보며 묘한 전율을 느꼈다. 내레 사람을 죽이다니. 소설 때문에 인명을 해치다니. 이건 아이다, 이건 아이야. 그는 재빨리 돌아서서 걸어가기 시작했다. 가슴속에서 연신 자책감과 자괴감이 요동쳤다. 한참을 가자 자책감이 사라지면서 천천히 희열로 바뀌었다. 그는 느닷없이 일어나는 희열로 인해 걸음을 멈췄다.
 "이 거이 무시기 감정인 기야?"
 아무리 희열감을 떨쳐 내려고 해도 되지 않았다. 그는 그 자리에 선 채 고개를 저었다. 희열은 소설이 잘 써질 것이라는 감정에서 나온 떨림이었다. 또한 아무 관계없는 사람을 죽였다는 것에 대한 합리화이기도 했다. 잠시 후 온몸의 촉수들이 일어나 아우성쳤다.
 '네레 행복하게 살기 위해서리 탈북한 거 아이가? 남쪽으루 내레와 자유롭게 살려고 탈출한 거 아이가? 기런데 소설 때문에 사람을 쥑이다니. 아이야, 아이야. 무슨 수를 쓰더라두 소설만 잘 쓰믄 된다 아이가?'
 그는 가슴속에서 부딪치는 갈등을 억누르며 집으로 향했다. 어차피 남쪽은 소비 자본주의 사회 아닌가? 돈을 위해 수단과 방법을 가리지 않는 사회 아닌가? 자신의 출세를 위해서라면 남을 죽여도 되는 곳 아닌가? 그는 집으로 돌아오자마자 욕실로 들어가 몸을 씻었다. 그런 다음 노트북을 열고 소설을 썼다. 직접 경험한 글이라서 방화장면은 무엇보다 생생했다. 사실 그것은 생생한 것이라기보다 처절한 거였다. 그는 절망의 밑바닥에서 동아줄을 잡은 것처럼 외쳤다.
 "내레 이데 좋은 소설을 쓸 수 있게 되었다이!"

116

 그는 아침 일찍 일어나 불을 지른 장소로 가 보았다. 불에 타 죽은 사람은 40대 노숙자였다. 노숙자는 도심을 떠돌다가 4구역까지 밀려왔다. 평소 주민들은 노숙자가 유입되는 것을 우려했다. 그렇지 않아도 빈민가인데, 노숙자가 늘면 범죄가 터진다는 거였다. 그는 사람들의 애기를 들으며 화재감식을 지켜보았다.

 경찰은 폴리스라인조차 치지 않고 감식을 진행했다. 경찰의 태도로 보아 '단순 실화'라고 결론지은 것 같았다. 동네 사람들도 죽은 사람의 실수라고 단정지었다. 그는 안도의 한숨을 내쉬고 발걸음을 돌렸다. 경찰이 수사를 단순화시킨다면 범죄는 완벽해진 셈이었다. 그가 막 화재현장을 벗어났을 때 40대 남자가 막아섰다.

 "당신 탈북자 맞지?"

 "그렇습니다만 무슨 일인지?"

 "나는 당신이 한 짓을 알고 있소."

 그는 깜짝 놀라서 눈을 동그랗게 떴다.

 "내가… 무슨 짓을… 했다는 겁니까?"

 "당신이 폐가에 불을 질렀지 않소."

 "내가 불을 질렀다는… 증거라도 있단 말입니까?"

 남자가 포켓에서 휴대폰을 꺼냈다.

 "여기에 불을 지르는 장면이 들어 있소. 휘발유를 뿌리고 라이터를 던지는 모습이."

 그는 남자를 끌고 골목으로 들어갔다. 남자가 못 이기는 척 따라왔다. 그는 남자를 잡고 떨리는 목소리로 물었다.

"원하는… 게… 뭡니까?"

"원하는 건 없소. 그저 그렇다는 것뿐이지."

그는 만 원짜리 몇 장을 꺼내 쥐어 주었다. 남자는 지폐를 받아들고 동영상을 지웠다. 그는 동영상이 지워진 걸 확인하고 말했다.

"이 사실을… 누구한테도 말해선… 안 됩니다."

"걱정 마시오. 아무리 노숙자지만 양심까지 내버린 건 아니니까."

그는 돌아서는 40대 남자를 보며 마른침을 삼켰다.

117

그는 소설을 쓰다 말고 자기 자신에게 다짐했다. 앞으로 경험이 없는 글은 절대로 쓰지 않겠다. 어떤 희생을 치르더라도 직접 체험 후 집필에 들어가겠다. 얄팍한 지식으로 독자들을 우롱하지 않겠다. 피맛을 보지 않고 <블러드 서킹>을 완성시키지 않겠다.

이렇게 결정하니 울적하던 기분이 어느 정도 풀어졌다. 그는 욕실로 들어가 따듯한 물로 샤워를 했다. 몸을 씻고 났더니 갑자기 성욕이 일었다. 즉시 밴드에 글을 올려 섹티 상대를 찾았다. 스네가 기다렸다는 듯 골드배트 캐리커쳐를 풋업했다.

「고라님 섹티 상대가 필요하신가요」

그는 쿵푸 맨하나 이모티콘과 하트를 디스패치했다.

「네 긴급 섹티가 필요합니다」

「사실 저도 긴급 섹티를 신청하려던 참이었어요」

「그렇다면 잘 됐군요. 내일 오후 5시 어때요」

「내일 5시 굿. 스팟은 광화문 씨네큐브」

「광화문 씨네큐브 오키」

「그럼 내일 5시 씨네큐브에서 만나죠」

스네와 피섹을 잡은 뒤 집안 곳곳을 정리했다. 막 이사를 끝낸 터라 치울 것이 많았다. 쓸데없는 물건을 모두 버리고 짐을 간소화시켰다. TV와 장롱, 책장, 컴퓨터 데스크도 내놓았다. 작은 집으로 이사를 왔지만, 잡다한 물건을 버리니 오히려 넓었다. 막 청소를 마쳤을 때 비비가 창문을 넘어 들어왔다. 그는 해쓱해진 비비에게 눈을 부라렸다.

"네레 지금 무시기 짓을 하구 돌아다니는 기야?"

잠시 쭈뼛거리던 비비가 건넌방으로 들어갔다. 그는 비비를 쫓아가면서 재차 다그쳤다.

"다시 한번 사람을 물믄 그냥 두지 않을 기다."

비비가 알아들은 것처럼 고개를 끄덕였다. 그는 비비의 머리를 부드럽게 쓰다듬었다.

"네레 남쪽에서 살아남아야 하디 않칸?"

118

그가 씨네큐브에 도착했을 때 스네는 이미 나와 있었다. 예상은 했지만 실물이 사진보다 훨씬 매력적이고 아름다웠다. 말투도 우아하고 행동 하나하나에도 품위가 넘쳤다. 그뿐이 아니었다. 옷과 구두, 액세서리 또한 평범한 것이 아니었다. 얼핏 봐도 스네는 피맛이나 보러 다닐 여자 같지 않았다. 그는 연신 헛기침을 하며 손을 내밀었다. 스네가 그의 손을 잡고 우아한 목소리로 말했다.

"북에서 김일성대를 다니셨다면서요?"

"네, 문학부를 졸업하고 군에 갔습니다."

"그런데 남쪽은 왜?"

"좀 더 자유롭게 글을 쓰기 위해서죠."

"그래서 잘 되고 있나요?"

그는 뒷머리를 긁적거렸다.

"그게… 마음대로 되지 않습니다."

"그럴 거예요. 남한은 모든 게 다르니까요."

"정말 그렇습니다. 유행을 따라잡기도 힘겨울 정돕니다."

"하지만 점차 적응이 될 거에요. 남한도 사람 사는 곳이니까요. 그건 그렇고 피티를 하러 가야죠."

"어디로 갈까요? 찻집 아니면 영화관?"

스네가 길가에 세워진 롤스로이스를 가리켰다.

"영화는 다음에 보기로 하고, 우선 제 차를 타시죠."

"어디… 멀리 가야 합니까?"

스네가 '가 보면 알 거예요.' 하고 앞장을 섰다. 그는 그녀를 따라 롤스로이스 팬텀에 올랐다. 처음 타 보는 고급차라서 그런지 무척 생경했다. 게다가 운전대를 잡은 여자가 눈에 띄는 미인이었다. 그가 관심을 보이자 스네가 '수행비서라.' 라고 일러 줬다. 여자가 '처음 뵙겠습니다. 저는 토스라고 합니다.' 하고 고개를 숙였다. 수행비서와 인사를 나누자 스네가 정중히 양해를 구했다.

"죄송하지만 키즈님 눈을 가려도 될까요?"

"내 눈을요?"

"네."

"이게 룰입니까?"

"그런 건 아니지만 필요한 과정이에요."

"정 그렇다면 어쩔 수 없죠."

"금방 도착하니까 불편해도 조금만 참고 계세요."

그는 스네가 건네준 검은 안대를 썼다. 안대를 착용한 걸 확인한 스네가 말했다.

"정말 죄송해요. 하지만 이런 방법이 섹티를 즐기기엔 더없이 좋을 거예요."

그는 안대를 꾹 눌러 쓴 뒤 중얼거렸다.

"오히려 이런 방식이 좋은 것 같습니다. 안 보이니까 스릴도 느껴지고."

"그렇게 말해 주시니 제가 한결 편해졌습니다."

스네의 말이 끝나기 무섭게 차가 출발했다.

119

그와 스네는 한 마디의 말도 주고받지 않았다. 대신 수행비서가 이것저것 말을 걸고 붙였다. 침묵 속에 차는 언덕을 오르고 유턴을 하고 급커브를 돌았다. 빠르게 달리는가 하면, 낮은 속도로 고갯길을 지나갔다. 간혹 찬송가 소리가 들리는 곳도 지나쳤다. 어떤 곳에서는 목탁소리와 염불소리도 들렸다. 어떤 곳에서는 염소 울음소리와 소 울음소리도 들렸다. 그렇게 차는 한 시간 이상을 달린 끝에 목적지에 도착했다. 수행비서가 롤스로이스의 시동을 끄면서 돌아보았다.

"다 왔습니다."

그는 안대를 벗으려고 손을 들었다. 스네가 재빨리 막았다.

"제가 벗으라고 할 때까지 쓰고 계세요. 아주 잠깐이면 됩니다."

그는 어쩔 수 없이 스네의 손을 잡고 차에서 내렸다. 스네는 그를 끌고 넓은 정원을 가로질러 갔다. 잔디가 밟히는 것으로 보아 서양식 주택이 틀림없었다. 간혹 스프링클러가 칙칙 소리를 내면서 돌아갔다. 어디선가 매커우앵무새 우는 소리도 들렸다. 앵무새 소리 사이로 퓨전음악 연주도 들려왔다. 스네가 넓은 현관을 지나 로비로 들어섰다. 로비로 들어가자 장미꽃 내음이 코를 찔렀다. 그가 멈칫거리자 스네가 팔을 잡아끌었다.

"조금만 더 가면 됩니다."

로비와 회랑을 지나 에스컬레이터에 올라섰다. 에스컬레이터는 소리없이 움직였다. 잠시 후 올라가던 에스컬레이터가 멈췄다. 스네가 에스컬레이터에서 내리며 속삭였다.

"다 왔습니다. 벗어 보세요."

그는 머나먼 여행을 끝낸 사람처럼 안대를 벗었다. 흐릿한 시야 속으로 많은 사람들이 보였다. 그는 눈을 비비고 다시 한번 사람들을 훑어보았다. 널따란 홀에서 남녀들이 파티를 벌이고 있었다. 놀라운 사실은 그들 모두가 나체라는 점이었다. 사람들은 알몸에 이미지 안경 하나만 걸치고 먹고 마셨다. 그가 당황한 표정을 짓자 스네가 속삭였다.

"이분들은 내추럴한 삶을 동경하는 사람들입니다. 그래서 가식

투성이인 옷과 장신구를 모두 벗어 던진 겁니다."

"저도… 옷을 벗어야… 합니까?"

"걱정 마세요. 강제로 벗기지는 않을 테니까요."

"다들 벗고 있는데 나만…"

"그렇게 생각한다면 벗으셔도 됩니다. 또 그래야 나체파티에 초대된 의미도 있고요."

그가 재킷을 벗자 스네가 수행비서에게 사인을 보냈다. 옆에 있던 수행비서가 팔을 잡아끌었다. 그는 수행비서를 따라 피팅룸으로 들어갔다.

120

나체족들이 착용한 안경은 테마별로 만들어져 있었다. 고양이를 좋아하는 사람은 고양이수염이 달린 안경을 썼다. 앵무새를 선호하는 사람은 앵무새깃털이 꽂힌 안경을 걸쳤다. 나비를 사랑하는 사람은 나비의 날개가 장식된 안경을 착용했다. 그는 늑대수염안경이 테이블에 있는 것을 발견하고 재빨리 귀에 걸었다.

안경으로 눈을 가리니까 부끄러움이 싹 사라졌다. 스네는 알몸에 황금박쥐날개안경를 쓰고 대화를 나누었다. 그는 스네의 벗은 몸을 곁눈으로 훔쳐보았다. 스네의 나신은 눈을 뗄 수 없을 정도로 매력적이었다. 가는 허리와 볼록한 가슴, 탐스런 엉덩이, 쭉 빠진 다리는 섹시함 자체였다. 스네가 홀 중앙으로 나서더니 그를 소개했다.

"늑대수염안경님은 알즈님 추천으로 나체클럽에 왔습니다. 직업은 소설가이고, 닉네임은 키즈, 세례명은 맛디아. 취미는 피티를 즐기는 것이랍니다. 물론 가끔 섹티로 스트레스를 푼다고 합니다. 아, 그리고 늑대수염안경님은 공동경비구역을 통과해 내려온 탈북잡니다. 총탄을 여러 발 맞고 사경을 헤매다가 가까스로 살아났죠. 그뿐이 아닙니다. 늑대수염안경님은 김일성대 문학부를 뛰어난 성적으로 졸업한 수잽니다. 영어, 불어, 일본어, 중국어, 러시아어를 능숙하게 구사하는 인재이기도 하고요. 모두 늑대수염안경님을 환영해 주시기 바랍니다."

스네의 말이 끝나자 일제히 박수를 쳤다. 어떤 사람은 손으로 하트를 만들어 보냈다. 어떤 여자는 손가락 키스를 날려 반가움을 표시했다. 그는 환영하는 회원들에게 정중히 허리를 숙였다. 박수를 치던 여우수염안경이 다가와 인사를 건넸다.

"저는 여우수염안경이라고 합니다. 키즈님에게 뽑기미팅을 신청합니다."

"뽑기미팅이요?"

여우수염안경의 말을 스네가 해석해 주었다.

"키즈님이 킹카드를 뽑으면 마음대로 상대를 고를 수 있는 게임입니다. 그러니까 여우수염안경, 버터플라이수염안경, 코알라수염안경, 패러트수염안경, 아울수염안경 등등 중에서 한 명을 고를 수 있다는 얘기죠. 물론 파트너를 선택하면 같이 가서 맘껏 즐길 수 있습니다."

스네의 말을 듣고 모여선 여자들을 쓱 훑어보았다. 버터플라이수염안경은 살찐 몸에 큰 유방을 달고 있었다. 코알라수염안경과 패러트수염안경은 마른 몸매에 유방과 엉덩이도 작았다. 아울수염안경과 고양이수염안경, 여우수염안경은 쭉 빠진 몸매에 탄력적인 유방이 돋보였다. 아무리 살펴봐도 고양이수염안경과 여우수염안경이 단연 뛰어났다. 그가 망설이고 있자 스네가 등을 떠밀었다.
"동행한 파트너 걱정은 하지 마세요. 우리클럽은 어느 누구하고도 섹티를 즐길 수 있으니까요."
그는 스네에게 밀려 뽑기상자 앞으로 다가섰다. 많은 사람들이 그의 움직임을 지켜보았다. 그는 붉은 박스에 손을 넣고 카드를 한 장 집었다. 유독 고양이수염안경과 여우수염안경이 긴장된 표정으로 뽑기를 주시했다. 다행히 그가 집어 든 카드는 킹카드였다. 킹카드를 본 고양이수염안경과 여우수염안경이 펄쩍 뛰며 소리를 질렀다. 그와 함께 모든 사람들이 러브사인을 보냈다.

121

그는 침대에 누워 여우수염안경의 커레스를 받았다. 여우수염안경은 가슴과 겨드랑이를 터치하다가 허벅지로 내려갔다. 그 상태로 허벅지를 애무하다가 페니스를 건드렸다. 그녀가 건드리기 전부터 페니스는 발기된 상태였다. 그는 눈을 감은 채 그녀가 올라오기를 기다렸다.
하지만 그녀는 좀처럼 교접자세를 취하지 않았다. 그 대신 페니스를 입에 넣고 커레스를 이어갔다. 여우수염안경의 뜨거운 혀는 집요하게 페니스를 자극했다. 그는 솟구치는 정액을 눌러 참았다. 한동안 페니스를 자극하던 그녀가 정면으로 돌아왔다. 그가 페니스를 삽입하려 하자 그녀가 막았다.
"삽입은 안 돼요."

"왜 안 되는 겁니까?"

"늑대수염안경님은 킹카드를 뽑았어요. 그래서 섹스를 할 수 없는 거예요. 커레스나 페팅, 오럴, 펠라티오는 가능해요."

"킹카드를 뽑은 사람이 특별히 할 일이 있습니까?"

여우수염안경이 엷게 미소지었다.

"그건 알려 드릴 수 없어요. 다만 늑대수염안경님이 오늘 파티의 히어로란 점은 틀림없어요."

"내가 오늘 파티의 히어로라고요?"

"네 오늘의 히어로예요. 그래서 제가 먼저 서비스를 하는 거예요."

"그럼 여우수염안경님이 제 파트넙니까?"

"이 시간엔 제가 키즈님의 파트너예요. 하지만 다른 멤버가 올 수도 있어요."

"다른 멤버라면?"

"퀸가로 뽑힌 레이디요."

"그 여자분하고도 섹스는 안 됩니까?"

"물론이에요. 그분하고도 안 돼요."

그는 눈을 감고 침대에 길게 누웠다. 안 된다는 걸 구태여 할 필요는 없었다.

122

여우수염안경은 손과 혀를 동원해 온몸을 커레스했다. 그녀의 커레스는 특별대상에게 하는 것처럼 에로틱했다. 그는 커레스를 받으며 혼이 나가는 듯한 쾌감을 느꼈다. 그 정도로 여우수염안경의 커레스는 조심스러우면서도 자극적이었다. 결국 그는 정신을 잃을 정도의 커레스를 받고 풀려났다. 설핏 잠들었을 때 전갈수염안경이 들어왔다.

전갈수염안경은 그의 몸에 애니멀릭향이 나는 액체를 발랐다. 매끄러운 액체를 몸에 바르자 잠이 쏟아졌다. 그는 눈을 감은 채 이것이 꿈일 거라고 생각했다. 하지만 온몸에 느껴지는 여자의 손길은 또렷했다. 그는 다시 한번 오일 마사지를 통해 절정에 이르렀다.

마지막으로 전갈수염안경이 그의 입에 액체를 부었다. 정신이 혼몽한 가운데 달콤한 액체를 삼켰다. 액체가 넘어가자 전신이 짜릿하면서 편안해졌다. 그는 극도의 편안함을 느끼며 눈을 감았다. 이 세상 모든 것이 그를 위해 존재하는 것처럼 감미로웠다.

잠시 후 감미로움을 넘어 환각 속으로 빠져들었다. 그가 환각에 취해 있을 때 문 열리는 소리가 들렸다. 방으로 들어온 것은 고양이수염안경이었다. 두 여자는 귓속말로 무언가를 주고받았다. 몇 분 후 전갈수염안경이 나가고 고양이수염안경만 남았다. 고양이수염안경이 침대로 다가와 긴장된 목소리로 말했다.

"오늘밤 늑대수염안경님을 제물로 바칠 거예요. 여기서 나가야 돼요."

그는 깜짝 놀라 상체를 일으켰다. 하지만 몸이 말을 듣지 않았다. 그는 흐릿한 눈으로 고양이수염안경을 올려보았다. 고양이수염안경이 얼굴에 걸친 안경을 벗었다.

"저예요. 미소…"

그는 허공을 향해 손을 허우적거렸다. 그녀가 다시 안경을 눈에 걸쳤다.

"여기 있으면 위험해요. 빨리 나가야 해요."

"미－소－님－이－여－기－에－ 어－떻－게?"

"잠시 후 키즈님 피를 뽑아 카니발에 쓸 거예요."

"그－게－정－말－입－니－까?"

"정말이에요."

"끔－찍－한－곳－이－군－요."

"지금부터 제가 시키는 대로 하세요."

123

그는 미소가 준 액체를 마시고 겨우 의식을 되찾았다. 그럼에도 여전히 목소리는 잠겼고 팔과 다리도 자유롭지 않았다. 그는 흐릿한 머리를 흔들고 메인홀을 바라보았다. 메인홀에서는 한창 카니발을 준비하느라고 소란스러웠다. 그들은 모두 나체로 웃고 떠들며 술을 마셨다.

어떤 사람은 엉덩이를 흔들면서 노동무를 추었다. 한 무리는 둥근 제단을 돌며 주술요를 불렀다. 또 다른 사람들은 어깨동무를 하고 껑충껑충 뛰었다. 그들의 노래와 율동은 원시인의 것처럼 힘이 넘쳤다. 미소가 벗은 몸에 가운을 걸치면서 속삭였다.

"매년 칠월 그믐날 사람의 피를 뽑아서 바치는 의식을 해요. 한 해를 자유롭고 풍족하게 지낼 수 있도록 비는 카니발이죠. 거기에 키즈님의 피가 필요한 거예요."

그는 겨우겨우 단어를 만들었다.

"왜 하필… 사람의 피를… 바치는 겁니까?"

"이것도 다 원시인들이 하던 것을 흉내낸 거예요. 사업 성공과 승진, 출세, 권력, 명예, 자유를 기원하는 뜻에서죠."

"그럼 내가… 사냥… 대상이었어요?"

"키즈님은 처음부터 사냥되어 온 거예요. 스네가 키즈님을 선택한 거고, 이곳의 멤버들이 모두 동의했어요. 키즈님이 누구보다 훌륭한 제물이라는 것을요. 특히 김일성대를 졸업했다는 점이 주목을 받았어요. 북한 사람들은 아직도 영혼이 맑고 순수하다고 여기거든요. 또 한 가지는… 세례명이 맛디아란 점과 사선을 뚫고 내려왔다는 것이 고려되었어요. 여기서는 순수하고 고결한 피가 필요하거든요."

"단순히 세례명일 뿐인데도요?"

"바로 그게 단순하지 않은 거예요."

"아 네."

그는 서둘러 슈트를 찾아 입었다. 미소가 문밖을 살피더니 앞장을 섰다.

"저를 따라오세요. 지금 나가지 않으면 기회가 없어요."

"정말… 무서운… 곳이군요."

미소는 복잡한 회랑을 돌아 로비로 나섰다. 로비에는 나체족이나 클럽멤버는 보이지 않았다. 다만 술 취한 남자 몇 명이 눈에 띌 뿐이었다. 막 로비를 지나갈 때 40대 남자가 말을 걸었다. '카니발이 시작됐는데 어딜 가는 거요?' 미소가 중년남자에게 다가가 무슨 말인가를 건넸다. 남자가 히죽 웃으며 '빨리 갔다 오시오.'하고 중얼거렸다. 그는 양주병을 거꾸로 든 남자를 가리켰다.

자유의 로맨틱한 죽음

"저 사람이… 다른 멤버에게… 알리지 않을까요?"

"걱정 마세요. 돌아와서 파트너가 돼 준다고 했으니까요."

"아… 네에."

"빨리 움직이세요. 술이 깨면 다시 찾을 거예요."

미소가 현관을 지나 불이 꺼진 정원을 가로질러 갔다. 그는 흐릿한 정신을 추스르며 걸었다. 매커우앵무새 소리와 스프링클러 소음은 여전히 들렸다. 강렬한 장미꽃 내음은 사라지고 싱그러운 풀냄새가 코를 찔렀다. 잠시 후 축구장 같은 정원이 끝나고 주차장이 나타났다. 그는 전부터 묻고 싶던 말을 꺼냈다.

"그런데… 나체클럽에는… 언제 가입한 거죠?"

미소가 걸어가다 말고 멈춰 섰다.

"저는 창립 멤버 중 하나예요."

"미소님이… 창립 멤버라고요?"

"하지만 지금은 아웃사이더로 한 발짝 물러났어요. 사실 저 사람들도 처음부터 과격한 파티를 벌인 건 아니에요. 모임이 거듭되면서 점차 이상해지기 시작한 거죠. 어떤 모임든 그렇잖아요. 처음에는 순수하다가 차츰 욕망적이 되고, 급기야는 돌이킬 수 없을 정도로 타락해 가죠. 이제는 타락하다 못해 잔인해지고 사악해졌어요."

"이곳에서… 희생된 사람이… 많나요?"

"희생된 사람이 한두 명이 아니에요. 정확히 말하면 여섯 명이 목숨을 잃었어요. 키즈님은 일곱 번째고요."

그는 놀란 눈으로 미소를 쳐다보았다. 미소가 승용차 문을 열고 올라탔다.

"이 카니발에 참가하면 빠져나갈 수가 없어요. 참가하는 순간 공범이 되는 거니까요."

124

지독한 악몽에서 깨어났을 때 알람이 울었다. 카톡으로 문자를 보낸 건 스네였다. 그는 정신을 차리고 지난밤 일에 대해서 물었다. 스네가 블랙배트 아이콘과 함께 글을 올렸다.

「키즈님이 일곱 명과 연쇄 섹스를 할 차례였는데, 그냥 가서 파티가 엉망이 됐어요」

「저는 술이 너무 취해서 그냥 돌아왔습니다. 파티가 엉망이 됐다면 정말 미안합니다」

「다음 파티도 있으니까, 그때는 끝까지 즐겨 보죠」

「카니발이 준비되어 있었다는데 그게 뭐죠」

「멤버 중 한 명의 피를 뽑아 나누어 마시는 파티예요. 일종의 행운의식이죠. 그 다음이 섹파고요」

「제가 경험이 없어서 파티를 망쳤군요」

스네가「다음 파티 때 성의를 보여 주시면 됩니다」하고 카톡을 나갔다. 그는 카톡을 끝내고 미소가 한 말을 곱씹어 보았다. '앞으로 나체클럽에는 나가지 마세요. 저도 그 파티에 참석하지 않을 거예요. 축제 때문에 사람을 해치는 건 죄악이에요.'

그는 모든 게 약물 때문에 일어난 환각이고 오해라고 단정지었다. 아무리 피를 뽑는 축제라 해도 사람까지 해칠 리는 없었다. 게다가 리더인 알즈도 잘 알고 있는 모임이 아닌가. 식빵으로 간단히 아침을 때우고 불이 난 장소로 가 보았다. 폐가는 불에 그슬린 채 흉물스런 모습으로 서 있었다. 그는 이웃집 남자를 붙잡고 수사 진행상황을 물어보았다. 남자가 좌우를 둘러보더니 조심스레 말을 꺼냈다.

"불을 지르는 걸 본 사람이 있다고 합디다. 조만간 범인이 잡힐 거라는 소문도 있고요."

그는 담배를 꺼내 한 가치 권했다.

"불을 지른 사람을 본 게 누굽니까? 이 동네 사람입니까?"

"삼십대 남잔데, 노숙자라는 말도 있어요."

그는 남자가 물고 있는 담배에 불을 붙여 주었다. 남자가 고맙다고 말한 뒤 돌아섰다.

125

아침 일찍 엔터테인트 주가를 확인해 보았다. 엔터테인트는 오를 거라는 예상과 달리 하락 중이었다. 묘하게도 오르기를 바랄 때는 떨어지고, 떨어지기를 원할 때는 올랐다. 북한에서 유일하게 주식을 하는 김정은도 이런 기분이 들 거라고 생각하니 쓴웃음이 솟았다. 곧바로 엔터테인트를 매도하고 캐스코리아로 갈아탔다.

캐스코리아를 사놓고 기업 컨센서스를 확인해 봤다. 다행히 기업 컨센서스는 양호한 편이었다. 최근 3년간 영업이익이 132억, 135억, 141억이고, 순이익도 68억, 94억, 76억원이었다. 기업지표인 ROE는 8.76%, ROA는 3.73%, 부채비율은 114.04%, 자본보유율은 1479억이었다. 현금배당율은 1.83, 현금DPS는 120원, 현금배

당성향은 19.12원이었다.

캐스코리아의 올해 예상매출액도 뛰어난 편이었다. 즉 예상 매출액은 2268억원이고, YOY는 11.6%, 영업이익은 174억원, 당기순이익은 95억 원이었다. 차트상의 이평선 움직임도 매우 양호했다. 5일선과 20일, 60일, 200일선 공히 골드크로스를 만들고 상승 중이었다.

모든 걸 종합해 볼 때 캐스코리아는 상승국면 초기였다. 그는 캐스코리아에 남은 현금을 모두 털어 넣었다. 이중에는 반환받은 전세금까지 포함되어 있었다. 만약 이번에 실패한다면 전재산을 날리는 판이었다. 마지막으로 기업개요와 재무분석, 지분현황, 기업일정을 확인하고 HTS를 닫았다.

126

그는 나체족들이 벌인 광적인 카니발을 소설로 썼다. 소설에서는 샐러리맨이 발가벗긴 채 제단에 오르는 것으로 설정했다. 그리고 피를 뽑힌 샐러리맨이 죽음 직전 도망치는 것으로 구성했다. 샐러리맨을 탈출시킨 것은 카니발에 참석한 16세 소녀였다. 결국 나체족들은 킹카드를 뽑은 주인공을 놓치고 노숙자를 잡아왔다.

잠을 자다가 잡혀간 노숙자는 영문도 모른 채 피를 뽑혔다. 노숙자의 세례명은 한때 그리스도교를 박해했던 바오로로 지었다. 한참 소설을 쓰고 있을 때 인터폰 소리가 들렸다. 그는 현관 쪽으로 가다가 말고 거실 중앙에 멈춰 섰다. 만약 경찰이 찾아왔다면 낭패가 아닐 수 없었다. 일단 보안경에 눈을 대고 밖을 내다보았다.

놀랍게도 인터폰을 누르는 것은 경찰 2명이었다. 그는 보안경에서 눈을 떼고 머리를 굴렸다. 경찰은 그가 방화범이라는 것을 알고 찾아온 것인가? 아니면 순찰을 돌다가 잠시 들른 것인가? 혹시 방화를 목격한 노숙자가 고발한 것은 아닌가? 생각이 거기에 미치자 가슴이 떨리고 호흡이 가빠졌다.

경찰들은 그의 생각을 아는지 모르는지 인터폰을 계속 눌렀다. 그는 현관문 앞에 서서 벨소리가 멈추기만 기다렸다. 인터폰을 누르던 경찰이 이번에는 문을 쾅쾅 두드렸다. 잠시 후 소란이 멈추고 투덜거리는 소리가 들렸다. '아무도 없는 거 아니야. 그냥 가자고.' 그는 재빨리 보안경에 눈을 대고 밖을 내다보았다. 경찰 2명이 큰길로 걸어나가고 있었다.

그는 경찰들이 돌아간 것을 확인하고 방으로 들어갔다. 범인이든 아니든 경찰이 찾아오는 건 좋은 일이 아니었다. 하루 빨리 노숙자를 만나 일을 매듭짓는 게 상책이었다. 그는 서둘러 외출복을 찾아 입고 밖으로 나갔다.

127

노숙자를 찾아다니자 동네 꼬마들이 따라나섰다. 그는 꼬마들에게 용돈을 쥐어 주고 '삼십 대 노숙자가 있는 곳을 알아 오라.'고 시켰다. 꼬마들은 일제히 '알았어요.' 하더니 흩어졌다. 그는 벤치에 앉아 이마에 맺힌 땀을 닦았다. 막상 노숙자를 찾으러 나왔지만 행적을 알 수 없었다. 하지만 분명한 사실은 노숙자가 4구역 안에 있다는 것이었다.

잠시 후 한 아이가 뛰어오더니 '노숙자 아저씨가 자고 있어요.' 하고 소리쳤다. 그는 아이를 앞세우고 마을 뒤쪽으로 향했다. 아이가 말한 곳은 4구역 중에서도 가장 으슥한 곳이었다. 그곳은 지난봄에 한번 가본 적이 있었다. 그때는 산책을 하다가 낯선 구역이 있어 들어갔다. 그때 느낀 것은 범죄가 일어나기 쉬운 장소라는 거였다.

그가 두리번거리자 아이가 '여기예요.' 하고 빈집을 가리켰다. 그는 앞뒤를 살펴본 뒤 집안으로 들어섰다. 예상대로 노숙자는 머리 끝까지 이불을 뒤집어쓰고 있었다. 그는 심호흡을 한 뒤 노숙자의 어깨를 흔들었다. 노숙자는 깊은 잠에 빠졌는지 좀처럼 눈을 뜨지 않았다. 다시 한번 손에 힘을 주어 흔들었다. 그제야 노숙자가 실눈을 뜨고 올려보았다. 그는 잠이 덜 깬 노숙자에게 단도직입적으로 말했다.

"여기보다 좋은 곳이 있는데, 그리로 가지 않겠습니까?"

노숙자가 피곤한 표정으로 대꾸했다.

"좋은 곳이 있다니요?"

"지내기가 불편할 것 같아 하는 얘깁니다."

"여기보다 편한 장소는 없어요."

"돈을 줄 테니까 시장 너머 동네로 옮깁시다."

노숙자가 핏대를 세우면서 소리쳤다.

"돈이고 뭐고 안 간다니까."

"그럼 집을 하나 얻어줄 테니까 나가도록 합시다."

"당신 동직원이라도 되는 거요?"

"이런 곳에서 지내는 게 안타까워서 그럽니다."

"이 양반 정말 피곤한 사람이구만."

노숙자는 아예 눈을 감고 돌아누워 버렸다. 그는 진지한 태도로 설득을 계속했다. 하지만 노숙자는 끝내 말을 듣지 않았다. 그는 지폐 몇 장을 머리맡에 놓았다.

"이 돈을 가지고 여길 떠나도록 하십시오. 부탁입니다."

노숙자가 눈을 치켜뜨더니 툭 쏘아붙였다.

"당신이 불을 질렀다고 말할까 봐 그러는 거요?"

128

막 SNS를 훑어보고 있을 때 알람이 울었다. 카톡으로 문자를 보낸 건 알즈였다. 알즈는 다짜고짜 스네와 가진 섹티가 어땠느냐고 물었다. 그는 스네가 소개한 파티가 좀 이상했다고 대답했다. 알즈가 즉시 메루루린스 레데 아이콘을 보냈다.

「그 파티 그룹 나체피티 아니었나요」

그는 빨간 복숭아 어피치를 띄웠다.

「그룹 나체피티는 맞지만 카니발이 문제예요」

「나한테는 나체로 파티를 즐기다가 마음에 드는 사람과 섹티를 갖는 것으로 얘기했어요」

「그렇다면 나쁠 건 없죠. 문제는 산 사람을 제물로 바친다는 거예요. 또 사냥해온 사람 피를 뽑아서 마시는 것도 이상하고요」

「사람 사냥해 오다니요」

「스네가 나를 사냥해서 데려간 것 같았어요」

「그렇다면 스네에게 물어봐야겠군요. 정말 사람을 사냥해서 제물로 바치는지」

「물어봐야 소용이 없어요. 아무도 모르게 카니발이 진행되고, 아무도 그 장소를 모르니까요」
「그래도 한번 알아봐야죠」

그는 카톡을 끝내고 인터넷 뉴스를 뒤져보았다. 뉴스에는 화재사건에 대한 기사가 없었다. 단지 A시 외곽에서 동물에게 물린 사람이 있다는 뉴스만 떴다. 동물에게 물린 사건을 클릭해서 읽어 보았다. 30대 여자가 동물에게 피습당했다는 내용이었다. 피해자는 경찰에서 '붉은 털을 가진 동물이 목을 물고 피를 빨았다.'고 진술했다. 이어 '캄캄해서 잘 보지 못했지만 원숭이 같았다.'고 덧붙였다.

그는 여자를 습격한 동물이 비비라고 단정지었다. 왜냐하면 어떤 동물도 사람의 목을 물지 않기 때문이었다. 동물에게 피습당한 장소가 4구역에서 그리 멀지 않았다. 그점 또한 비비일 거라는 심증을 굳히게 만들었다. 그는 비비를 찾아야겠다고 생각하고 뉴스창을 닫았다.

129

다음날 4구역에 설치된 CCTV를 확인해 보았다. 다행히 4구역 일대 CCTV는 많지 않았다. 더구나 비비는 담을 타고 집과 집 사이를 돌아다녔다. 그는 CCTV 상황을 알아보고 손가락을 탁 퉁겼다. 이런 상태라면 4구역에서 범행하는 것은 누워서 떡먹기였다. 곧바로 주유소를 찾아가 석유 한통을 샀다.

만약을 위해 늑대가면과 선글라스, 마스크도 챙겼다. 그 외에 4구역 인근 블록의 CCTV맵도 인쇄해 넣었다. 그는 모든 준비를 마치고 집을 나섰다. 우선 CCTV가 설치되어 있는 건물을 피해서 걸었다. 사거리에 위치한 우체국과 농협에는 CCTV가 있었다. 어린이집 골목에도 두 개의 CCTV가 세팅된 상태였다. 당연이 4구역과 5구역 교차로에도 CCTV가 보였다.

그는 CCTV를 피해 노숙자가 있는 북쪽으로 향했다. 길을 가면서도 CCTV가 설치되어 있는지부터 살폈다. 다행히 세탁소 골목 안쪽에는 CCTV가 없었다. 4구역 깊숙이 들어갈수록 CCTV는 보이지 않았다. 노숙자가 있는 곳은 세탁소 오른쪽 골목 13번째 집이었다.

CCTV를 피해 현장에 도착했을 때는 밤 11시였다. 그는 어둑한 곳에 몸을 숨긴 채 주변을 살폈다. 밤이 깊어서 그런지 주민이나 오가는 사람은 없었다. 다행히 주변 집들도 불을 끄고 잠이 든 상태였다. 그는 한 번 더 주위를 살핀 다음 석유와 라이터를 꺼냈다. 그리고는 노숙자가 잠들어 있는 빈집으로 다가갔다.

130

노숙자는 이불을 뒤집어쓰고 자는 중이었다. 그는 건넌방과 작은 방, 거실을 둘러보았다. 각 방에는 박스, 창틀, 판자, 폐자재 등이 쌓여 있었다. 그 물건들은 마른 상태여서 불을 붙이기가 쉬웠다. 재빨리 방 입구에 스티로폼, 라면박스, 신문지를 모아 놓고 석유를 뿌렸다.

석유냄새가 진동했지만 노숙자는 꼼짝도 하지 않았다. 소파와 책상으로 입구를 봉쇄하고 라이터를 켰다. 막 라이터를 켰을 때 안쪽에서 부스럭 소리가 들렸다. 재빨리 스티로폼과 신문지 위로 라이터를 던졌다. 라이터가 떨어지자 펑 소리와 함께 불길이 일었다. 그는 불길이 번지는 것을 확인하고 마스크를 썼다.

그는 불이 붙은 방을 한 번 더 보고 발길을 돌렸다. 막 현장을 벗어났을 때 '불이야.' 소리가 들렸다. 외침을 듣고 사람들이 뛰쳐나왔다. 먼저 도착한 청년이 '119로 신고하세요.' 하고 소리쳤다. 그는 골목길을 뛰듯이 걸으며 어금니를 깨물었다. 노숙자를 죽인 걸 목격한 사람은 이제 사라졌다. 내가 범인이라고 말할 사람은 없어졌다.

하지만 그는 이내 깊은 지괴감에 빠져들었다. 아무런 잘못두 없는 사람을 내레 죽인 기야. 내레 잘못을 은폐하려구 엉뚱한 사람을 해친 거이야. 소설이 아무리 중요해두 사람까지 해칠 순 없다이. 그는 마스크를 벗어 크로스백에 넣고 안경을 걸쳤다.

"이제 후회해두 소용이 없지비. 노숙자는 이미 죽어 버렸어. 네레 남쪽에서 성공해야 하디 않칸?"

131

그는 찌뿌듯한 몸을 이끌고 침대에서 일어났다. 사람을 해쳤다는 생각 때문인지 몸이 무거웠다. 바지와 셔츠를 찾아 입고 창밖을 내다보았다. 창밖은 투명한 햇살로 눈이 부실 지경이었다. 세상은 이토록 밝은데 마음은 온통 어둠뿐이었다.

"노숙자를 죽이디 말 걸 그랬나?" 다음 순간 그는 강하게 고개를 저었다. 노숙자를 죽인 것은 어쩔 수 없는 일이었다. 목격자를 내버려 두면 발각되는 것은 시간문제였다. '어쩔 수 없는 거이야. 어쩔 수 없는 닐이지비.' 그가 막 식수를 찾아 마셨을 때 인터폰이 울렸다. 그는 깜짝 놀라 거실 한가운데 멈춰 섰다. 다시 한번 인터폰이 긴 소리를 내며 울었다. 천천히 고리를 벗기고 현관문을 열었다. 예상대로 인터폰을 누른 건 지구대 경찰이었다.

"아침부터… 무슨… 일입니까?"

"혹시 원숭이를 잃어버리지 않았습니까?"

그는 비비의 얘기를 꺼내는 것이 반가웠다. 그래서 묻지도 않는 말을 길게 늘어놓았다.

"네, 얼마 전에 기르던 원숭이가 집을 나갔습니다. 마카크 원숭이라고 하는데, 암갈색 털에 얼굴이 붉고 꼬리가 짧은 게 특징이죠. 집을 나간 뒤 여기저기 수소문해 봤지만, 알 길이 없던 차였습니다. 그 녀석이 어디에 나타났습니까?"

"마카크 원숭이가 온갖 나쁜 짓을 한다고 신고가 들어왔어요. 댁이 기르던 원숭이라면 데려가십시오."

그는 젊은 경찰의 손을 덥석 잡았다.

"그 놈이 말썽꾸러기였는데 또 일을 저질렀군요. 제가 데려다가 잘 묶어 놓겠습니다."

"봐 주는 것도 한두 번이지, 번번이 이러면 곤란합니다."

"알겠습니다. 지금 그 녀석 어디 있습니까?"

경찰이 잡은 손을 놓고 돌아섰다.

"지구대에 있습니다. 따라오십시오."

그는 허리를 굽실하고 경찰을 따라나섰다.

132

 비비는 그를 보자마자 품안으로 달려들었다. 그는 비비를 안고 몸 상태를 살펴보았다. 집을 나가 돌아다녀서 그런지 꼬락서니가 말이 아니었다. 곱던 털도 뻗쳐 있고 얼굴에도 땟물이 흘렀다. 배와 등가죽도 홀쭉한 게 며칠 굶은 것 같았다.
 그는 비비를 장의자에 내려놓고 털을 골라 주었다. 그제야 비비는 안심한 듯 먹을 걸 찾았다. 옆에서 지켜보던 여경이 바나나를 주었다. 비비는 바나나를 받아들더니 허겁지겁 먹어 치웠다. 잠시 후 동행한 경찰이 인수증을 내밀었다. 그는 동물 인수증에 이름을 적고 사인을 했다. 인수증을 받아든 경찰이 주의를 주었다.
 "한 번만 더 사람을 공격하면 봐 주지 않을 겁니다."
 "이놈이… 누구를… 물었습니까?"
 "그 녀석이 길가는 사람들 옷을 찢고 먹을 걸 빼앗았어요."
 "그 정도까지요?"
 지구대 대장인 듯한 사람이 끼어들었다.
 "그뿐이 아니에요. 어떤 사람은 허벅지를 물렸어요. 또 다른 사람은 팔을 물리기도 했고요. 다행히 그 사람들 상처가 심하지 않아서 문제삼지 않았지만, 더 이상은 안 됩니다. 그 녀석을 풀어 놓는 건 범죄를 방임하는 것이나 마찬가지예요."
 "잘 알았습니다. 단단히 매 두겠습니다."
 동행한 경찰이 덧붙였다.
 "그 녀석이 돌아다니는 걸 보면 즉시 잡아서 동물보호센터로 넘길 겁니다."

"걱정 마십시오. 앞으론 그런 일이 없을 겁니다."

그는 집으로 돌아와 비비를 방에 가두었다. 자신이 한 짓을 아는지 가만히 있었다. 그는 비비의 머리를 쓰다듬으며 중얼거렸다.

'네레 남쪽에서 살아남으려믄 온순해져야 한다이. 알간?'

133

오후 늦게 불을 지른 곳으로 가 보았다. 노숙자가 타죽은 집은 흉물스럽게 변해 있었다. 건물은 뼈대만 남았고 방들은 흔적도 보이지 않았다. 옆에 있던 멀쩡한 집 두 채도 덩달아 전소되었다. 집 몇 채가 타자 동네 전체가 을씨년스러웠다. 마을 사람에게 죽은 사람이 있는지 없는지 물었다. 50대 남자가 그를 훑어보더니 혀를 찼다.

"저 집에 남자하고 여자가 있었는데, 둘 다 죽고 말았어요. 같이 살 거라고 하더니 안 됐지 뭐요."

"두 명이… 죽었다고요?"

그는 깜짝 놀라서 되물었다. 남자가 고개를 저었다.

"말도 말아요. 개처럼 끄슬렸는데, 경찰도 신분을 확인하지 못해 애를 먹었어요."

"여자가… 저 집에… 왜 있었던 겁니까?"

"길에서 만난 사인데 시설로 들어갈 거라고 하더라고요. 여자가 남자를 설득했다지요."

"불은 왜 난 거랍니까?"

"누군가 지른 것 같다고 하더만요. 잘은 모르지만 흡혈귀가 불을 놓았다는 얘기도 있어요."

"흡혈귀가 불을 놓다니요?"

"흡혈귀가 이 동네에 나타났다는 소문이 돌아요."

그는 집으로 돌아와 뉴스창을 클릭해 보았다. 지난밤에 일어난 방화사건에 관한 뉴스는 없었다. 다만 흡혈귀가 A시에 나타나 엄지손가락을 잘라갔다는 뉴스가 떴다. 흡혈귀는 부동산 갑부 집에 들어가 범행을 저질렀다. 부동산 갑부는 아파트를 수백 채나 가지고 있었다. 그것도 모자라 수만 평의 땅을 매입 중이었다.

흡혈귀는 갑부의 집게손가락을 자른 뒤 피를 빨았다. 갑부가 아무리 비명을 질러도 흡혈을 멈추지 않았다. 경찰이 현장에 도착했을 때는 모든 게 끝난 뒤였다. 손가락을 잘린 부동산 갑부는 '범인은 사람이 아니라 귀신이라.'고 진술했다. 경찰이 구체적인 정황을 요구하자 갑부가 공포스런 눈으로 중얼거렸다.

"그건 분명히 귀신이었어요. 귀신이 아니라면 창문을 넘어 날아갔겠습니까?"

경찰이 CCTV를 확인했지만 증거를 확보하지 못했다.

134

그는 뉴스창을 닫고 비밀 드보크 안으로 들어갔다. 예상대로 드보크에는 아무런 글도 올라와 있지 않았다. 그는 '모방범죄가 기승을 부리고 있다. 그들과 차별되는 행동을 하는 게 좋을 것 같다.'고 포스팅했다. 또한 경찰의 매복을 특별히 조심하라고 덧붙였다. 그는 드보크를 나와 인터넷 뉴스창을 모조리 뒤졌다.

뉴스창에 뜬 기사는 '흡혈귀를 모방한 범죄가 전국에서 동시다발로 일어난다.'는 내용이었다. 어떤 도시에서는 유아용품을 털어간 흡혈귀가 나타났다. 어떤 곳은 성인용품점에 들어가 섹스용품을 싹 쓸어갔다. 모 지방에서는 병원에 들어가 피를 훔쳐간 흡혈귀도 있었다. 모 시에서는 빵집에 들어가 모든 빵을 씹어 발기고 사라졌다. 이들의 공통점은 모두 늑대가면을 썼다는 것이었다.

그는 손가락을 자른 흡혈귀가 남조가 아니라는 결론을 내렸다. 범행을 계획하고 진행시키고 매듭짓는 과정이 그걸 말해 줬다. 또한 털어가는 대상과 물품을 봐도 남조의 짓이 아니었다. 남조는 북한 경보병여단 출신답게 모든 게 신속 정확했다. 범행대상도 장난스럽게 선택하거나 재미 삼아 하지 않았다. 그는 SNS상의 이슈를 훑어본 뒤 소설 파일을 열었다. 모방범죄지만 사회적 메시지가 선명해 쓰지 않을 수 없었다.

그는 샐러리맨에게 악덕 사채업자의 손가락을 자르는 일을 맡겼다. 또 샐러리맨을 모방하는 추종자들도 다수 등장시켰다. 추종자들에게는 비리 정치인과 부도덕한 공직자, 부패한 법조인, 파렴치한 종교인을 단죄케 했다. 그 외에 OL(오리지널)범인과 FK(페이크)범인도 등장시켰다. OL과 FK를 등장시키니까 소설이 한층 흥미로워졌다.

소설을 쓴 뒤 여동생 소이가 개설한 폴라를 열고 들어갔다. 소이는 폴라에 스냅사진을 여러 장 올려놓았다. 세느강, 에펠탑, 퐁텐블로 궁전, 고흐 기념관, 콜로세움, 트레비 분수, 포르토피노 휴양지에서 찍은 것들이었다. 사진 속 표정으로 보아 즐겁게 여행하고 있는 것 같았다.

135

다음날 치카와 똑같이 생긴 밤비노를 구해왔다. 비록 피부색은 닮지 않았지만 눈동자와 걷는 모습은 같았다. 좋아하는 먹이와 장난치고 노는 모습도 비슷했다. 그는 밤비노에게 이티라는 이름을 지어 주었다. 이름을 이티라고 붙인 것은 몸에 털이 하나도 없어서였다. 이티는 외계인처럼 벌거숭이 몸에 두 눈만 빠끔히 뚫려 있었다.

반려동물 매매센터 사장은 '밤비노는 주변상황에 잘 적응하고 친화성도 좋다.'고 귀띔해 주었다. 매매센터 사장의 말대로 이티는 어느 동물보다 적응이 빨랐다. 이티는 금방 그의 품에 뛰어들어 애정을 표시했다. 그는 이티를 끌어안고 글을 쓰고 밥을 먹고 잠을 잤다. 문제는 치카를 물어 죽인 비비가 지켜본다는 거였다.

그는 일부러 비비를 피해 이티를 안고 돌아다녔다. 하루 종일 붙어 있다 못해 산책과 목욕도 같이 했다. 이티에게 일방적으로 애정을 쏟자 비비가 불안감을 드러냈다. 심지어 이빨을 딱딱 부딪치면서 방안을 맴돌았다. 비비가 불안해 할수록 더욱 이티에게 사랑을 베풀었다. 글을 쓸 때조차 옆에 앉혀 놓고 몸을 쓰다듬었다.

그가 이티를 만지고 쓰다듬을수록 비비는 더 발광을 해댔다. 그때마다 '네레 사랑을 받으려믄 예쁜 짓을 하라우.' 하고 면박을 주었다. 말귀를 알아들은 비비가 발을 쾅쾅 굴렀다. 비비가 난동을 부리자 옆집 남자가 와서 눈을 부라렸다.

"여기가 사람 사는 집이오? 짐승 키우는 동물원이요?"

"그는 재빨리 허리를 숙였다.

"죄송합니다. 앞으론 조용히 하겠습니다."

옆집 남자는 '한 번만 더 소란을 피우면 신고하겠소.' 하고 돌아갔다. 남자가 사라지자마자 비비의 목에 리드줄을 걸었다. 행동을 제지당한 비비는 제자리에서 뱅뱅 돌았다. 그러다가 리드줄을 이빨로 물고 방바닥을 굴렀다. 그는 '가만 있디 않으믄 북으로 돌려보낼 기야.' 하고 윽박질렀다. 비비는 말뜻을 알아들었는지 이내 조용해졌다. 그는 이티를 데리고 밖으로 나갔다. 말 못하는 짐승과 신경전을 벌여 봐야 소용이 없었다.

136

이티는 밖으로 나가자 청아한 목소리로 울었다. 이티의 울음소리를 듣고 꼬마들이 몰려들었다. 아이들은 벌거숭이 고양이가 신기한 모양이었다. 몇몇 아이는 이티를 찌르고 만지고 쓰다듬었다. 어떤 아이는 먹을 걸 건네주었다. 그는 꼬마들이 보이는 관심에 약간 우쭐해졌다. 그래서 이티를 벤치 등받이에 올려놓았다.

기분이 좋아진 이티가 등받이 위를 우아하게 걸어다녔다. 그 순간 지나가던 닥스훈트가 으르렁거리며 덤벼들었다. 깜짝 놀란 이티가 가로수 위로 뛰어 올라갔다. 닥스훈트는 겁먹은 이티를 향해 계속 으르렁거렸다.

"네레 왜 이러는 거이가?"

그는 닥스훈트의 머리를 주먹으로 툭 쳤다. 머리를 맞고서야 닥스훈트는 한 걸음 물러섰다. 옆에 서 있던 여자가 '그 강아지 주인이 없는 애예요.' 하고 알려 주었다. 그는 닥스훈트에게 '갈 곳이 없으믄 따라오라우?' 하고 말했다. 말귀를 알아들었는지 닥스훈트가 꼬리를 살살 흔들었다.

그는 잠시 생각한 뒤 '아무래두 오늘은 안 되겠다. 다음에 만나믄 꼭 데려갈 테니까 잘 가라우.' 하고 말했다. 그의 표정을 본 닥스훈트가 컹, 짓고 뛰어갔다. 이티는 닥스훈트가 사라진 걸 보고 나무에서 내려왔다. 그는 다시 이티를 데리고 산책에 나섰다.

닥스훈트를 만나서 그런지 자자 생각이 났다. 즉시 스마트폰을 꺼내 자자를 써칭해 보았다. 떠돌이견 보호소에 들어가 봤지만 자자는 보이지 않았다. 길 잃은 강아지집과 천사견 보호센터에도 없었다. 최종적으로 범죄견리스트를 클릭해 보았다. 놀랍게도 자자는 중요 범죄견리스트에 올라 있었다. 자자가 저지른 범죄는 여자와 어린아이의 발목 물기였다.

더 충격적인 건 70대 노인을 공격한 것이었다. 자자는 노인의 목덜미를 물고 피를 핥아먹었다. 그뿐이 아니었다. 자자는 오리, 염소, 닭, 고양이, 토끼를 물어 죽였다. 피해자들은 자자의 사진을 찍어 인터넷에 포스팅했다. 경찰도 자자를 사살해도 좋다는 포고를 내렸다.

137

오후 늦게 일어나 출판사에서 온 메일을 지웠다. 메이저 출판사가 보낸 거절 이유는 모두 같았다. '옥고를 보내 주셔서 감사합니다만, 선생님의 소설은 출판할 수 없습니다', '귀한 원고를 보내 주셔서 고맙습니다. 하지만 우리는 교양서와 인문서를 간행하는 출판사입니

다', '요즘은 출판시장이 좋지 않아 소설을 출판하기가 어렵습니다.'
거절 메일 중 시선을 끄는 게 하나 있었다. '요즘 젊은이들이 이런 소설을 읽을까요? 소설이 너무 주제와 메시지, 사회성에 집착하고 있습니다. 남북문제를 심각하게 다루는 것도 문제입니다. 좀 더 가볍고, 좀 더 발칙하고, 좀 더 파격적으로 써 보세요.'

또 다른 출판사에서 온 메일은 공격적이었다. '우리 출판사는 탐정물, 괴기물, 공포소설, 현대무협, 귀신소설, 역사판타지, 웹소설, 우주소설 등 장르소설만 출판합니다. 장르소설을 쓰신 게 있다면 보내 주십시오. 검토 후 답변드리겠습니다.'

그는 메일들을 삭제하고 <출판사원고송부 리스트>에 레드라인을 그었다. 오늘부로 A,B,C급 출판사로부터 거절당한 횟수는 198회였다. 앞으로 2회만 더 거절당하면 200번을 채우는 셈이었다. 헤밍웨이도 120차례나 거절당했지만 이 정도는 아니었다. 그는 노트북을 덮고 <출판사원고송부 리스트>를 벽에 붙였다.

'내레 벤하디 않으면 안 된다이. 내레…'

138

비비와 이티에게 먹이를 주는데 뉴스 알람이 울렸다. 인터넷 뉴스 창에 올라온 기사는 <대기업 회장이 흡혈귀에게 당했다>는 내용이었다. 대기업 회장을 공격한 범인은 늑대가면을 쓴 30대 남자였다. 회장은 새벽운동을 나갔다가 늑대가면에게 귀를 잘렸다. 늑대가면은 귀를 자르며 '사회가 지르는 비명을 잘 들어 보라.'고 외쳤다.

회장이 노려보자 늑대가면이 귀를 질겅질겅 씹어 먹었다. 귀를 잘린 회장은 수단과 방법을 가리지 않고 재산을 축적한 사람이었다. 이 사건을 두고 경찰은 OR의 범행이라고 발표했다. 그 이유는 범인이 귀를 씹어 먹는 잔인함을 보였다는 것이었다. 반면 누리꾼들은 흡혈귀를 모방한 FK범죄라고 댓글을 달았다. 누리꾼들의 주장은 금방 사실로 드러났다. 그것은 OR이 동시간대에 다른 범죄를 저질렀기 때문이었다.

OR은 돈만 아는 인터넷포털 사장의 목을 물고 피를 빨았다. 특이한 점은 OR이 현장에 남긴 장미꽃이었다. 장미꽃은 사랑을 고백하는 것처럼 사체 위에 놓여 있었다. 경찰은 이 사건 또한 대기업 회장 피습사건과 동일범이라고 단정지었다. 시간대와 장소적 접근성이 그걸 증명한다는 거였다. 반면 인터넷포털 측은 '사장님이 피습당한 것은 회사발전을 시기한 자의 소행이라.'고 입장을 표명했다.

그는 두 사건은 남조의 짓이 아니라고 결론 내렸다. 그것은 남조는 사회적 파장이 큰 범죄는 저지르지 않기 때문이었다. 장미꽃을 사체 위에 놓는 감상적인 짓거리도 맞지 않았다. 결국 두 사건은 사이코패스의 모방범죄로 볼 수밖에 없었다. 그런 의미에서 남조는 범행을 하지 않고도 목적을 달성한 셈이었다.

139

피를 빨아먹는 장면을 쓰다가 타이핑을 멈췄다. 아무래도 리얼한 묘사를 위해서는 체험이 필요했다. 그는 입맛을 다시며 목을 물어뜯을 대상을 떠올렸다. 피맛보기 멤버 중에서 선택하는 것은 금기였다. 친한 사람 중에서 고르는 것도 좋지 않은 방법이었다.

　그는 잠시 고민한 끝에 공원에서 만난 짧은치마와 단발머리를 생각해 냈다. 그 애들이라면 죄책감이 들것 같지 않았다. 또 그 애들과 소설 속의 피해자가 비슷한 또래였다. '맞아, 그 에미나이들이야. 그 에미나이들.' 그는 일찌감치 저녁을 먹고 9구역 쪽으로 나갔다. 잘 아는 길이지만 언제나 CCTV는 조심해야 되었다.

　해가 지면서 술집과 식당들이 불을 밝히기 시작했다. 점심에 한해 30% 할인을 하는 한식집을 지나, 기본 1만원에 음료수를 무료로 서빙하는 노래방 앞에 도착했다, 5만 원 주문 시 무한대로 제공하는 고깃집과, 기본 15만원에 무한대 장어제공 술집을 거쳐, 2인 1실 물침대에 대료 1만 5천원인 모텔을 지났다. 바나나를 1kg당 500원에 세일하는 마트를 거쳐, 1시간에 2만원 무한 서비스 안마시술소를 지나쳤다.

　'하나님은 당신을 사랑하십니다' 라는 플래카드를 내건 교회와, 매치될 때까지 부킹을 주선해 주는 나이트클럽 앞에 이르렀다. 예전 같으면 이쯤에서 수작을 거는 아이들이 나타났다. 하지만 아무리 서성거려도 아이들은 보이지 않았다. 그는 공원 쪽으로 걸음을 옮겼다. 공원길에는 넝쿨장미가 흐드러지게 피어 있어 분위기도 그만이었다.

　공원길은 포교원 왼쪽으로 13개 대문을 지나면 나타났다. 그의 이와 같은 숫자에 대한 집착은 길을 잃어버린 기억 때문이었다. 그는 처음 남쪽으로 내려왔을 때 매일처럼 길을 잃고 헤맸다. 그래서 경찰 지구대를 찾아가 도움을 청해 집으로 돌아왔다. 그것이 되풀이되면서 큰 건물, 골목, 계단과 집의 숫자를 세게 되었다.

140

벤치에서 깜빡 잠들었을 때 여자애들 목소리가 들렸다. 그는 큰대자로 누워 있다가 슬그머니 일어났다. 여자애들이 모여 있는 곳은 자그마한 팔각정 안이었다. 가로등이 비추고 있지만 팔각정 안은 제법 어두웠다. CCTV 시각 반경도 팔각정까지는 미치지 않았다. 그는 발소리를 최대한 죽이며 팔각정 쪽으로 다가갔다.

여자애들 언성으로 보아 여럿이 한 명을 왕따시키는 것 같았다. 그는 팔각정을 에워싸고 있는 동청목 뒤에 몸을 숨겼다. 예상대로 아이들은 같은 또래 친구를 왕따시키고 있었다. 왕따 대상인 여학생은 작은 체구에 안경을 쓴 상태였다. 일행 중 대장인 듯한 여자애가 안경의 가슴을 꾹 찔렀다.

"우리 말 안 들으면 넌 죽음이야."

대장에 이어 짧은치마도 쥐어박았다.

"아직도 남자하고 자지 않은 건, 우리가 여자라는 걸 무시한 행동이야."

옆에서 지켜보던 뚱뚱이도 거들었다.

"남자를 데려올 테니까 두 말 말고 따라가서 섞어. 그렇지 않으면 넌 끝이야."

대장이 또 다시 으름장을 놓았다.

"돈은 미찌마클럽을 위해 쓸 거야. 그러니까 억울하단 생각은 마."

단발머리가 마지막으로 한 번 더 윽박질렀다.

"담임한테 고자질하면, 그때는 묻어 버릴 거야. 명심해."

그는 짧은치마가 그 아이라는 걸 알고 쾌재를 불렀다. '맞아, 그 에미나이야. 그 에미나이.' 안경을 윽박지르는 단발머리도 그 아이가 분명했다. '틀림없지비. 틀림없어.' 그는 재빨리 등청목 아래로 몸을 숙였다. 찾던 아이들을 만났다는 생각에 가슴이 요동쳤다. 그는 심호흡을 해 뛰는 가슴을 진정시켰다. 잠시 후 안경을 왕따시키던 아이들이 어딘가로 움직였다. 그는 재빨리 여자애들의 뒤를 밟았다.

여자애들은 골목길을 가면서도 계속 안경을 찌르고 밀쳤다. 잠시 후 아이들이 도착한 곳은 나이트클럽 뒷골목이었다. 대장이 스마트폰을 꺼내 누군가와 통화를 했다. 통화내용은 '물건이 확보됐으니 데려가라.'는 것이었다. 그로부터 10분 후 중년남자 한 명이 나타났다. 남자가 도착하자 대장이 안경의 등을 꾹 떠밀었다.

'이 아저씨를 따라가.'

141

아이들은 두 시간째 브레드샵에서 먹고 마시고 조잘거렸다. 그는 기다리다 지쳐 빌딩 계단에 주저앉았다. 아무리 중학생들이지만 먹는 시간이 너무 길었다. 빵을 먹은 뒤에는 맥콜, 코코팜, 레쓰비, 핫식스 등을 마셔댔다. 북한 같으면 이런 일은 상상하기도 어려웠다. 북한에서는 브레드샵은커녕 앉아 있을 시간도 없었다.

그가 막 일어서려고 할 때 브레드샵 출입문이 열렸다. 아이들은 밖에 나와서도 떠들며 장난을 쳤다. 잠시 후 대장이 아이들과 헤어져 집으로 향했다. 짧은치마와 두 아이는 반대편으로 걸어갔다. 순간 그는 누구를 따라잡는 게 좋을지 망설였다. 그러나 곧 혼자서 가는 대장을 타깃으로 삼았다. 그는 멀찍이서 따라가다가 점차 거리를 좁혔다. 일 미터 거리까지 접근했을 때 대장이 홱 돌아섰다.
 "아저씨 나한테 관심 있어요?"
 그는 대장의 희고 동그란 얼굴 물끄러미 쳐다봤다. 안경을 윽박지를 때와는 다르게 순진한 얼굴이었다. 날카로웠던 눈매도 선하고 커 보였던 키도 작았다. 그야말로 대장은 나이 어린 소녀일 뿐이었다. 일순 그는 당황했으나 마음을 다져 먹었다. 소설을 완성시키기 위해선 리얼한 체험이 필요하다. 아무리 청순해 보여도 친구를 팔아먹은 아이가 아닌가. 생각이 거기에 미치자 본능처럼 악마성이 솟구쳤다.
 "맞아. 내레 니한테 관심이 있지비."
 그는 번개같이 달려들어 대장의 입을 막고 쓰러뜨렸다. 대장이 손을 휘저으며 발버둥쳤다. 대장의 손톱이 팔뚝을 스치는 느낌이 들었다. 그는 버둥거리는 대장의 손과 발을 제압했다. 그런 다음 가녀린 목에 이빨을 콱 박아 넣었다.

142

 범행을 마치고 집으로 돌아왔을 때는 밤 1시였다. 즉시 욕실로 들어가 샤워를 하고 피를 닦았다. 막 욕실을 나서려는데 옷에 묻은 혈흔이 보였다. 셔츠와 바지를 벗어 세탁기에 넣었다. 아직도 여자애의 발버둥이 손끝에 남아 있었다. 그는 손끝에 박힌 몸부림을 떠올리며 방으로 들어갔다. 그리고는 떨림과 흥분을 소설에 써 넣었다.
 직접 체험한 뒤 써서 그런지 묘사는 압권이었다. 그는 '오늘에야 비로소 진정한 피맛을 보았다.'고 쾌재를 불렀다. 밴드멤버들과 가진 피맛보기는 장난에 불과한 거였다. 역시 진정한 피맛은 죽어 가는 사람으로부터 봐야 했다. 그는 뿌듯한 감정을 느끼며 소설 쓰기를 마쳤다. 그리고 평온한 기분으로 잠자리에 들었다.

꿈속에서 그는 100만부가 팔린 베스트셀러 작가가 되었다. <블러드 서킹>은 세상에 충격을 던지면서 팔려 나갔다. 한 평론가는 '소설이 현대사회의 문제점을 잘 드러냈으며, 모순적 삶을 살아가는 현대인을 예리하게 그렸다.'고 평했다. 어떤 문화비평가는 '소설이 이기적이고 욕망적인 사회를 향해 날카로운 메시지를 던지고 있다.'고 썼다.

한 중견 저널리스트는 '베스트셀러가 돈으로 만들어지는 시대에 진정한 베스트 소설이 나타났다.'고 추켜세웠다. 대다수의 독자들은 '숨 돌림 틈도 없이 읽힌다.'는 반응을 보였다. 한 네티즌은 '자신의 욕망을 숨기지 않는 주인공이 우리의 자화상이라.'고 썼다. 결국 그의 소설은 베스트셀러 중에 베스트로 뽑혔다.

그는 수많은 독자에게 둘러싸여 질식할 지경이 되었다. 구름같이 몰려든 독자들에게 깔리면서도 그는 사인을 했다.

'죽어두 좋으니끼니 내 책을 사 주시라요.'

143

다음날 인터넷을 도배한 것은 <흡혈귀가 여중생을 습격했다>는 기사였다. 기사는 <U시에서 활동하던 흡혈귀가 인근의 A시에도 나타났다>고 강조했다. 한 시사비평가는 '흡혈귀의 활동이 전국으로 확대되어 가고 있다.'고 우려를 표했다. 한 뉴스포털은 '흡혈귀의 범행이 어딘가 이상하다.'는 논평을 내놓았다.

즉 '흡혈귀가 피해자의 목을 물어 단번에 절명시킨 것.'에 유의해야 한다고 환기시켰다. 또 한 가지 주의할 점은, 피해자가 반항 한 번 못하고 절명했다는 것이었다. 이어 뉴스포털은 '흡혈귀와 피해자가 평소 잘 아는 사이일지도 모른다.'고 지적했다. 경찰은 '지난밤에 벌어진 사건은 OR의 소행이 아니라.'고 일축해 버렸다.

그 이유로 범인이 늑대가면을 쓰지 않은 점을 들었다. 여중생의 피를 빨아먹은 것 외에 메시지가 없다는 점도 꼽았다. 이전 범행 때는 장미꽃을 던져 두고 사라졌다. 바로 그 꽃이 OR 범인의 메시지인데 그것이 없다는 거였다. 그는 경찰의 브리핑을 보고 아차, 하고 머리를 쳤다. 현장에 장미꽃 한 송이만 놓았더라도 완벽한 범행이었다.

그는 저녁을 먹고 유흥가 쪽으로 향했다. 여고생을 죽인 골목길에 장미꽃을 던져 놓을 심산이었다. 다행히 공원으로 가는 길에는 넝쿨장미가 군락을 이루었다. 그는 성성한 넝쿨장미 한 송이를 꺾어 들었다. 그리고는 CCTV 사각지대를 골라서 걸음을 재촉했다.

144

다음날 경찰은 범죄현장에서 장미꽃 한 송이를 발견했다. 경찰은 장미꽃을 수거한 후 'OR의 범행이 분명하다.'고 결론 내렸다. SNS 상의 누리꾼들도 경찰과 마찬가지 관점을 보였다. 그들은 'OR이 범죄현장마다 장미꽃을 놓고 사라진다.'고 댓글을 달았다. 장미꽃을 던져 놓는 이유는 '죽은 자에게 바치는 헌화라.'는 거였다.

그는 뉴스와 댓글을 확인하고 창을 닫았다. 경찰이 장미꽃을 발견한 이상 의도는 성공한 셈이었다. 게다가 누리꾼까지 모두 속아 넘어간 것 아닌가. 마음이 편해지자 갑자기 식욕이 일었다. 아침으로 브리오시를 먹고 있을 때 알람이 울렸다. 밴드에 들어온 건 알즈와 로스, 미치, 피라였다. 알즈가 연일 터지는 흡혈사건에 관심을 보였다.

「세상이 어수선하니까 피를 먹는 사람들이 늘어나는 거예요」

알즈의 글을 보고 미치가 포춘텔러 아이콘을 올렸다.

「피맛 보는 건 좋은데 죽일 것까지는 없잖아요. 게다가 장미꽃까지 바치고」

미치의 글을 보고 피라가 뱀파이어 일러스트를 띄웠다.

「짜릿한 순간을 즐기다가 죽이게 된 것 같은데요. 장미는 헌화고요」

가만히 있던 로스가 카멜레온 파스칼 아이콘을 날렸다.

「이 사회가 피맛을 보지 않고는 못 견디게 만든 것 같아요」

알즈가 다시 마치아소비 아이콘을 올렸다.

「어차피 피맛을 본다면 끝까지 봐야지. 그래야 진정한 흡혈밴드니까」

그는 알즈에게 슈렉몽키 이모티콘과 장미꽃을 보냈다.

「맞아요. 사람들은 극적인 장면이 아니면 감동하지 않죠. 범인도 짜릿한 순간을 즐기다가 죽인 것 같습니다」

그의 글에 로스가 밀 아리에티를 붙였다.

「범인이 애초부터 여중생을 죽이려고 했겠어요. 피맛을 보다가

때를 놓친 거겠죠」

피라가 피를 머금은 뱀파이어 아이콘을 띄웠다.

「나는 숨이 끊어지는 순간의 피맛을 보는 게 소원이에요. 그 순간의 피는 너무 달콤하고 짜릿할 테니까요」

알즈가 프로 팝코니스트 루니공주를 올렸다.

「사실은 우리 모두 그 순간을 기다리고 있는지도 몰라요. 상대하고 같이 죽는 순간까지 피티하는 걸」

미치가 드라큘라 이빨을 박은 포춘텔레를 쏘았다.

「맞아요. 우리 그거 해 봐요. 숨이 끊어지는 순간까지 피맛을 보는 거요」

그는 가만히 있다가 오색 마시멜로를 붙였다.

「그러다 정말로 죽을 수 있어요」

그의 글에 피라가 블랙 뱀파이어 아이콘과 하트를 날렸다.

「그럼 어때요? 절정의 쾌감만 느낄 수 있다면 죽는 것도 괜찮죠. 장미꽃도 받잖아요」

그는 피라에게 미소 쿵푸팬더 이모티콘과 장미를 띄웠다. 다른 회원들도 모두 미소 이모티콘과 장미를 보냈다.

145

밤늦게 재수생 키토로부터 피티 신청을 받았다. 키토는 19살이지만 생각과 말은 이미 성인이었다. 그는 키토에게 새로 개설한 블로그 MIP를 알려 주었다. 키토는 MIP에 들어와 「밴드보다 블로그가 더 좋다」고 리플을 달았다. 그는 슈렉피오나 이모티콘과 함께 글을 풋업했다.

「밴드는 모든 회원이 글을 공유해서 문제야」

키토가 윙크 아이온 이모티콘을 쏘았다.

「정말 밴드는 사적 공간이 없어서 나빠요」

그는 스마일 그레제드 이모티콘과 하트를 날렸다.

「어디서 만나 피티를 하면 좋지」

「롯데시네마 라페스타일산점 어때요」

「롯데시네마 라페스타는 가본 적이 있어」

「그럼 내일 4시 라페스타일산점. 굿」

「굿. 라페스타일산점」

그는 활짝 웃는 통키 아이콘과 장미 로고를 보냈다. 키토와 피티를 약속을 잡고 작은방으로 가 보았다. 하루 종일 밥도 주지 않았는데 조용한 게 수상했다. 우려한 대로 비비의 모습은 그 어디에도 보이지 않았다. 그는 창문을 열고 '비비, 어디로 간 기야!' 하고 외쳤다. 아무리 소리치고 불러도 비비는 나타나지 않았다.

146

그는 키토를 만나러 가는 길에 HTS창을 열었다. 그 사이 캐스코리아는 모든 이평선을 이탈해 있었다. 깜짝 놀라 기업컨센서스를 확인해 보았다. 캐스코리아의 하락 원인은 보호예수가 풀렸기 때문이었다. 이달 중 의무보호예수 해제주식수량은 820.3%나 증가했다. 이는 전년 동기에 비해 952.1% 증가한 물량이었다.

그는 12% 떨어진 캐스코리아를 팔고 뉴헬트리온으로 갈아탔다.

뉴헬트리온은 4만 원에서 상승해 9만 원까지 올라온 우량주였다. 이 추세라면 12만원을 목표주가로 해도 충분했다. 비록 캐스코리아가 손실을 냈지만 뉴헬트리온이 메워주면 그만이었다.

그는 롯데시네마 라페스타일산점 앞에서 내렸다. 주위를 두리번거릴 때 인형 같은 여자애가 걸어왔다. 얼핏 봐도 피티를 약속한 키토가 틀림없었다. 그는 반가운 나머지 소년처럼 손을 흔들었다. 키토가 '키즈님 맞죠?' 하고 같이 손을 들었다.

키토의 모습은 해맑음, 싱싱함, 생기발랄함 자체였다. 흰 레이스 블라우스에 감색 레이스스커트는 눈부실 지경이었다. 게다가 화장기 하나 없는 얼굴은 여신을 연상시켰다. 그는 키토의 뒤를 따라 롯데시네마 라페스타일산점을 지나갔다. 키토는 롯데시네마를 오른쪽으로 돌아 4번째 고층빌딩으로 들어갔다. 그와 키토가 들어선 빌딩 이름은 퍼스트타워였다. 키토가 엘리베이터 안으로 들어서더니 힐끗 돌아보았다.

"키즈님은 피티가 파격적이라고 들었어요."

"나는 순간을 즐길 뿐이야. 다른 건 없어."

키토가 서양인처럼 오똑한 코를 찡긋거렸다.

"하긴 피티는 순간 게임이죠. 그 짜릿한 순간을 위해 피를 뽑고, 죽음을 맛보는 거니까요."

"키토는 어떤 피티가 좋지?"

"저는 죽음의 순간을 즐겨요. 피티를 하면서 죽음의 세계를 맛보는 거죠."

그는 놀란 표정으로 키토를 쳐다보았다. 키토가 잘못 되었느냐는 듯이 웃었다.

147

엘리베이터에서 내리자 진공관 같은 공간이 나타났다. 예상대로 건물의 복도와 유리창과 출입문은 원형이었다. 더 신기한 것은 모든 벽이 레이저 스크린이라는 점이었다. 스크린 속에서는 감마선총을 든 외계인들이 전쟁을 벌였다. 기형적으로 생긴 외계인들은 잔인하게 인간을 죽였다. 그는 멍한 표정으로 장면이 바뀌는 스크린을 바라보았다.

남쪽에서 팔년을 살았지만 이런 건물은 처음이었다. 키토가 팔을 툭, 치고 데스크 앞으로 다가갔다. 스마트고글을 쓴 매니저가 '무슨 체험을 할 것이냐?'고 물었다. 키토가 '토탈 익스피리언스.' 라고 대답했다. 매니저가 데스크박스에서 전자키를 꺼내 주었다. 그가 돈을 지불하려 하자 매니저가 손을 저었다.

"우리 클럽은 멤버제입니다."

"그럼… 요금은 어디서?"

옆에 서 있던 키토가 생긋 웃었다.

"제가 멤버십을 가지고 있어요."

키토의 말을 들은 매니저가 덧붙였다.

"이 여성분은 우리 클럽 골드멤버입니다."

"아, 네에."

그는 키토를 따라 NGC 1호 룸으로 들어갔다. 룸에는 고글, 헤드세트, 장갑, 특수복 등이 걸려 있었다. 키토가 천정에서 내려온 고글과 헤드세트를 쓰면서 말했다.

"이 장비들을 모두 착용하세요. 가상현실 속으로 들어가려면 반드시 필요해요."

그는 키토를 따라 고글, 헤드세트, 장갑, 특수복을 착용했다. 장비를 갖추자 우주인이라도 된 듯한 기분이었다. 키토가 버추얼 리얼리티 장비를 점검하면서 덧붙였다.

"충격적인 장면 속으로 들어가도 놀라지 마세요. 모든 것은 가상현실일 뿐이니까요."

그는 고개를 끄덕였다.

"알았어. 어디까지나 이건 버추얼 리얼리티지."

"키즈님은 어떤 체험을 원하세요? 전쟁? 사랑? 살인? 흡혈?"

"키토는 어떤 걸 좋아하지?"

키토가 스크린에 떠 있는 메뉴를 터치했다.

"저는 온몸이 녹아 없어지는 섹스를 체험하고 싶어요."

"그럼 나도 섹스를 체험해야겠군."

키토가 <섹스>라는 글자를 톡 건드렸다.

"이제 버추얼 리얼리티 속으로 들어갑니다."

148

키토가 <진행>을 터치하자 커다란 화이트 베드가 나타났다. 베드 주변은 3D영상들로 채워져 있고, 3차원뮤직이 흘렀다. 잠시 후 3D영상이 블랙홀처럼 빠르게 돌았다. 그는 GO4D VR고글을 꾹 눌러 쓰고 눈을 감았다. 키토의 목소리가 멀리서 환청처럼 들려왔다.

'천천히 가상현실 속으로 감정이입을 시켜 보세요.'

키토의 말과 함께 규칙적인 3차원뮤직이 뇌리를 때렸다. 그는 감앉던 눈을 뜨고 스크린을 슬쩍 보았다. 회전하던 3D영상이 멈추고, 그와 키토의 나신이 나타났다. 그와 키토는 레이저 스크린 속에서 엉겨 붙어 빙빙 돌았다. 단순히 서로를 안고 있을 뿐인데도 쾌감이 일었다. 키토도 쾌감을 느끼는지 몸을 비틀며 신음을 뱉었다. 그도 머리를 휘감는 강렬한 쾌감으로 소리를 질렀다. 얼마 후 눈을 떴을 때 키토가 내려다보고 있었다.

'섹스는 끝난 거야?'

'네, 섹스 프로그램은 끝났어요. 한 타임 쉬었다가 다른 프로그램을 시작할 거예요.'

그는 손을 들어 몸 여기저기를 만져 보았다. 신기하게도 GO4D VR고글, 헤드세트, 장갑, 특수복은 사라지고 없었다. 다만 온몸이 땀으로 흥건해져 있었다. 이상한 기분이 들어 키토를 쳐다보았다.

'우리는 지금 가상현실 속에 있는 거야?'

'네 가상현실 속에 있는 거예요.'

'그런데 왜 특수복이 사라진 거지?'

'그건 가상현실 속으로 완전히 녹아들어서 그래요.'

'그래? 그럼 다음 프로그램은 뭐지?'

'무얼 체험해 볼까요? 흡혈을 할까요? 아니면 죽음?'

'흡혈이 좋겠다.'

그의 말을 들은 키토가 <흡혈>을 터치했다. 이내 사방이 음습하고 괴괴한 분위기로 바뀌었다. 음악도 3차원뮤직에서 4차원뮤직으로 옮겨갔다. 그는 눈을 감고 키토가 다가오기를 기다렸다. 잠시 후 키토가 옆에 와서 밀착하고 누웠다. 그는 실눈을 뜨고 키토를 슬쩍 돌아보았다. 그 순간 깜짝 놀라 몸을 웅크렸다. 키토가 뾰족한 드라큘라의 이빨을 드러내 놓고 있었다.

149

키토가 그의 목에 드라큘라 이빨을 박았다. '이건 버추얼 리얼리티 일 뿐이니 걱정 마세요.' 그는 목에서 힘을 빼고 뾰족한 이빨을 받았다. 이내 피를 빨아대는 느낌이 목에서 느껴졌다. 몸에서 피가 빠져나갈 때마다 쾌감이 일었다. 그것은 섹스를 하는 것과는 또 다른 카타르시스였다. 절정에 이르렀을 때 키토가 피 빨기를 멈췄다.

그는 상체를 일으켜 키토의 입을 바라보았다. 날카로운 이빨 사이로 피가 엉겨붙어 있었다. 그는 키토의 가늘고 하얀 목에 이빨을 박았다. 동맥이 끊어지는 느낌과 함께 피가 쏟아졌다. 그는 솟구치는 피를 숨도 안 쉬고 삼켰다. 목에서 흘러나온 피는 허벅지의 맛과 달랐다. 그 맛은 달콤하면서도 짜릿하고 상큼하면서도 신선했다. 그는 피 빨기를 마치고 목에서 입을 뗐다. 키토가 몸을 부르르 떨면서 속삭였다.

'너무나 짜릿했어요.'

그는 키토의 창백한 얼굴을 보고 중얼거렸다.

'이런 맛은 처음이야. 형언할 수 없을 정도로 달콤했어.'

'우리 같이 죽음을 느껴 보지 않을래요?'

'어차피 가상현실인데 죽어 보는 것도 괜찮겠지.'

키토가 손을 뻗어 <죽음>을 터치했다. 그와 함께 공중에서 여자와 남자가 나타났다. 두 명의 남녀는 알몸에 검은 천을 두르고 있었다. 키토가 환청 같은 목소리로 물었다.

자유의 로맨틱한 죽음

'죽임을 당하는 경험해 보고 싶어요? 아니면 죽이는 것을 경험해 보고 싶어요?'
그는 서슴없이 대답했다.
'둘 다 경험해 보고 싶어.'
키토가 <죽음>과 <죽임>을 차례로 건드렸다.
'그럼 먼저 죽는 것을 경험해 보죠. 그 다음은 죽임이에요.'
그는 레이저 스크린 안에 있는 남녀를 가리켰다.
'저들이 나를 죽이는 건가?'
키토가 <사망진행>이라는 글자를 눌렀다.
'두 사람이 우리를 담당한 책임자예요.'

150

그는 두 남녀에 의해 죽음 속으로 들어갔다. 죽은 그의 정신은 몸에서 빠져 나가려고 발버둥쳤다. 하지만 숨을 거둔 육신이 정신을 잡고 놓아 주지 않았다. 죽은 육신이 나가는 정신을 부여잡고 소리쳤다. '너는 아직 죽을 때가 되지 않았어. 억지로 죽는다고 죽을 순 없는 거야.' 결국 정신은 육신을 빠져나오지 못하고 주저앉았다. 그가 죽음과 사투를 벌일 때 키토도 육신과 싸우고 있었다.

키토의 육신도 떠나는 정신을 놓아 주지 않았다. 키토와 그를 지켜보던 두 남녀가 재빨리 달려들었다. 그들은 정신과 육신의 목에 각각 밧줄을 건 다음 힘껏 당겼다. 두 남녀에 의해 키토와 그의 정신은 육신에서 완전히 분리되었다. 죽은 그와 키토는 방을 떠나서 밖으로 나갔다. 밖은 온통 어둠뿐이고 빛은 한 점도 보이지 않았다.

키토의 정신이 그의 손을 잡아끌면서 속삭였다.

'우린 이제 죽은 거예요. 혼란으로 가득 차 있던 세상에서 도망친 거죠.'

그는 검은 강을 건너며 물었다.

'우리는 지금 어디로 가는 거지?'

키토가 환청 같은 목소리로 대답했다.

'강을 건너 행복의 세계로 가는 거예요. 그곳에는 고통도 아픔도 절망도 없고, 영원히 흐르는 행복의 시간만이 있어요.'

그는 키토의 차가운 손을 잡았다.

'정말 그런 곳이 있어? 서로를 사랑하고 이해하고 아껴주는 곳이?'

키토가 얼굴 가득 미소를 머금었다.

'그곳은 경쟁하지 않고, 욕망하지 않고, 시기하지 않아요. 영원히 희망을 꿈을 꾸고, 꿈속에서 자유와 행복을 맛보는 곳이죠.'

그는 키토의 푸른 입술에 키스했다.

'그런 곳이라며 얼마든지 가야지. 현실은 너무 힘들거든.'

키토가 먼저 검은 강물을 건넜다.

'이 강을 건너면 아무하고도 경쟁하지 않게 돼요. 탐욕으로 가득찬 인간들과도 헤어지게 되고요. 걱정하지 말고 따라와요.'

그는 키토의 목소리를 들으며 몸을 움직였다.

151

그가 정신을 차렸을 때 키토는 숨이 끊어진 뒤였다. 그는 숨이 넘어가기 직전에 깨어나 병원으로 후송되었다. 키토의 사체 곁에는 먹다 남은 수면제가 수북히 쌓여 있었다. 자살현장에서 키토가 써놓은 유서가 발견되었다. 유서에 <자유롭고 편안한 세상으로 먼저 간다>고 짧게 썼다. 유서는 부모가 아닌 재수생들을 향해 쓴 것이었다. 유서 말미에 '모든 재수생에게' 라고 적혀 있기 때문이었다.

그는 귀가 전 경찰에 출두해서 자살 경위를 조사받았다. 경찰은 '목숨을 걸고 탈북했으면 열심히 살아야지. 무슨 이유로 어린 여학생과 동반자살을 하느냐.'고 나무랐다. 그는 '가상현실을 체험했을 뿐 자살을 시도한 것은 아니라.'고 강력히 부인했다. 그럼에도 경찰은 '김일성대 출신 JSA 탈북 소설가와 재수생의 동반 자살사건.' 이라고 발표했다. 경찰은 키토의 목에 난 이빨자국에 민감한 반응을 보였다. 그는 '섹스를 하면서 생긴 상처일 뿐이라.'고 해명했다.

그는 키토가 왜 피티를 하고 자신을 학대하고 자살을 선택했는지 알았다. 키토의 아버지는 이름만 들어도 알 수 있는 대기업 회장이었다. 키토의 어머니는 아무나 들어갈 수 없는 명문대 법학과 교수였다. 키토는 그런 부모 사이에서 엄격하면서도 기계적으로 키워졌던 것이다.

152

다음날 늑대의 사과 회원들로부터 문자를 받았다. 알즈는 핀&제이크 아이콘과 함께 「키토의 죽음을 애도한다」고 썼다. 로스는 「키토가 자살했지만 진실된 피맛보기 멤버라」고 마당나온 암탉 아이콘을 올렸다. 미치도 「죽는 순간까지 피맛보기를 멈추지 않은 것은 바이틀 멤버만이 할 수 있는 일이라」고 칼춤 추는 포춘텔라 캐리커처를 띄웠다.

 보츠와 페시도 「바이틀 멤버를 한 명 잃어 슬프다」며 울상 래빗과 양파 이모티콘을 올렸다. 그는 「스릴 넘치는 피티를 경험했다」고 슈렉피오나를 보냈다. 다만 키토가 죽음을 선택한 것은 유감이라고 덧붙였다. 키토와 자살피티를 한 뒤 모방범죄가 일어났다.

 그들을 모방한 것은 20살 초반의 수어사이드클럽 멤버였다. 두쌍의 젊은이들은 자살 직전 서로의 목을 물고 피를 먹었다. 먼저 피를 맛본 것은 여자들이고, 남자들은 피를 흘리며 죽었다. 남자들이 죽은 걸 확인한 두 여자가 서로를 물어뜯었다. 이들의 죽음을 두고 매스컴은 '소비사회와 경쟁사회가 젊은이들을 죽음으로 내몬다.'고 꼬집었다.

153

 연속으로 터진 자살피티는 커다란 사회적 이슈가 되었다. 종편에서는 문화비평가와 사회심리학자, 범죄심리학자, 임상심리학자를 초청해 좌담회를 가졌다. 이 자리에서 사회심리학자는 '젊은이들이 자살피티를 벌이는 것은 사회비용의 폭발적 증가, 신뢰를 찾을 수 없는 파편화된 사회구조, 불확실한 미래에 대한 절망감, 부자유와 억압으로 포장된 행복지수, 치열한 경쟁 속으로 내몰리는 삶 때문이라.'고 진단했다.

 또 모든 동반자살의 원인은 사회적 원인, 특히 경제적 원인에 있다고 덧붙였다. 그는 또한 사회심리학적 입장에서 '개인의 특성과 사회의 접촉과정을 분석해 본 결과 모방의 법칙이 생긴다.'고 주장했다. 이에 대해 저명한 문화비평가는 '젊은이들이 서로 피를 빨고 죽는 것은 문화말기적 현상으로, 구문화가 사라지고 신문화가 나타날 때 생기는 스트레인지 페노메논이라.'고 논평했다.

그는 또 '수어사이드피티가 벌어지고 모방범죄가 전국적으로 기승을 부리는 것은, 말기자본주의와 경쟁일변도 사회, 소비제일주의로 치닫는 사회구조, 입시위주 학원정책, 개인의 자유를 보장할 수 없는 획일화된 사회구조 때문이라.'고 꼬집었다. 이에 관해 범죄심리학자는 '사람의 피를 빨아먹는 뱀파이어 현상'에 주목하면서, 1940년대 영국을 뒤흔든 존 조지 헤이그를 사례로 들었다.

그에 의하면, 존 헤이그는 잘생긴 외모와 친절한 매너를 가지고 여자들에게 접근했다. 그런 다음 농기계 작업실로 유인해서 엽기적인 방법으로 목숨을 빼앗았다. 평소 헤이그는 피를 마셔야만 자유로울 수 있다는 강박증에 빠져 있었다. 실제로 헤이그는 피를 마시지 않으면 불안, 발작, 공포, 공황장애에 시달렸다. 결국 자신의 자아를 통제하지 못한 존 헤이그는 엽기적인 살인마가 되었다.

그는 이어 '헤이그의 범죄원인은 유년시절의 학대 때문이라.'고 주장했다. 그에 의하면, 존 헤이그는 히스테리 환자였던 어머니 밑에서 엄격하게 자랐다. 중증 히스테리 환자인 그녀는 아들이 완벽한 남자이면서 성공한 사람으로 자라기를 바랐다. 즉 그녀는 헤이그에게 '만점이 아니면 점수를 받아오지 말라.'고 경고했다. 존 헤이그는 엄마를 위해 피나는 노력을 했지만 실패하고 말았다.

결국 그녀는 어린 헤이그를 꿇어앉혀 놓고 자신의 기분이 풀릴 때까지 때렸다. 매를 맞은 헤이그는 우연한 기회에 자신의 피를 맛보게 되었다. 그런데 이상하게 피를 먹을 때마다 기분이 좋아지고 억압된 감정이 해소되었다. 즉 부모에게 일방적으로 빼앗겼던 자유를 되찾은 느낌을 강렬하게 느꼈던 것이다. 그때부터 헤이그는 자유로운 감정을 느끼기 위해 타인의 피를 먹기 시작했다.

그에 이어 임상심리학자는 '뱀파이어의 특징은 창백한 얼굴, 날카로운 송곳니, 길고 흉측한 손톱이라.'고 지적했다. 그는 또 '뱀파이어족은 누군가의 피를 마셔야만 자유롭게 살 수 있다고 착각하는 인간들이라.'고 덧붙였다. 사회가 욕망화, 경쟁화, 소비화, 폭력화, 기형화 되어 가면서 인간들은 자신도 모르게 남의 피를 맛보는 상상을 하게 된다는 것이다.

154

그는 키토와 피티를 벌이던 상황을 소설에 써 넣었다. 소설 속에서는 샐러리맨이 여자친구와 피티를 하는 것으로 설정했다. 샐러리맨은 사귀던 여자가 자살함으로써 본격적인 흡혈에 나섰다. 이것은 우유부단한 샐러리맨이 잔인한 성격으로 바뀌는 계기도 되었다. 또한 사회와 조직, 사람에 대한 적대감과 동시에 자유로움을 느끼게 되었다.

그는 여기까지 쓴 소설을 처음부터 다시 읽어 보았다. 평범하게 전개되던 소설이 갑자기 흥미로워졌다. '이거야. 바로 이거이야.' 그는 흡족한 마음에 비밀 드보크를 열고 안으로 들어갔다. 놀랍게도 남조가 흡혈한 사람의 명단을 기록해 놓았다. 남조에 의하면 인터넷포털 사장은 7번째 흡혈대상이었다. 남조는 일곱 명의 신상명세와 키, 몸무게, 눈동자 색깔, 목선, 피맛 등을 적었다.

그동안 남조가 맛본 피맛은 단맛, 짠맛, 신맛, 쓴맛, 떫은맛 등이었다. 눈동자도 연갈색, 진갈색, 녹색, 흑색, 밤색, 황색, 청색 등 여러 종류였다. 남조가 눈동자를 기록한 것은 죽음의 순간 홍채가 변하기 때문이었다. 그는 남조가 남긴 글을 읽은 뒤 '피맛보기밴드 멤버가 되고 싶으면 얘기하라.'고 적었다. 30분 후 남조로부터 리플이 날아왔다.

'근자에 225국에서리 강도 높게 훈렌시킨 모란봉들을 내레보내고 있다. 모란봉한테 부여된 임무는 남한사회를 혼란스럽게 맨들고, 탈북자들을 전향시켜서리 재 입북시키는 것이다. 모란봉 중 가투반, 노쟁반, 범죄반, 자살반, 흡혈반, 음해반, 유언비어반, 종교반, 네티즌반이 있으니끼니 절대루 넘어가선 안 된다. 알간?'

그는 '잘 알았다. 피맛보기밴드는 모란봉과 관계없는 모임이다.'라고 답을 보냈다. 잠시 후 남조가 '225국에서리 지렝받는 모란봉들은 북한 녀성이 아이라, 미국, 일본, 러시아, 중국 등지에서 태어난 조선인이다.'고 덧붙였다. 그는 슈렉 이모티콘과 함께 '오케이.'라고 썼다.

늑대의 사과 멤버 중에는 간첩이나 비밀 공작원 따위는 없었다. 그것은 그들이 자본주의를 적극 즐기고 누리는 것만 보아도 알 수 있었다. 더구나 그녀들은 하나같이 내로라하는 고위층 자제들이었다. 남조와 채팅을 끝냈을 때 인터폰이 딩동 울렸다. 그는 서둘러 옷을 걸치고 현관문을 열었다. 문 앞에 서 있는 건 지구대 경찰이었다.

"작가 선생의 원숭이가 또 사람을 물었습니다."

"비비가 정말 사람을 물었습니까?"

경찰이 한심하다는 투로 말했다.

"지금 지구대로 가야겠습니다."

155

지구대 안으로 들어서자 30대 여자가 무섭게 째려보았다. 그는 '어떻게 위로를 드려야 할지 모르겠습니다. 정말 죄송합니다.' 하고 연거푸 머리를 조아렸다. 그의 행색을 쓱 훑어본 여자가 '그게 댁의 원숭이예요?' 하고 경멸조로 씹어뱉었다. 그는 '네 제 원숭이가 사람을 무는 못된 버릇을 가지고 있습니다.' 하고 머리를 긁었다. 옆에 있던 경찰이 '주변 사람들이 뜯어 말렸으니 망정이지, 큰일 날 뻔했어요.' 하고 혀를 내둘렀다. 인상을 긁고 서 있던 여자가 톡 쏘아붙였다.

"어떻게 할 거예요. 하도 세게 물어서 흉터가 생기겠어요."

그는 최대한 겸손하게 말했다.

"우선 치료를 하시는 게 좋을 것 같습니다."

동행한 경찰도 거들고 나섰다.

"그렇게 하세요. 처벌보다는 치료가 우선이죠."

"원숭이를 잡는 게 우선이에요."

"일에는 선후가 있습니다. 지금은 병원으로 가는 게 급선무예요."

경찰의 말에 여자가 콧방귀를 뀌었다. 그는 지구대 안을 둘러보고 물었다.

"그런데 비비는 어디 있습니까?"

젊은 경찰이 고개를 저었다.

"이 여자분을 물고 쏜살같이 도망쳤어요. 하도 빨라서 잡을 수가 없었습니다."

"어느 쪽으로 달아났습니까?"

"사구역 뒷산으로 도망갔어요."

"혹시 그 녀석 사진을 찍어 뒀습니까? 다른 원숭이라면 내가 가도 소용이 없을 것 같아서요."

경찰이 눈을 치켜떴다.

"그 원숭이 짧은꼬리 마카크 아닙니까? 얼굴이 빨갛고 볼주머니가 달려 있는…"

"그렇다면… 비비가 맞습니다."

"빨리 생포해서 데려가세요. 한번 더 사람을 물면 사살할 수도 있습니다."

옆에서 있던 여자가 눈을 부릅떴다.

"지금 당장 쏘아 죽이세요. 사람을 공격하는 원숭이를 그대로 둔다는 건 직무유기예요."

경찰이 여자에게 사정조로 말했다.

"우선 병원에 가서 치료하고 오세요. 그 다음에 처벌을 하던 사살을 하던 할 테니까요."

156

다음날 비비가 쓰던 밥그릇, 장난감, 침구 등을 치웠다. 그와 함께 방에 설치한 나무, 그네, 십자가, 밧줄도 떼버렸다. 잡동사니를 들어내자 방이 한층 넓어 보였다. 비비가 나간 방에 이티를 데려다 놓았다. 이티는 새 방이 마음에 드는지 우아하게 걸어다녔다.

그는 이티의 머리를 쓰다듬으며 중얼거렸다. '이제부터 여게가 네 레 방이다. 잘 익혀 두라.' 어수선한 방을 정리했을 카톡 알람이 울었다. 보이스톡으로 통화를 신청한 건 남애였다. 그는 보이스톡을 열고 통화 슬라이스를 밀었다.

"남조 오라바니가 사람을 습격해서리 물어 죽였씨요."
"남조가 사람을 물어 죽여? 언제?"
"어젯밤에요."
"남조가 확실해?"
"확실하구만요."
"성급히 단정짓지 않는 게 좋아."
"틀림없이 남조 오라바니 짓이야요."

남애는 몇 마디 더 늘어놓다가 보이스톡을 나갔다. 그는 즉시 인터넷을 열고 사건개요를 뒤져보았다. 남애의 말대로 늑대가면을 쓴 흡혈귀가 회사원을 습격한 건 사실이었다. 문제는 회사원의 피습과 동시에 터진 여형사의 피해였다. 여형사는 잠복 중 흡혈현장을 목격하고 달려들었다. 흡혈귀는 회사원의 피를 빨다가 여형사와 격투를 벌였다.

격투 중 여형사가 권총을 쏘았지만 명중시키지 못했다. 여형사가 다시 권총을 쏘려할 때 흡혈귀가 달려들어 빼앗았다. 결국 회사원과 여형사가 한 장소에서 당한 꼴이 되었다. 게다가 흡혈귀는 탈취한 권총을 가지고 흔적도 없이 사라졌다. 범인이 남조라면 경찰의 권총을 탈취할 리가 없었다. 또 경찰의 잠복에 당할 만큼 범행이 허술하지도 않았다.

157

다음날 경찰청장은 관할 경찰서에 수사본부를 차렸다. 이와 함께 '국민을 불안에 떨게 하는 흡혈귀를 빠른 시일 안에 검거하겠다.'고 발표했다. 그는 인터넷에 뜨는 경찰의 동향을 모두 체크했다. 또한 흡혈사건의 전모를 빠짐없이 소설에 써 넣었다. 경찰의 대응방안과 매스컴의 관심방향, 시민들의 불안해하는 모습도 기술했다.

다만 흡혈귀가 사람을 물어뜯고 도망치는 상황은 빼놓았다. 직접 경험을 해 보지 않고는 쓸 수가 없어서였다. 그는 사건 나흘 전후가 범행의 적기라고 판단했다. 사나흘 정도 경과해야 경찰도 날카롭게 세웠던 촉각을 풀기 때문이었다. 또 누리꾼이나 대중도 그쯤 돼서야 흡혈사건에 대한 관심을 다른 곳으로 돌렸다.

그는 사흘 동안 관망하다가 나흘째 새벽에 집을 나섰다. 이른 새벽이라서 행인은 별로 눈에 띄지 않았다. 간간히 술 취한 사람들이 비틀거리며 지나갈 뿐이었다. 그는 우선 부호들이 사는 16구역과 17구역 쪽으로 방향을 잡았다. 한 시간쯤 걸어갔을 때 젊은 여자가 보였다. 긴 머리와 가는 허리, 둥그런 엉덩이는 좋은 타깃이었다.

그는 주위를 한 차례 둘러본 뒤 바짝 따라붙었다. 주변은 컴컴했고 2차선 도로의 중간쯤이었다. 다행히 그 흔한 방범용 CCTV조차 눈에 띄지 않았다. 그는 여자의 등 뒤로 바짝 다가가 목덜미에 손을 올려놓았다. 그 순간 반대편 방향에서 경광등을 켠 순찰차가 나타났다. 그는 재빨리 몸을 돌려 골목으로 뛰어들었다.

순찰차는 2, 30분 간격으로 16구역과 17구역을 돌았다. 어쩔 수 없이 18구역과 19구역으로 방향을 틀었다. 문제는 18, 19구역이 범죄를 하기에 좋지 않다는 점이었다. 그후 날이 밝을 때까지 돌아다녔으나 적당한 타깃을 찾지 못했다.

158

며칠 간 19구역 일대를 맴돌았지만 번번이 허탕을 쳤다. 범행에 착수하면 사람이 나타났고, 사람이 있으면 제삼자가 틈을 주지 않았다. 또한 적당한 사람과 장소를 선택하면 CCTV이가 움직이면서 범행을 가로막았다. 그는 실패를 거듭한 끝에 한 가지 사실을 깨달았다. 철저한 준비 없이는 완전범죄도 없다는 것을.

다음날 밤 그는 느지막하게 공원으로 향했다. 공원에 가면 여중생들을 만날 수 있다는 생각에서였다. 그가 공원에 도착했을 때는 밤 10시쯤이었다. 강력사건이 터져서 그런지 공원은 한산하기까지 했다. 어쩔 수 없이 벤치에 길게 드러누웠다. 한 시간 정도 기다렸을 때 아이들의 목소리가 들렸다. 목소리로 보아 짧은치마와 단발머리가 틀림없었다. 그는 여자애들이 다가오기를 기다렸다가 말을 붙였다.

"너희들 캐시 필요하지 않아?"

"이 아저씨, 그때 그 탈북자 아니야?"

짧은치마가 놀란 듯 소리쳤다. 단발머리도 눈을 동그랗게 떴다.

"맞아, 그 탈북자야. 우리 목을 조르고 도망친 인간."

"그러고 보니 그런 것 같다."

"그런데 여긴 왜 온 거지?"

"심심해서 찾아온 거겠지."

그는 단도직입적으로 본론을 꺼냈다.

"너희들 지금 현금 필요하지?"

짧은치마가 엄지손가락을 탁 퉁겼다.

"당연히 필요하지."

"얼마면 돼?"

"다섯 장이면 돼."

"어디로 갈까?"

"우리를 따라와."

짧은치마가 엄지손가락을 까딱하고 앞장을 섰다. 그는 여자애들의 뒤를 따라가면서 생각했다. 이 아이들을 범죄의 타깃으로 삼아도 되는가? 아니면 성인을 범행 대상으로 해야 하나? 그는 며칠간 실패한 사실을 떠올리고 머리를 저었다. 지금은 어린애인가 아닌가가 중요하지 않다. 중요한 것은 리얼한 상황의 경험이다.

159

여자애들이 골목을 돌고 돌아 찾아간 곳은 재개발 구역이었다. 재개발 구역은 생각보다 어둡고 음침하고 을씨년스러웠다. 쓰레기가 처마 밑까지 쌓여 있는가 하면, 불에 탄 집도 있었다. 어떤 집은 대문에서 현관까지가 온통 쓰레기더미였다. 아이들은 다 쓰러진 기도원을 왼쪽으로 돌아 9번째 집으로 들어갔다.
 아이들이 들어간 집은 이층 양옥으로 제법 번듯했다. 그는 사방을 두리번거리다가 주춤주춤 들어섰다. 이층으로 올라가던 짧은치마가 홱 돌아서더니 손바닥을 펼쳤다. 그는 현금 5만원을 꺼내 짧은치마의 손에 올려놓았다. 짧은치마가 지폐를 세어 보더니 코를 찡긋했다.
 "우리 둘 다 필요하면, 세 장만 더 내."
 그는 단발머리를 힐끗 본 뒤 3만원을 주었다. 짧은치마가 이층으로 올라가며 손가락을 까닥거렸다.
 "이리 올라와."
 그는 짧은치마를 따라 대리석 계단을 올라갔다. 이층은 아래층보다 깨끗하고 정리도 잘 되어 있었다. 침대의 이부자리와 창에 매달린 커튼도 제법 산뜻했다. 그는 방 한가운데 서서 여기저기를 기웃거렸다. 짧은치마가 옷을 벗으며 쏘아붙였다.
 "뭘 그렇게 멀뚱히 서 있어?"
 그는 당황해서 자세를 바로했다.
 "여기가 네 침실이야?"
 짧은치마가 침대에 누우며 생끗 웃었다.
 "내 침실이 아니라 아지트야."
 그는 침대에 누운 짧은치마를 물끄러미 쳐다보았다. 비록 중학생이지만 가슴과 엉덩이는 탐스러웠다. 피부도 하얗고, 특히 가녀린 목덜미가 눈길을 끌었다. 짧은치마가 무얼 망설이냐는 듯이 눈을 끔벅였다. 그는 혁대를 끄르며 나직하게 말했다.

"침대 위에 엎드려."

짧은치마가 엎드리더니 엉덩이를 치켜들었다. 태도로 보아 한두 번 해 본 게 아니었다.

"좀 아파도 참아."

그는 팬티를 내리고 페니스를 우겨 넣었다. 짧은치마가 몸을 움츠리며 고통스런 신음을 뱉었다. 그는 주머니에서 넥타이를 꺼내 짧은치마의 목에 감았다. 짧은치마가 '목을 조르면서 하는 걸 좋아해?' 하고 물었다. 그는 '극도의 쾌감을 느끼려면 목을 조이는 게 좋아.' 하고 대답했다. 짧은치마가 '그럼 어디 한번 해 봐.' 하고 목을 늘어뜨렸다. 그는 피스톤 운동을 하면서 천천히 넥타를 조였다. 잠시 후 짧은치마가 캑캑거리더니 숨을 몰아쉬었다. 그때를 기다렸다가 목에 이빨을 콱 박았다.

160

그는 짧은치마를 건넌방으로 끌고 가서 신문지로 덮었다. 그런 다음 안방으로 돌아와 단발머리를 소리쳐 불렀다. '이젠 네 차례야. 빨리 올라와.' 이층으로 올라온 단발머리가 본능처럼 짧은치마를 찾았다. 그는 '건넌방에서 쉬고 있다.'고 천연덕스럽게 둘러댔다. 그 말을 들은 단발머리가 옷을 훌렁훌렁 벗고 침대에 누웠다. 단발머리는 짧은치마보다 체구가 작고 몸도 마른 편이었다. 다만 엉덩이 하나는 아이답지 않게 크고 펑퍼짐했다. 그는 단발머리에게 명령조로 말했다.

"똑바로 누워."

단발머리가 다리를 벌리며 쳐다보았다.

"이렇게 말이야?"

그는 단발머리의 몸 위로 올라가서 페니스를 삽입했다. 강제로 페니스를 찔러 넣자 달발머리가 비명 같은 신음을 내뱉었다. 그는 깊이 삽입한 페니스를 약간 빼 주었다. 단발머리가 눈을 동그랗게 뜨고 올려보았다. 그는 단발머리에게 눈을 감으라고 명령조로 말했다. 그 말을 들은 단발머리가 눈을 질끈 감았다. 그는 단발머리의 눈에 수건을 감고 뒤로 묶었다. 단발머리가 재미있다는 표정으로 물었다.

"꼭 눈을 가리고 해야 돼?"

"네 얼굴을 보면 죄책감이 들어."

"이 아저씨 보기보단 순진하네."

그는 단발머리의 눈을 가린 뒤 입마저 틀어막았다. 그의 행동에 놀란 단발머리가 손을 휘저었다. 발버둥치는 단발머리의 손과 목을 두 팔로 찍어 눌렀다. 잠시 버둥거리던 단발머리가 사지를 축 늘어뜨렸다. 그 순간 목에 이빨을 힘껏 박아 넣었다.

이빨이 피부를 뚫고 들어가자 뜨거운 피가 솟았다. 그는 입안으로 들어온 피를 꿀꺽꿀꺽 삼켰다. 단발머리의 피는 짧은치마보다 시고 짭조름한 편이었다. 하지만 숨이 넘어갈 때의 경련은 더 강렬했다. 그는 단발머리의 몸부림을 만끽하고 입을 떼었다.

161

그는 흡혈하던 상황을 소설에 남김없이 써 넣었다. 비록 남조처럼 잔인한 방법은 아니지만 현장감은 생생했다. 이상하게 살해 장면을 기술하는데도 죄책감이 들지 않았다. 최소한 죽이는 장면에서는 망설임이라도 생겨야 되었다. 그러나 홀가분한 마음으로 살해장면을 묘사했다.

그는 잠시 글쓰기를 멈추고 자신이 누구인지 돌아보았다. 분명히 그는 변한 게 하나도 없었다. 여전히 북한에서 도망친 탈북자고, 남쪽에 적응하지 못하는 소설가였다. 여전히 자유를 찾기 위해 몸부림치는 젊은이고, 출세하고 싶어 수단과 방법을 가리지 않은 청년이었다. 하지만 가슴 한쪽에서는 자책하는 외침이 들렸다.

'네레 이제 소설가가 아이라, 흉악한 범죄자인 기야.'

아무리 고개를 저어도 그 소리는 계속 들렸다. 그는 소설 파일을 USB에 저장해 놓고 일어섰다. 이 상태로는 아무것도 할 수 없다는 생각에서였다. 커피토스트를 먹은 뒤 이티를 데리고 집을 나섰다. 계절은 어느덧 6월을 지나 7월로 접어들었다. 공원에서 자자를 만나 데려온 게 엊그제였다. 그런데 벌써 봄이 지나고 초여름이었다.

그동안 수많은 출판사로부터 거절메일을 받았다. 수익을 낼 거라고 믿었던 주식도 곤두박질쳤다. 주거도 햇빛타운에서 빈곤자 소굴인 4구역으로 옮겼다. 그 모든 것이 추락하지만 한 가지는 발전하고 있었다. 그것은 바로 자신이 점점 더 잔인해져 간다는 거였다.

162

아침에 일어났을 때 모방범죄가 터져 있었다. 그가 흡혈한 여학생 두 명까지 합치면 4건이었다. 서둘러 웹사이트에 들어가 범죄상황을 알아보았다. 지방 D시에서 일어난 모방범죄는 아이가 대상이었다. 범인은 7세 여아의 피를 빨다가 잡혔다.

50대 범인은 '갑자기 아이를 물고 싶어서 범행을 했다.'고 털어놓았다. C시에서 벌어진 흡혈귀 사건은 여자가 범인이었다. 30대 여자는 연하의 남자를 연모해 오다가 집으로 찾아가 목을 물어뜯었다. 경찰은 범인을 붙잡아 단순 상해사건으로 처리했다. 마지막으로 W시에서 벌어진 흡혈사건은 좀 충격적이었다.

범인은 40대 남자로, 하루 저녁에 5명을 상대로 피를 빨았다. 한 시간에 한명 꼴로 행인을 습격한 꼴이었다. 피해자들 중에 생명이 위태로운 사람은 없었다. 다만 15세 소년이 과다출혈로 응급조치를 받았을 뿐이었다. 범인은 피해자들을 개처럼 물어뜯었는데 '간밤에 흡혈귀가 되는 꿈을 꾸고 범행했다.'고 털어놓았다.

모방범죄가 전국으로 확산되는 건 나쁘지 않은 징조였다. 왜냐하면 정부와 수사당국에 혼란을 줄 수 있기 때문이었다. 그는 일이 재미있게 전개되어 간다고 생각하고 쾌재를 불렀다. 경찰은 두 여중생의 피습사건을 두고 의견이 갈렸다. 한쪽은 OL 소행이라고 주장하고, 한쪽은 새로운 흡혈귀의 출현이라고 반박했다.

이제 흡혈사건은 전 국민의 흥밋거리가 되었다. 어떤 네티즌은 경찰의 헛다리 수사를 비웃었다. 어떤 블로거는 '멍청한 경찰을 혼내주기 위해서라도 잡히지 않으면 좋겠다.'고 악플을 달았다. 사건을 접한 경찰청장은 5천만 원의 현상금을 내걸었다. 또 'OL을 잡는 경찰에게는 일 계급 특진을 시키겠다.'고 발표했다.

163

그는 저녁을 일찌감치 먹고 공원으로 나갔다. 공원으로 가는 동안 경찰과 마주쳤지만 검문을 받지 않았다. 경찰들은 타성에 젖은 것처럼 고정된 순찰만 돌았다. 경찰의 모습으로 보아 흡혈사건은 안중에도 없는 같았다. 그는 벤치에 누워 여자애들이 나타나기를 기다렸다.

1시간 정도 뒹굴자 여자애들의 목소리가 들렸다. 목소리의 주인은 왕따를 당하던 안경과 뚱뚱이였다. 그는 헌팅캡을 눌러 쓰고 아이들 쪽으로 다가갔다. 아이들은 벤치에 앉아서 친구 얘기를 나누고 있었다. 뚱뚱이가 안경에게 허니버터칩을 주면서 말했다.

"대장하고 팀원들이 죽었으니까, 너를 미찌마클럽 멤버로 받아줄게."

"난 미찌마클럽에 안 들어가."

"미찌마클럽에 가입하면 아무도 너를 괴롭히지 않아."

안경이 입을 삐죽 내밀었다.

"그래도 난 안 들어가. 멤버도 이젠 너 하나뿐이잖아."

"너를 부대장으로 삼아 줘도 안 들어와?"

안경이 옆으로 돌아앉았다.

"미찌마클럽에 들어가면 죽는다고 소문났어. 너도 조만간 죽을 거래."

뚱뚱이가 눈을 동그랗게 떴다.

"그거 헛소문이야. 대장하고 지나, 예지가 죽은 건 우연이야."

안경이 입을 쑥 내밀었다.

"그 애들 흡혈귀를 괴롭히다가 죽은 거래."

"아니야. 그 애들 오리지널한테 죽은 게 아니라, 모방한테 죽은 거야."

"모방도 흡혈귀는 흡혈귀야. 이 동네에 산다는 소문도 있어."

그는 두 여학생에게 다가갔다.

"너희들 그 얘기 어디서 들었어?"

뚱뚱이가 눈을 껌뻑거렸다.

"무슨 얘기 말이에요?"

"이 동네에 흡혈귀가 산다는 거."

"경찰 아저씨도 그렇게 말하고, 아파트 경비 아저씨도 전부 다 그래요."

그는 윽박지르듯 말했다.

"경찰이 정말 그런 말을 한단 말이야."

가만히 있던 안경이 끼어들었다.

"애 말은 믿을 게 없어요. 모두 꾸며낸 거예요."

"엊그제 죽은 여자애들 너희 친구였어?"

뚱뚱이가 울상을 지었다.

"우리하고 단짝인데 흡혈귀가 목 졸라 죽였대요. 순진한 애들인데…"

안경이 입을 씰룩했다.

"그 애들 죽어도 싸요."

자유의 로맨틱한 죽음 233

"왜?"

"여학생 조폭이거든요."

그는 한 마디 던지고 돌아섰다.

"빨리 집으로 돌아가. 흡혈귀한테 당하기 전에."

164

그는 웹사이트를 뒤져 수사상황을 살펴보았다. 다행히 경찰은 모방범죄로 보고 우범자 수사로 방향을 잡았다. 우선 상해나 폭행, 주거침입, 절도, 마약전과가 있는 청소년들을 주목했다. 우발적 범죄를 대비해 유흥가와 재개발지역 출입자도 리스트에 넣었다.

인근 불량배들도 모조리 잡아들여 알리바이를 캤다. 여자애들이 접촉한 불량서클과 밴드모임도 용의선상에서 빼놓지 않았다. 경찰은 마지막으로 재개발지역 진입로 CCTV를 확인해 보았다. 하지만 가면을 쓴 용의자는 찾아내지 못했다. 발등에 불이 떨어진 경찰은 특별 검거반을 만들었다.

경찰청장은 '범인을 잡지 못하면 지위고하를 막론하고 책임을 묻겠다.'고 엄포를 놓았다. 또 '흡혈귀를 신고한 사람에게는 7천만 원의 포상금을 지급한다.'고 공표했다. 각종 신문과 매스컴, 종편TV에서는 흡혈귀의 잔인성에 대해 논박을 벌였다. 그들은 범죄원인보다 흡혈귀의 대담성에 더 관심을 보였다.

한 심리학자는 '흡혈귀가 범죄를 저지르는 것은 왜곡된 소비사회가 원인이며, 특히 위정자들의 비뚤어진 도덕성이 문제라.'고 꼬집었다. 심리학자는 또 '경제가 나빠지고 고위층이 타락하면, 반사적

현상으로 잔인한 범죄가 기승을 부린다.'고 덧붙였다.
 그 실례로 미국에서 발생한 대런 밴 사건을 들었다. 심리학자에 의하면, 밴이 연쇄살인을 일으킨 1994년은 미국이 북한을 원폭공격하겠다고 떠벌리던 때였다. 또 당시 미국경제가 하향곡선을 그리고 있었으며, 국민정서가 불안감에 휩싸인 때라고 일침을 놓았다.

165

 그는 인터넷을 뒤져 대런 밴의 기사를 찾았다. 대런 밴의 이름은 웹사이트를 도배할 정도로 많았다. 그는 연쇄살인범 대런 밴의 기사를 두근거리는 마음으로 읽었다. 2014년 인디애나주 게리지역의 빈 가옥에서 여성시신 7구가 발견되었다. 수사에 착수한 경찰은 며칠 만에 '용의자를 검거했다.'고 전모를 밝혔다.
 수사당국은 기자회견을 열어 '인디애나주 해먼드의 한 모텔에서 애프릭카 하디(19세 여성)를 살해한 대런 밴(43세)을 잡았다.'고 발표했다. 경찰에 의하면, 밴은 성관계를 위해 만난 하디를 목 졸라 죽였다. 밴이 성행위를 하고 죽였는지, 그냥 죽였는지는 밝히지 않았다.
 경찰은 영장집행현장에서 7구의 여성 시신을 찾아냈다. 이중 신원이 밝혀진 사람은 하디(25), 애니스 존스(35), 티아라 베이티(28), 크리스틴 윌리엄스(36) 등이었다. 경찰은 하디와 존스를 제외한 5명의 살해방법에 대해선 입을 닫았다. 또 '일부 시신은 부패가 너무 심해 유전자 검사가 필요하다.'며 회피성 발언을 했다.
 한 경찰간부는 '7구의 여성 시신과 밴의 연관성을 찾아내지 못했다.'고 언급해 네티즌의 비난을 받았다. 해먼드 시장은 '밴이 1994년과 1995년에 발생한 두 건의 살인사건에 대한 혐의를 어느 정도 인정했다.'며 연쇄살인범으로 규정했다.

그 외에도 밴은 텍사스주 오스틴에서 성범죄를 저질렀다. 노스캐롤라이나 주에서는 불명의 혐의로 체포되었다. 2008년에는 텍사스주 트래비스 카운티에서 성폭력 혐의로 붙잡혔다. 이때 징역 5년형을 선고받고 실형을 살았다. 2013년 7월에 출감한 밴은 가택침입을 하는 등 계속 범죄를 저질렀다.

166

밴의 사례를 든 심리학자는 '사회주의 국가에서의 연쇄살인은 타락한 체제에서 나타난다.'고 지적했다. 그 예로 안드레이 치카틸로를 들었다. 그는 즉시 웹사이트를 뒤져 치카틸로를 찾았다. 안드레이 치카틸로의 범죄는 대런 밴을 훨씬 능가하는 것이었다. 치카틸로는 1936년 우크라이나에서 광부의 아들로 태어났다.

가난한 가정에서 자란 치카틸로는 굶는 것을 밥먹듯이 했다. 그 결과 눈이 잘 보이지 않는 야맹증에 걸렸다. 그런 그에게 모친은 '너의 큰형이 공산혁명 때 반체제 사상가로 몰려 산채로 잡아먹혔다.'는 말을 들려주었다. 그 말을 들은 치카틸로는 공산당원만 보면 피해 다녔다.

치카틸로는 열악한 출신성분 때문에 2-3배는 더 일해야 했다. 일만 하던 치카틸로는 늦은 나이에 결혼해 자식 2명을 낳았다. 그 후 치카틸로는 군대에 들어가 힘든 병영생활을 했다. 이때도 치카틸로는 출신성분 때문에 심한 차별대우를 받았다. 만기 제대한 치카틸로는 운 좋게 대학에 다닐 수 있었다. 대학졸업 후 교사로 발령받는 행운까지 잡았다.

 고향에서 교편을 잡은 치카틸로는 한때 행복한 시절을 보냈다. 하지만 그런 행복도 잠시뿐이었다. 치카틸로의 출신성분을 알게 된 학생들이 당국에 고발했던 것이다. 결국 치카틸로는 출신성분 때문에 학교에 쫓겨났다. 교직을 빼앗긴 치카틸로는 대검을 차고 돌아다녔다.

 주로 밤에만 다니던 치카틸로는 여자와 아이들을 죽이기 시작했다. 치카틸로의 살해방법은 잔인하기 이를 데 없었다. 살해현장에서 피해자의 신체를 토막치고 그 육신을 먹었다. 더 나아가 인육을 가지고 집으로 돌아가 '소고기라.'고 가족에게 주었다. 배가 고픈 가족들은 소고기인 줄 알고 끓여 먹었다.

 상상을 초월하는 범행이 연쇄적으로 터지자 러시아 사회는 충격에 빠졌다. 이때 모스크바 언론들은 이 살인마를 <시티즌>이라고 불렀다. 연쇄살인사건을 수사하던 경찰당국은 한 주민을 주목했다. 그는 바로 범죄현장을 배회하던 안드레이 치카틸로였다.

167

 그는 대런 밴과 안드레이 치카틸로에게서 공통점을 발견했다. 그것은 두 사람 다 사회의 피해자라는 점이었다. 밴은 자본주의가 가진 경쟁과 소비, 자유, 욕망사회의 피해자였다. 치카틸로는 사회주의가 가진 출신성분과 계급사회, 반자유, 차별의 피해자였다. 그들은 자신이 속한 사회를 향해 칼을 빼 든 것이나 마찬가지였다.
 이것은 남조가 자본주의와 벌이는 흡혈전쟁과 다르지 않았다. 남조도 결국 남쪽의 경쟁체제에 적응하지 못하고 범행을 저지르는 것이니까. 즉 남조는 '남한의 소비 자본주의가 계급사회를 만들고, 돈으로 만들어진 계급사회는 인간을 또 다시 수많은 계급으로 나눈다'고 생각하고 있었다. 남조는 '남쪽의 자본주의가 만든 계급사회는 북쪽의 사회주의가 만든 계급사회보다 더 잔인하고 잔혹한 체제라'고 여겼다. 이것은 남조가 벌이는 흡혈범죄만 보아도 알 수 있었다.
 그는 연쇄살인자들의 기사를 블로그 MIP에 포스팅했다. 블로그에 기사를 올렸을 때 뉴스창이 알람을 울렸다. 그는 서둘러 스마트폰을 열고 뉴스창을 클릭했다. 뉴스창에 뜬 기사는 놀랍게도 늑대가면을 쓴 흡혈귀의 연속적 범행이었다. 흡혈귀는 형사로부터 탈취한 권총을 이용해 범행을 저질렀다. 즉 흡혈귀는 피해자에게 권총을 겨누고 손발을 묶었다. 그런 다음 입에 재갈을 물리고 목을 물어뜯었다. 손발이 묶이고 재갈이 물린 피해자는 꼼짝없이 피를 빨렸다.
 흡혈귀는 밤 12시에 범행을 시작해 연거푸 세 사람을 해치웠다. 세 사람은 각각 유명 유튜브 방송자, 잘 나가는 미디어 광고업자, 종편방송 인기 패널이었다. 범죄수법은 세 사람 다 똑같았다. 범행 기사 외에도 뉴스창에는 범인의 몽타주까지 떠 있었다. 웹사이트를 꽉 채운 몽타주는 늑대가면을 쓴 건장한 남자의 모습이었다.
 경찰은 'CCTV에 잡힌 영상을 바탕으로 몽타주를 만들었다.'고 밝혔다. 그는 몽타주에 나타난 흡혈귀의 모습을 자세히 살펴보았다.

늑대가면을 썼지만 전체적 모습과 체격은 남조가 틀림없었다. 그는 남조가 선택한 새로운 범죄방식에 당황했다. 왜냐하면 자본주의의 전형이라고 할 수 있는 권총을 사용했기 때문이었다. 그는 뉴스창에 뜬 기사를 빠짐없이 읽고 스마트폰을 닫았다. 이제 세상을 향한 전쟁은 새로운 단계로 접어든 셈이었다.

168

흡혈귀의 진보된 범죄로 매스컴은 벌집을 쑤신 것처럼 들끓었다. 우선 경찰은 현상금을 1억 원으로 대폭 상향 조정했다. 종편 방송사들은 전문가를 초빙해 끝장토론을 벌였다. 블로거, 누리꾼, 유저들도 SNS에 댓글을 쏟아 놓았다. 어떤 블로거는 신출귀몰하는 흡혈귀를 시대의 영웅으로 떠받들었다. 어떤 누리꾼은 '흡혈귀가 하늘이 내려 보낸 정의의 심판자일지 모른다.'고 비약시켰다.

또 다른 유저는 사회적 강자를 공격하는 흡혈귀에게 찬사를 보냈다. 그 이유는 흡혈귀가 사회적 약자 편에서 범죄를 저지른다는 거였다. 어떤 네티즌은 '흡혈귀가 물질을 가지고 지위를 가지고 명예를 누리고 권력을 휘두르는 자만 징계한다.'고 추켜세웠다. 한 심리학자는 '흡혈귀를 일부 시민들이 무분별하게 응원한다.'고 우려를 표했다.

심리학자에 의하면 '누리꾼의 응원배경에는 권력자, 집권층, 기득권자, 대물림에 대한 반감이 작용한다.'는 것이었다. 또 일반 대중들이 '어렵고 소외된 사람들의 분노를 흡혈귀가 대신 풀어 주는 것으로 착각하고 있다.'고 덧붙였다. 그는 모든 매체의 시선을 확인하고 쾌재를 불렀다. 이제 흡혈귀의 행동 하나하나는 온 국민의 관심사가 되었다.

이런 상황에서 모방범죄를 벌인다면 시대의 대변자가 될 것이 틀림없었다. 그는 웹사이트에 올라온 글을 확인한 뒤 밖으로 나갔다. 남조의 범죄를 정확히 모방하려면 권총을 손에 넣어야 했다. 그는 공원으로 가면서 골똘히 생각에 잠겼다. 권총을 구하려면 남대문시장이나 국제시장에 가야 했다. 문제는 남대문시장이나 국제시장은 구입근거가 남는다는 것이었다.

169

그는 길가의 벤치에 기대고 앉아서 머리를 쥐어짰다. 하지만 권총을 구할 묘안이 좀처럼 떠오르지 않았다. 어디서 구하는 것도, 훔치는 것도, 빼앗는 것도 어려웠다. 그는 고민을 거듭하다가 깜빡 잠이 들었다. 더운 날씨에 바람이 살살 불어 절로 잠이 쏟아졌다.

한창 단잠에 빠져 있을 때 누군가 그의 어깨를 흔들었다. 그는 입가에 흐른 침을 쓱 닦고 고개를 쳐들었다. 잠을 깨운 사람은 정복을 반듯하게 착용한 경찰이었다. 그가 쳐다보자 지구대 경찰이 반갑다는 듯이 말했다.

"이거 작가선생 아니십니까?"

"난 또… 누구시라고요."

"내가 괜히 단잠을 깨운 거 아닌가요?"

"아닙니다. 괜찮습니다."

"그래, 비비는 좀 얌전해졌습니까?"

"줄을 걸어 놨으니 어쩔 수 없을 겁니다."

경찰이 허리에 찬 권총을 만지작거렸다.

"하긴 동물이야 주인이 길들이기 나름이죠."

"원숭이를 키우는 게 이렇게 힘든 일인지 몰랐습니다."

"사실 키우는 건 강아지가 더 낫죠. 사람 말도 잘 듣고."

"말을 안 듣기로 친다면… 사람보다 더한 동물이 있겠습니까?"

"그건 그렇죠."

"경찰도 힘이 들겠습니다. 그런 사람들을 상대로 치안유지를 해야 하니까요."

"그렇지 않아도 죽을 지경입니다."

"무슨… 강력사건이라도 터졌나보죠?"

"흡혈귀가 나타나 사람을 물었습니다."

"흡혈귀가요?"

경찰이 허리에 찬 권총을 두드렸다.

"흡혈귀 때문에 이렇게 권총까지 차고 다니는 것 아닙니까."

"흡혈귀가… 이곳에도 나타났습니까?"

"엊그제 여자애 두 명을 공격했어요. 요 근처 공원에서."

"아, 그 아이들 말이군요? 공원에서 목을 물린."

경찰이 먼 하늘을 쳐다보았다.

"큰일입니다. 흡혈귀는 날뛰고, 모방자는 늘어나고, 시민은 범인을 부추기고."

"잡히겠지요. 아무리 신출귀몰하다 해도."

경찰이 발길을 돌리며 혀를 찼다.

"그러면 얼마나 좋겠습니까. 안 잡히니까 문제지요."

그는 경찰의 뒷모습을 보면서 머리를 탁 쳤다. 경찰이 소지한 권총이 눈에 들어왔던 것이다.

170

사흘간 지구대를 관찰했지만 기회는 찾아오지 않았다. 그는 권총 훔치는 것을 포기하고 돌아섰다. 어쩌면 총포사를 터는 게 더 나을지도 몰랐다. 예비군 무기고에 들어가 소총을 들고 나오던가. 그는 집으로 가다가 선술집을 발견하고 들어섰다. 권총을 훔칠 수 없다는 생각 때문인지 갈증이 일었다. 소주와 돼지껍데기를 시켜 놓고 목을 축였다.

며칠간 지구대 시스템을 지켜보았지만 허점이 노출되지 않았다. 경찰들은 1~2시간씩 교대를 하면서 빈틈없이 순찰을 돌았다. 신고출동을 할 때는 순찰차 서너 대가 동시에 달려나갔다. 강도나 폭행사건의 경우에는 모든 순찰차가 동원되었다.

그는 소주를 연거푸 들이키면서 고개를 저었다. 아무래도 지구대에서 권총을 훔치는 것은 불가능했다. 경찰이 착용한 권총을 빼앗는 것은 더더욱 어려웠다. 경찰들은 남녀 2인 1조로 순찰을 돌고 각종 범죄를 처리했다. 두 명의 경찰을 어떻게 제압하고 권총을 빼앗는단 말인가?

그가 실의에 빠져 있을 때 20대 청년 5-6명이 들어왔다. 청년들은 테이블에 앉자마자 시끄럽게 떠들었다. 옆자리에 있던 노동자들이 '조용히 마시자.'고 주의를 주었다. 청년들이 '술은 떠들면서 마시는 거라.'고 받아쳤다. 누가 보아도 두 팀의 주장은 틀린 게 없었다. 다만 몇몇 사람의 감정기복과 돌기 시작한 술기운이 문제였다.

그들은 몇 차례 시비를 벌이다 자리를 박차고 일어섰다. 조용하던 술집은 금방 난장판으로 변해 버렸다. 보다 못한 주인이 경찰 지구대에 전화를 걸었다. 잠시 후 권총을 휴대한 경찰 5-6명이 들이닥쳤다. 노동자와 청년들은 경찰을 보고도 싸움을 멈추지 않았다. 패싸움을 말리던 젊은 경찰이 권총을 빼 들었다.

권총을 본 청년들이 젊은 경찰에게 달려들었다. 이제 싸움은 청년들과 경찰 쪽으로 옮겨갔다. 열댓 명의 사람들이 뒤엉켜 몸싸움을 벌였다. 그 순간 전기가 나가고 고막을 찢는 총성이 울렸다. 강력한 총소리와 함께 누군가가 풀썩 쓰러졌다. 그는 반사적으로 넘어진 남자를 일으켜 세웠다. 남자는 중심을 잡지 못하고 비틀거렸다.

그는 남자를 부축하기 위해 팔에 힘을 주었다. 그 순간 차갑고 싸늘한 물체가 손끝에 느껴졌다. 그는 흠칫 놀라 차가운 물체를 더듬어 보았다. 손끝에 만져지는 것은 분명히 권총이었다. 다시 한번 차고 매끄러운 금속을 만져 보았다. 아무리 확인하고 또 해 봐도 권총이 틀림없었다.

그는 캄캄한 어둠 속에서 냉정하게 결론지었다. 지금이 아니면 권총을 손에 넣을 기회는 다시 오지 않는다. 부상당한 경찰을 보호하는 것보다 권총을 훔치는 게 우선이다. 그는 쓰러져 있는 경찰의 허리로 손을 가져갔다.

171

다음날 인터넷을 도배한 건 <경찰과 시민의 패싸움>이었다. 매스컴은 '경찰 5,6명이 시민과 패싸움을 벌여 부상을 입었다.'고 떠들었다. 이 패싸움에서 경찰 1명이 중상을 입고 2명은 경상이었다. 문제는 출동한 경찰이 권총과 실탄을 잃어버린 거였다. 종편방송에서는 전문가들을 초빙해 경찰의 안이한 근무태도를 꼬집었다.

사소한 문제로 패싸움을 시작한 시민들도 비판대상으로 삼았다. 단지 그들이 처한 입장은 어느 정도 인정해 주었다. 패싸움을 시작한 청년들은 당일 실직통보를 받은 임시직 회사원이었다. 싸움 상대인 노동자들도 일터를 잃고 술로 마음을 달래던 차였다. 이들의 감정싸움에 경찰이 끼어들었고, 결국 총을 쏘기에 이르렀다.

경찰의 총격으로 청년 한 명이 허벅지를 관통당했다. 노동자 2명은 코뼈와 갈비뼈가 부러졌다. 중상을 입은 경찰 2명 중 1명은 의식이 불명한 상태였다. 그는 <패싸움> 기사를 보고 안도의 한숨을 내쉬었다. 경찰은 아직도 권총의 소재를 파악하지 못한 상황이었다. 또 누가 어떻게 가져갔는지조차 모르고 허둥대고 있었다.

경창청장은 매스컴에 나와 '반드시 분실한 총기를 찾아내겠다.'고 다짐했다. 그는 38구경 권총에 실탄을 장전하고 회전시켜 보았다. 은빛 실린더가 매끄러운 소리를 내며 돌았다. 부드러운 금속성 소리는 그 어떤 소리보다 달콤했다.

'바로 이 소리지비. 이 소리인 기야'

172

 남조가 권총을 사용한 후 모방범죄가 잇달아 터졌다. J시에서는 순찰 중인 경찰관을 습격해 권총을 빼앗았다. D시에서는 군부대 무기고에 들어갔다가 붙잡히는 사건이 일어났다. S시에서는 총포사에 침입해 엽총을 훔쳐가는 사건이 벌어졌다. 이와 같은 사건을 일으킨 범인은 의외로 십대들이었다. 십대들은 '흡혈귀를 모방하기 위해 범죄를 저질렀다.'고 털어놓았다.
 그 외에 경찰의 총기를 훔치다 붙잡힌 중학교 1학년생도 있었다. 매스컴은 일제히 청소년들의 범죄 동참에 우려를 표했다. 청소년이 모방범죄를 벌이면 사회 전체가 불안해진다는 거였다. 그는 청소년들이 카피캣에 뛰어든 것을 일종의 메시지로 보았다. 그것은 바로 기득권자와 가진자에 대한 불신의 표시였다.
 그가 관망하고 있자 흡혈귀가 또 다시 사람을 습격했다. 이번에 선택된 사람은 고등법원 판사였다. 흡혈귀는 퇴근하는 판사를 납치해 빈 교회로 끌고 갔다. 빈 교회로 간 흡혈귀는 판사의 손발을 묶고 목을 물었다. 판사는 숨이 끊어지는 순간까지 피를 빨렸다.
 흡혈귀는 현장에 장미꽃 한 송이를 던져 놓았다. 다 부서진 십자가에 피를 칠하는 것도 잊지 않았다. 정부관리는 '흡혈귀가 사법권과 종교권에 도전했다.'고 떠들었다. 누리꾼들은 '고등법원 판사가 피를 빨릴 만한 인사라.'고 악플을 달았다. 그 이유는 '걸핏하면 정치적이면서도 감정적인 판결을 한다.'는 거였다.
 어느 성직자는 '흡혈귀가 신성한 종교에 침을 뱉었다.'고 눈을 부릅떴다. 한 정치평론가는 '흡혈귀가 국민감정을 이간질시키고 있다.'고 지적했다. 젊은 블로거는 '국민감정을 이간질시키는 것은 흡혈귀가 아니라 사회지도층이라.'고 꼬집었다. 그는 또 '흡혈귀가 침을 뱉은 건 부도덕한 성직자지, 모든 종교인이 아니라.'고 일침을 놓았다.

173

그는 교회에서 일어난 사건을 FK라고 단정지었다. 경찰도 범죄수법이 OG와 다르다고 보았다. 경찰이 FK라고 본 이유는 치아 배열 상태 때문이었다. 그동안 경찰은 피해자의 목에 난 치아자국을 조사해 왔다. 그 결과 '판사의 목에 난 치열은 20대 남자의 것이라.'고 발표했다. 경찰은 이어 'OG는 30대 중반의 치아를 가지고 있다.'고 덧붙였다.

누리꾼들은 '경찰의 발표가 매스컴의 질책을 벗어나기 위한 술책이라.'고 떠들었다. 어떤 유저는 '경찰의 발표는 처음부터 끝까지 오류투성이라.'고 비난을 퍼부었다. 한 네티즌은 '경찰도 최선을 다하고 있지만, 흡혈귀가 신출귀몰해서 잡을 수 없는 것이라.'고 비꼬았다.

이를 본 한 블로거는 '흡혈귀에게 <로즈 맨>이라는 닉네임을 붙여 줘야 한다.'고 글을 올렸다. 또 다른 모바일족은 <누리 맨>이라고 부르는 게 더 어울린다고 이죽거렸다. 한 유저는 <트러블 슈더>라는 이름이 더 적당하다고 빈정댔다. 그밖에도 많은 이름이 붙여졌다. 심판자, 구원자, 늑대맨, 블러드맨, 워크맨, 마스크맨까지 나왔다.

누리꾼들은 이중 무엇이 좋은지 투표해서 하나를 골랐다. 누리꾼이 선택한 것은 통신망(network)과 시민(citizen)을 결합한 <네티즌>이었다. 누리꾼들이 <네티즌>으로 결정하자 경찰청장이 발끈하고 나섰다. 연쇄살인범에게 <네티즌>이라는 닉네임은 어울리지 않는다는 거였다.

검찰 또한 누리꾼들의 행동에 반기를 들고 나섰다. 연쇄살인범에게는 <네티즌>보다는 <데블맨>이 더 어울린다는 것이었다. 이 사건을 접한 검찰총장은 흡혈귀를 상대로 <범죄와의 전쟁>을 선포했다. 특이한 것은 NIS에서 '흡혈귀에게 용공혐의가 보인다.'고 한 발표였다.

174

그는 18구역을 돌아다니며 타깃을 찾았다. 하지만 번번이 대상을 발견하지 못하고 돌아섰다. 그는 남조처럼 불특정인을 공격하는 게 마음에 들지 않았다. 적어도 그와 직접 관련이 있거나, 개인적 불만 대상이어야 했다. 그는 불필요한 기준이라는 걸 알았지만 어쩔 수 없었다. 본래 그는 남조를 따라 모방범죄를 하는 카피캣이었다. 오리지널인 남조와는 범행동기나 범죄의식조차 달라야 했다.

그는 며칠간 고민을 한 끝에 적당한 타깃을 찾아냈다. 그 사람은 바로 비비에게 팔을 물린 여자였다. 곧바로 인터넷을 뒤져 여자의 이름과 주소를 알아냈다. 여자 이름은 김꽃님이고, 나이 33살, 거주지는 부촌인 18구역이었다. 그는 집을 확인하고 18구역 CCTV상황을 체크했다.

다행히 여자의 집 부근에는 CCTV가 설치되지 않았다. 침입은 물론이고 범행을 하기에도 최적의 장소였다. 즉 여자의 집은 가톨릭 회관을 왼쪽으로 돌아 25번째에 위치한 단독주택이었다. 부근 주택들은 낮은 담과 넓은 정원을 가지고 있어서 도망치기에도 쉬웠다. 그는 차분한 마음으로 범죄에 필요한 도구들을 챙겼다.

우선 38구경 권총과 실탄, 늑대가면, 대검을 크로스백에 넣었다. 다음으로 검은색 캐주얼 수트를 입었다. 얼굴에는 위장용 화장을 엷게 발랐다. 마지막으로 검은색 마스크를 쓰고 집을 나섰다. 그는 18구역으로 가면서 다시 한번 장미꽃을 확인했다. 장미꽃을 놓고 나오면 수사당국이 혼란에 빠질 게 틀림없었다.

175

그는 황금색 단조대문 앞에 서서 호흡을 가다듬었다. 다행히 주변은 어두웠고 오가는 사람도 없었다. 다시 한번 길게 심호흡을 하고 비디오폰을 눌렀다. 몇 초 후 비디오폰 스크린에 여자가 나타났다. 그는 검손한 표정과 다소곳한 자세로 말을 꺼냈다.

"병원에 같이 갔던 소설가인데, 할 얘기가 있어 찾아왔습니다."

여자가 못마땅하다는 투로 물었다.

"이 밤중에 무슨 일이죠?"

"치료비 때문에… 상의할 일이 있습니다."

잠시 머뭇거리던 여자가 '들어오세요.' 하고 열림버튼을 눌렀다. 찰칵, 소리와 함께 황금색 단조대문이 열렸다. 그는 떨리는 가슴을 진정시키며 집안으로 들어섰다. 예상대로 여자는 정원이 딸린 집에서 살고 있었다. 넓게 펼쳐진 잔디를 가로질러 가자 여자가 현관을 열었다. 그는 다시 한번 정중하게 고개를 숙였다.

"한밤중에 죄송합니다."

"낮에 다시 오면 안 되나요?"

"좀 급한 일이라서요."

여자는 어쩔 수 없다는 듯이 응접실로 안내했다. 그는 집안으로 들어서자마자 범행을 하리라고 마음먹은 상태였다. 그래서 여자가 소파를 권했지만 그대로 서 있었다. 그가 우물거리고 있을 때 슈나우저가 방에서 뛰어나왔다. 슈나우저는 낯선 그를 향해 으르렁거렸다. 여자가 목털을 세운 슈나우저를 손으로 쓰다듬었다.

"애가 공격받은 기억이 있어서, 낯선 사람만 보면 경계를 해요."

"아 그렇습니까? 막 자란 개 같지는 않네요."

"잠시 떠돌아서 그렇지, 본래 귀족견이에요."

그는 어깨에 멘 크로스백을 벗었다.

"죄송하지만, 물을… 한 잔 주시겠습니까?"

"잠시 여기 앉아서 기다리세요."

여자가 8인용 소파를 가리키고 주방으로 들어갔다. 그는 이빨을 드러낸 슈나우저를 발로 툭툭 건드렸다. 신경질적인 발길질에 슈나우저가 더 크게 으르렁거렸다. '네레 내한테 감정이 있는 거이가?' 슈나우저는 그가 악의를 품고 찾아온 걸 아는 눈치였다. 그렇지 않아도 그는 무언가 시빗거리를 찾고 있던 차였다.

그는 대검을 빼 들고 슈나우저의 머리를 세게 내리쳤다. '쥑여 버리기 전에 조용히 있으라우.' 머리를 맞은 슈나우저가 달려들어 다리를 물었다. 발목에서 날카로운 통증이 일었다. 그는 재빨리 실탄이 장전된 권총을 꺼냈다. 권총을 본 슈나우저가 더욱 사납게 물고 흔들었다. 그는 총신으로 슈나우저의 머리를 힘껏 내리쳤다.

"내레 가만히 있으라고 그랬지비!"

순간 슈나우저가 깨갱, 하고 떨어져 나갔다. 슈나우저의 비명을 듣고 여자가 뛰어나왔다.

"그 애를 때리지 말아요."

"이 놈이 내를 물었으니끼니, 이젠 당신 차례인 기야."

여자가 놀란 눈으로 쳐다보았다.

"뭐가 내 차례라는 거예요?"

"당신 피맛을 보기 위해서리 찾아온 기야. 헌데 저 개가 빌미를 주었지비."

176

그는 집으로 돌아오자마자 <블러드 서킹>을 써 내려갔다. 여자를 위협하고 손발을 묶고 피를 빠는 상황을 상세히 기술해 넣었다. 슈나우저를 대검으로 죽이고 정원에 유기하는 장면도 그렸다. 범행 직후 쓰는 글이라서 장면과 상황은 리얼했다. 무엇보다 피의 맛과 격렬한 떨림, 단말마 같은 비명은 생생했다.

그는 마른 피가 엉겨붙은 손가락으로 자판을 두드렸다. 흰색 컴퓨터 자판 위에 검붉은 핏자국이 묻었다. 권총을 겨누었을 때 여자는 반신반의하는 눈빛이었다. 그러다가 상황이 심각하다는 걸 눈치채고 털썩 주저앉았다. 한껏 경직된 여자가 권총을 겨눈 그에게 물었다.

'당신이… 바로 그… 흡혈귀인가요?'

'맞아, 내레 그 흡혈귀야. 당신이 일곱 번째고.'

그의 말을 들은 여자가 애원했다.

'뭐든지 다 할 테니, 목숨만 살려 주세요.'

'기렇다면 지금부터 시키는 대로 하라우.'

'알았어요. 시키는 대로 할게요.'

그는 여자의 눈을 가리고 입에 재갈을 물렸다. 그런 다음 커튼을 잘라 얼굴과 함께 동여맸다. 여자가 무어라고 지껄였지만 알아들을 수 없었다. 여자의 파운데이션 슬립을 벗기고 침대에 눕혔다. 브레지어와 팬티는 대검을 사용해 제거했다. 알몸이 된 여자가 손과 발을 움직이며 버둥거렸다. 그는 발악하는 여자의 몸을 두 팔로 찍어 눌렀다.

한동안 몸부림치던 여자가 사지를 축 늘어뜨렸다. 그는 여자의 몸 위로 올라가 목 부위를 어루만졌다. 목 오른쪽 상단으로 정맥이 펄떡이며 지나갔다. 손가락으로 정맥을 가늠한 다음 이빨을 박아 넣었다. 여자의 정맥이 이빨 사이에서 톡, 터졌다. 그는 입안으로 들어오는 뜨거운 피를 힘껏 빨아들였다. 비릿하면서도 달콤한 피가 입 안 가득 고였다.

피를 빨 때마다 여자가 파르르 경련을 일으켰다. 경련은 입술과 가슴, 배, 허벅지에 고스란히 전달되었다. 그는 경련과 떨림을 음미하면서 계속 피를 빨았다. 선홍색 피가 흰 침대보를 적셨지만 개의치 않았다. 이 순간 중요한 것은 한 인간이 표현하는 마지막 떨림이었다. 그 격렬한 떨림은 어떤 맛과도 비교할 수가 없었다.

자유의 로맨틱한 죽음

슈나우저를 죽이고 나올 때 인터폰을 박살내 버렸다. '내레 남조선을 뒤흔드는 베스트셀러를 써야 한다이.' 그는 노트북을 덮고 욕실로 들어가 손을 씻었다. 아직도 옷과 몸에서는 피비린내가 풍겼다. 피 묻은 몸을 씻은 뒤 편안한 마음으로 잠자리에 들었다.

177

다음날 매스컴과 SNS는 누리꾼들로 소란스러웠다. 한 누리꾼은 경찰의 엉성한 수사방법과 관행을 꼬집었다. 어떤 유저는 경찰청장에게 책임을 물어야 한다고 열을 올렸다. 어떤 블로거는 흡혈귀에게 '영원히 자수하지 말라.'고 악플을 달았다. 케이블방송에서도 특별 프로그램을 편성해 사건의 심각성을 부각시켰다.

간밤에 터진 사건은 또 다른 수사방향을 제시했다. FK가 OG보다 더 잔혹한 방법을 썼기 때문이었다. 특히 여자와 슈나우저를 죽인 범인이 메시지를 남긴 게 문제가 되었다. 범인은 장미꽃과 함께 흰 침대에 <N>이라고 써 놓았다. 피로 쓴 <N>자를 두고 경찰과 블로거 간에 논쟁이 붙었다. 경찰은 <N>이 범인의 닉네임이라고 풀이했다.

블로거들은 <N>이 희생된 사람의 숫자 9라고 해석했다. 한 검사는 <N>이 수사기관을 현혹시키는 술책일 뿐이라고 폄하했다. 검사는 <N>이 'nothing, 즉 아무것도 아니다'를 뜻한다고 억지를 부렸다. 어떤 유저는 <N>이 neck(목)을 지칭하는 단어라고 댓글을 달았다. 또 다른 네티즌은 nail(손톱), need(필요), needle(바늘), neighbor(이웃), nest(둥지), 심지어 전쟁과 수호의 여신인 네이트

(Neith)라고 풀이했다.

<n>이 news(뉴스), night(밤), notice(주의), nature(자연)라고 우기는 모바일족도 나타났다. 반면 경찰은 narrow(좁은), near(가까운), necessary(필요한), next(다음의), nineteen(19의)을 뜻한다고 피력했다. 한 사회심리학자는 <N>이 nod(인사하다)를 의미한고 해석했다. 누리꾼들이 <N>자 풀이에 나서자 장미꽃도 논쟁대상으로 떠올랐다.

한 블로거는 장미꽃이 '경고'를 뜻한다고 주장했다. 경찰은 장미꽃이 범인의 감상적 행위에 불과하다고 평가절하했다. 한 유저는 '장미꽃은 최후의 심판을 의미한다'고 장미꽃 사진을 로딩했다. 장미꽃을 올린 유저는 그 증거로 고대시대부터 등장한 장미창을 들었다. 그 유저에 따르면, 로마 가톨릭교회에서 동정녀 마리아를 상징해 장미창을 만들었다. 중세시대 장미창은 주로 교회에서 발견되는데, 주제는 최후의 심판이었다.

워싱턴 국립대성당에는 천지창조, 최후의 심판, 하느님의 은총을 상징하는 3점의 장미창이 있다는 거였다. 이 글을 본 한 누리꾼은 '장미꽃은 죽은 자를 위로하는 마지막 선물이라.'고 비약시켰다. 이에 한 지방청 검사는 '범인이 장미꽃을 좋아하는 정신병자일 뿐이라.'고 조소로 맞섰다. 그는 누리꾼과 수사기관의 입씨름을 보며 비긋이 웃었다. <N>은 단순히 남조의 이름에서 따온 이니셜일 뿐이었다.

178

인터넷 검색을 끝내고 밴드에 글을 올렸다.
「어전트 피티 요청」
그의 글을 보고 반응한 건 알즈, 로스, 미치, 크루였다. 알즈가 먼저 천년여왕 야요이 아이콘과 하트를 띄웠다.
「우리도 장미를 바치는 흡혈귀처럼 해 볼까요」
그는 알통을 드러낸 헐크 그래피티를 보냈다.
「알즈님이라면 피를 다 빨려도 한이 없습니다」
그와 알즈의 폰팅을 보고 로스가 끼어들었다.
「저도 장미꽃을 받는 로즈 피티를 하고 싶어요」
그는 로스에게 체리핑크 장미꽃을 날렸다.
「로스님과는 칵테일 섹티가 제격이죠」
미치가 콘랏헹겔 장미꽃과 하트를 쏘았다.
「나한테도 로즈 피티 기회를 주세요」
그는 활짝 핀 엘르 장미꽃과 미소 로고로 대답했다.
「곧 로즈 피티를 신청하겠습니다」
가만히 있던 크루가 칸데라브라 장미 그래피티를 띄웠다.
「2대 고라님을 만나고 싶습니다」
그는 크루에게 헐크 아이콘을 보냈다.
「크루님의 피티 신청을 리시브합니다」
크루가 바닐라 퍼퓸 장미꽃을 든 신드밧드를 올렸다.
「감사합니다, 키즈님」
그와 크루가 피티를 잡자 알즈가 메루루린스 아이콘을 붙였다.

「남자들의 피티도 재미있을 거예요」
로스가 활짝 웃는 라푼젤 이모티콘과 러브 로고를 날렸다.
「흥미로운 광경이 연상됩니다. 고라 피티 추카 추카」
미치가 굿판을 벌린 포춘텔러 캐리커처를 올렸다.
「본래 남자들 피티가 더 짜릿할 거예요. 맘껏 즐겨요」
그는 여자 회원들에게 장미꽃 한 다발씩 보냈다.
「콜, 고라끼리 재미있게 놀아 볼게요」
여자들은 일제히 하트를 받는 크루의 캐리커처를 띄웠다. 캐리커처 속 크루의 모습은 여자였다.

179

크루가 약속장소로 잡은 곳은 CGV송파점 부근이었다. 그는 여자처럼 머리가 긴 크루를 따라 빌딩숲을 걸어갔다. 한참을 가던 크루가 불교회관을 우측으로 돌아 8번째 빌딩으로 들어갔다. 그는 잠시 그 자리에 서서 40층 정도 되는 벤딩머신 빌딩을 올려보았다. 까마득히 솟은 벤딩머신 빌딩은 보는 이로 하여금 질리게 하고도 남았다.

그가 멍한 표정으로 서 있자 크루가 어서 오라는 듯이 손을 들었다. 그는 허둥지둥 크루의 뒤를 따라 빌딩 안으로 들어섰다. 크루는 지하로 내려가는 에스컬레이터에서 자신을 소개했다. 현재 27세고 영화를 공부하는 대학원생이다. 한동안 영화를 공부하다가 우연히 피맛보기에 눈을 떴다. 본래 여자였는데 최근에 남성으로 성전환 수술을 했다. 성전환 후 흡혈밴드를 떠돌며 페티쉬에 빠져들었다.

늑대의 사과에는 알즈의 적극적인 헌팅으로 들어왔다. 세례는 교회에서 받았으며, 세례명은 나무망치로 머리를 맞고, 대형 톱으로 켜져서 순교한 야고보이다. 소개를 마친 크루가 '피맛보기는 떼어 버릴 수 없는 자유로운 취밉니다.' 하고 웃었다. 그는 크루를 힐끗 쳐다보았다. 여자였다는 말을 들어서 그런지 몸매가 가냘파 보였다. 크루가 지하 8층에서 내리며 양해를 구했다.

"제가 피티 상대를 소개해 드려도 되겠습니까?"

"소개요? 우리 둘이 하는 게 아니고요?"

"우리가 해도 되지만, 특별한 상대가 있습니다."

"특별한 상대? 그렇다면 한번 해 보죠, 뭐."

그는 무언가 이상했지만 이내 고개를 끄덕였다. 크루가 벽에 박혀 있는 벤딩머신 앞으로 다가섰다. 우주선처럼 생긴 벤딩머신은 전화부스보다 약간 컸다. 디자인과 기능, 색상도 보통 벤딩머신과는 달랐다. 특이한 건 측면에 문이 달려 있다는 점이었다.

그가 얼떨떨한 표정을 짓자 크루가 RGB모니터를 건드렸다. 그와 함께 여자의 얼굴과 나신이 주르륵 떴다. RGB모니터에 나타난 20여 명의 여자들은 모델 빰치게 늘씬하고 아름다웠다. 크루가 얼굴과 몸매, 나신이 배열된 모니터를 가리켰다.

"이 중에서 하나를 고르십시오."

"이 여자들 중에서요?"

"네, 마음에 드는 여자를 터치해 보세요."

그는 클레이 모레츠처럼 생긴 여자를 꾹 눌렀다. 그 순간 화면이 턴하면서 나이, 신체조건, 바디사이즈 등이 떴다. 그가 고른 여자는 23세이고, 168cm, 48kg, ab형이었다. 바디사이즈는 황금비인 35

— 23.5 – 36.5인치였다. 크루가 손목에 찬 스마트워치를 RGB모니터에 댔다. 그 순간 옆쪽에 달린 문이 스르륵 열렸다. 문이 열리자 모니터 속에 있던 여자가 걸어 나왔다. 그는 놀란 눈으로 여자와 크루를 쳐다보았다.

"지금 벤딩머신을 작동시킨 겁니까?"

"마음에 안 들면 다른 상품을 골라도 됩니다."

180

벤딩머신에서 나온 여자는 사진보다 더 매력적이었다. 얼굴이 예쁘기도 했지만 늘씬한 몸매가 돋보였다. 살결도 희고 피부도 어린 소녀의 것처럼 매끄러웠다. 게다가 여자는 벗다시피한 몸에 장미꽃 쉬폰벨트 원피스를 걸치고 있었다. 푸른 옷이 하얀 피부와 어울려 신비스럽게 보였다. 그가 어쩔 줄 몰라하자 크루가 눈짓을 했다. 크루의 표정으로 보아 룸으로 가라는 것 같았다. 그는 옆에 서 있는 머신걸을 힐끗 쳐다보았다. 그의 시선을 받은 머신걸이 기계음처럼 말했다.

"안녕하세요. 비아입니다. 구매해 주셔서 감사합니다."

"전 키즈라고 합니다. 잘 부탁합니다."

대화를 들은 크루가 쿡쿡 웃었다.

"그러지 않아도 됩니다. 이 여자는 우리가 구매한 머신걸입니다."

"그럼 이 여자분이 벤딩머신 안에서 나온 겁니까?"

여자가 다시 한번 허리를 숙였다.

"전 이십이 번 머신걸 비아라고 합니다."

"그것 보십시오."

"아무리 그래도…"

크루가 그의 등을 떠밀었다.

"마음껏 즐기고 나오십시오. 저는 다른 상품을 구매해 보겠습니다."

"이거 어떻게 돌아가는 건지 통…"

"커스터머께선 저를 따라오세요."

머신걸이 스마트키를 들고 앞장을 섰다. 그는 옆에 서 있는 크루를 힐끗 쳐다보았다. 크루가 어서 가라는 듯이 고개를 끄덕였다. 그는 머신걸을 따라 길고 긴 회랑을 걸어갔다. 머신걸은 수많은 방 중 시프트룸 앞에서 멈췄다. 그는 룸 앞에 서서 주변을 두리번거렸다. 머신걸이 스마트키를 터치해 출입문을 열었다. 시프트룸에는 침대와 욕실, 냉장고, 정수기, 차세트가 있었다. 얼핏 봐도 특급호텔에 못지 않은 시설이었다. 머신걸이 엷은 미소를 띠면서 기계적으로 말했다.

"먼저 탈의부터 하십시오."

"탈의를 하라고요?"

그는 당황한 나머지 얼굴까지 붉혔다. 머신걸이 손을 입에 대고 웃었다. 그는 머리를 긁적거린 뒤 물었다.

"혹시 살아 있는 사람 맞지요?"

"네, 살아 있는 사람입니다."

"그런데 인공지능처럼 말하고 움직입니까?"

"이곳 규칙이 그렇습니다. 하지만 커스터머께서 원치 않으면 다르게 할 수도 있습니다."
"저는 인공지능보다는 사람이 좋습니다."
"그럼 지금부터 사람의 목소리로 말하겠습니다."

181

그는 손을 뻗어 머신걸의 불룩한 가슴을 더듬었다. 젤리처럼 부드러운 피부가 손끝에 느껴졌다. 이상한 것은 피부가 인간보다 더 부드럽다는 점이었다. 그는 계속 손을 움직여 아래쪽으로 내려갔다. 배를 지나 낮은 언덕으로 다가갔다. 조금 더 내려가자 까칠한 털이 만져졌다. 그는 수북하게 솟은 털을 천천히 쓰다듬었다. 하지만 머신걸은 로봇처럼 미동도 하지 않았다. 입과 혀를 동원해 온몸을 애무했다. 그럼에도 머신걸은 전혀 반응을 보이지 않았다. 그는 답답한 마음에 벌떡 일어나 앉았다.

"어떻게 해야 인간처럼 섹스를 할 수 있는 겁니까?"
"커스터머께선 피티를 하러 오지 않았습니까? 계산도 피티 대금으로 한 거고요."
그는 뒤통수를 얻어맞은 것처럼 중얼거렸다.
"아, 피티 파트너군요."
"맞습니다. 저는 피티 파트넙니다."
"난 그런 줄도 모르고… 그럼 이제 어떻게 해야 되죠?"
"커스터머께선 피티를 하시면 됩니다. 원한다면 제가 해드릴 수도 있습니다."
"피티를 말입니까?"

"네."

"아, 내가 하겠습니다."

그의 말에 머신걸이 다시 눈을 감았다. 나무토막처럼 누워 있는 머신걸을 보면서 생각했다. 이 여자는 인간인가? 아니면 말하는 인형인가? 그도 아니면 인공지능인가? 그것도 아니면 외계인인가? 안심되는 것은 여자가 뛰어나게 아름답다는 것이었다. 그는 마음을 다져 먹고 여자의 몸에 이빨을 가져갔다.

182

다음날 그는 머신걸과 함께 피티하던 상황을 썼다. 소설에서 주로 강조한 것은 느낌, 감정, 흥분, 반응, 몸의 변화였다. 즉 평범한 피티 가지고 흥분이 되는지 아닌지를 중점적으로 기술했다. 그는 머신걸의 허벅지, 엉덩이, 가슴, 목, 국부 등을 물었다. 하지만 아무리 물고 비틀고 빨아도 쾌감을 느낄 수 없었다.

나중에는 머신걸이 신음을 내지르며 분위기를 고조시켰다. 여자의 필사적인 노력에도 불구하고 그의 감정은 살아나지 않았다. 마지막에는 여자의 목을 조르면서까지 흥분하려고 노력했다. 그 순간 그는 깨달았다. 사람을 죽이지 않고는 오르가슴에 이를 수 없다는 것을. 이 사실을 깨닫는 순간 그는 적지 않게 당황했다.

그의 최종 목적은 <블러드 서킹>을 완성시키는 것이었다. 또한 남쪽에서 인정받는 작가가 되는 게 꿈이었다. 그런 그가 타인의 생명을 빼앗고 피를 빠는 흡혈귀가 되다니. 이것은 그가 원하던 결론도 아니고, 추구하던 목적도 아니었다. 그는 소설 쓰기를 마치고 스마트폰을 열었다. 그런 다음 밴드에 글을 포스팅했다.
「오늘부로 고라의 지위를 내려놓습니다」
그의 글을 본 알즈가 즉각 반응을 보였다.
「왜 고라에서 내려가는 거죠? 특별한 이유라도 있나요」
그는 두 손을 모은 슈렉 이모티콘을 보냈다.
「특별한 이유는 없습니다. 개인적 사정일 뿐입니다」
알즈가 지제 쥬엘 아이콘을 띄웠다.
「더 좋은 피맛보기밴드를 찾은 건가요」
그는 고개를 젓는 햔스토리 이모티콘을 첨부했다.
「늑대의 사과보다 더 좋은 곳이 있을까요」
알즈가 그레미 튜뮤 아이콘을 날렸다.
「키즈님하고 로즈 피티를 하고 싶었는데 아쉽군요」
그는 슈렉고양이 이모티콘을 보냈다.
「생각이 바뀌면 복귀하겠습니다」
그의 글을 본 로스가 러브아이딩후드를 띄웠다.
「키즈님이 나가면 블러드 칵테일은 누구하고 마시죠」
그는 마법사 럼펠스틴스킨 이모티콘을 붙였다.
「크루님이 있지 않습니까. 크루님도 블러드 칵테일은 좋아할 겁니다」
보츠가 핑크래빗 아이콘을 쏘았다.
「난 이차 피티 준비 중인데 너무 아쉬워요」
그는 쿵푸팬더 이모티콘을 올렸다.
「예쁜 피티 항상 기억할게요」
보츠에 이어 페시, 미치, 스네, 히체, 크루가 들어왔다. 회원들은

자유의 로맨틱 죽음 261

모두 「다시 만날 것을 기대합니다」 하고 썼다. 그는 전 회원에게 하트를 나르는 통키 아이콘을 보냈다.

183

그는 꿈속에서 늑대가면을 쓴 남조가 되었다. 남조가 된 그는 닥치는 대로 피를 빨고 돌아다녔다. 벌써 세 명의 피를 먹었지만 갈증은 해소되지 않았다. '남조선에서 살아남으려믄 완벽한 흡혈귀가 돼야 한다이.' 그는 극심한 갈증을 느끼며 밤거리를 노려보았다. 길 건너편에서 희미한 불빛이 새어 나왔다. 그는 재빨리 불빛이 비치는 건물로 들어갔다.

불빛은 성당에서 새어 나오는 거였다. 그는 성당으로 들어가 사람을 찾았다. 하지만 아무리 방들을 뒤져도 사람은 보이지 않았다. 그가 타는 듯한 갈증을 참고 있을 때 남애가 들어왔다. 그를 발견한 남애가 인상을 찌푸리며 소리쳤다.

'여기는 신성한 장소야요. 당장 나가시라요!'

'내레 소설을 완성시키기 위해서리 네 피를 맛봐야갔어.'

남애가 째려보더니 빗자루를 들고 내리쳤다.

'소설을 완성시키는 거이 그토록 중요한 기야요?'

'내한테는 중요한 닐이야. 남쪽으로 내레온 이유도 소설 때문이었지비.'

'표기 오라바니한테 실망했씨요. 기껏 한다는 짓이 흡혈귀야요?'

'네레 아무리 욕을 해두 어쩔 수 없다. 내레 남조선에서 유명작가로 살아남아야 한다. 알간?'

'이 성당에서 세례를 받디 않았씨요? 맛디아라는 세례명도 여게서 받은 것이고요.'

'내레 이제… 그따위 세례명 같은 거이 필요없다.'

그는 남애가 휘두르는 빗자루를 막다가 잡아챘다. 그 바람에 남애가 중심을 잃고 풀썩 쓰러졌다. 그는 바닥에 쓰러진 남애를 향해 천천히 다가갔다. 남애가 무어라고 말했으나 들리지 않았다. 눈에 들어오는 것은 오직 가늘고 하얀 목덜미였다. 그는 남애가 걸치고 있는 원피스를 홱 잡아당겼다. 다음 순간 원피스가 뜯겨지고 알몸이 드러났다. 남애가 가슴을 두 손으로 가리며 소리쳤다.

'이 악마 같은 닌간아.'

그는 잠시 남애의 목을 바라보다가 이빨을 박았다. 남애가 결사적으로 저항했으나 소용이 없었다. 그는 목 우측 상단을 물고 거침없이 피를 빨았다. 숨이 넘어가기 직전 남애의 몸이 격렬하게 요동쳤다. 요동치는 느낌이 고스란히 입을 통해 가슴으로 전달되었다. 그것은 형언할 수 없는 쾌감이고 카타르시스였다.

그는 숨이 끊어진 남애의 몸을 밀치고 일어섰다. 이제 본격적으로 거리로 나가 흡혈 사냥을 할 차례였다. 그는 한결 가뿐해진 기분으로 남애를 돌아보았다. 순간 남애가 여동생 소이로 바뀌었다. 소이가 목에서 피를 흘리며 살려달라고 애원했다. 그는 피를 흘리는 소이를 일으켜 세웠다. 눈앞에서 피가 보이자 먹고 싶은 충동이 솟구쳤다.

'이 오라바니를 용서하라우. 내레 닌간 피를 먹지 않으믄… 소설을 완성시킬 수 없다. 알간?'

막 피를 흡인할 때 소이가 자신으로 바뀌었다. 그는 자신으로 바꿘 사람의 목을 물고 계속 빨았다.

184

그는 지독한 악몽에서 깨어나 식수를 찾아 마셨다. 아무리 생각해 봐도 이상한 꿈이었다. 남조가 된 자신도 괴이했고, 남애와 소이를 공격한 것도 이해하기 어려웠다. 더구나 그 자신으로 변한 인간의 목을 물고 피까지 빨았다. 그는 찬물로 목을 축인 뒤 남애에게 헬로 남애 아이콘을 보냈다.

「간밤에 무슨 일이 생긴 건 아니지」

30분 후 남애가 카톡으로 대답했다.

「별일 없씨요. 매일 공장에 출근하고, 뼈 빠지게 일하고, 밤늦게 퇴근할 뿐이야요. 지금도 일하다가 짬을 내 카톡하는 기야요」

「꿈에 남애를 만났어. 피를 흘리고 있어서 연락한 거야」

「내보단 남조 오라바니가 걱정이야요. 범죄두 점점 더 흉악해지고 있는데, 어드러케 될지 모르겠씨요」

「남조는 진정한 자유를 찾은 거야. 흡혈은 그 자유를 지키기 위한 방편으로 하는 거고」

「아무리 자유가 좋아두, 사람까지 해칠 순 없는 거야요」

「남조는 지금 행복해. 아무리 매스컴의 지탄을 받아도」

「내레 이제 남조 오라바니를 포기했씨요. 오라바니는 탈북자가 아이라 잔인한 흡혈귀야요」

「남조를 끝까지 믿어 줘. 그래야 목적을 이룰 수 있어」

「대체 목적이란 게 머이야요. 범죄를 하는 이유는 머이고요」

「남조는 경쟁 없는 사회를 원하고 있어. 모든 사람이 싸우지 않고, 평화롭게 사는 행복한 사회를」

「저승에 계신 아바디가 눈물을 흘릴 거야요. 기껏 탈북해서리 사람을 죽이는 흡혈귀가 되었다고」

「아버지도 슬퍼하시지 않을 거야. 남조는 자신을 희생해서 세상을 구하려고 하는 거니까」

「아바디가 돌아가시면서 유언을 남기셨씨요. 두 남매가 남조선에 내려가서리 도순도순 살라고 말이야요. 그런데 흉악한 살인귀가 되었으니」

남애가 한탄조의 글을 올리고 카톡을 나갔다. 그는 가죽옷을 걸친 슈렉 아이콘을 보냈다.

「남조를 믿어 줘. 남조는 이 시대의 희생자일 뿐이야」

185

미칠 후 남조가 범행을 하다가 경찰과 조우했다. 남조는 술 취한 40대 남자를 권총으로 위협해 피를 빨았다. 그 다음 500m 떨어진 곳에서 귀가하던 청년을 덮쳤다. 남조는 청년이 죽은 것을 확인하고 800m 떨어진 곳으로 이동했다. 그때 마침 귀가하던 여자를 발견하고 목을 물었다. 남조는 세 번째 범행 중 잠복하던 경찰과 마주쳤다.

경찰은 성폭행범인 줄 알고 체포하려다가 먼저 총격을 받았다. 남조가 두 명의 경찰과 총격전을 벌이고 있을 때 순찰차가 달려왔다. 남조는 골목을 끼고 달아나며 경찰들과 총격을 주고받았다. 이 과정에서 경찰 4명이 다리, 복부, 어깨, 대퇴부에 총상을 입었다. 경찰은 의외의 저항과 피해에 놀라 추격을 멈췄다.

밤 1시에 벌어진 도심 총격전으로 인해 S시에 비상이 걸렸다. 군은 무장공비가 나타난 것으로 알고 출동했다가 복귀하는 소동을 벌였다. NIS도 안전대책반을 출동시켜 동향을 지켜보았다. 남조는 경찰과 총격전을 주고받다가 심각한 총상을 입었다. 그것은 남조가 병원에 들러 구급약을 훔쳐감으로써 밝혀졌다.

경찰은 날이 밝자 가용경력을 총동원해 범인을 쫓았다. 수백 명이 S시 외곽을 포위했지만 소용이 없었다. 남조는 물샐틈없는 포위망을 뚫고 유유히 사라졌다. 남조는 이번 사건으로 인해 영웅으로 다시 태어났다. 유저들은 남조에게는 <네티즌>보다 <히어로>가 더 어울린다고 떠들었다. 어떤 네티즌은 남조에게 <게임의 왕자>라는 명칭을 부여했다. 그는 인터넷 신문기사 스크랩해서 블로그 MIP에 올렸다.

186

다음날 남조의 종적을 추적하는데 알람이 울렸다. 카톡으로 알람을 보낸 건 여행 중인 소이였다. 그는 곧바로 스마트폰을 열고 카톡에 접속했다. 소이는 희망봉 사진과 함께 안부를 물었다.

「요즘 흡혈귀 때문에 난리라는데, 오빠는 잘 있는 거야」

그는 풀을 뜯는 판다곰 이모티콘을 띄웠다.

「흡혈귀가 아무리 설쳐도 여기까지는 못 올 거야」

소이가 강을 건너는 누우떼 스냅사진을 올렸다.

「그래도 조심해. 언제 어디서 조우할지 모르니까. 그리고 치카는 잘 있겠지」

그는 이티를 안고 찍은 포트를 보냈다.

「잘 지내고 있어. 날씨가 더워서 말랐지만 아주 건강해」

「치카가 잘 지낸다니까 안심이다. 나는 지금 남회귀선이 지나는 남아프리카에 와 있어」

「일만 하지 말고 여행도 즐겨」

「여행을 즐기려면 탈북하지도 않았어. 일을 해야 밥이 생기지」

「아무튼 거기서 좀 더 있다가 들어와. 여기는 난리도 아니니까」

「아프리카도 IS테러로 정신이 없어」

「하긴 흡혈귀보단 IS가 더 문제인 것 같다」

「그건 그렇고 소설은 잘 되고 있는 거야」

「지금 쓰는 소설은 출판사에서도 좋아할 거야. 잔인한 연쇄살인자 이야기거든」

「혹시 그 소설 흡혈귀 애기 아니야」

「맞아 흡혈귀 애기야」

「제목은 정했어」

「아직 정하지 못했어」

「대충도 정하지 않은 거야」

「대충은 정했지」

「뭔데」

「블러드 서킹인데 바꿔야 할 것 같아」

「왜」

「주제하고 맞지 않는 것 같아서」

「주제 같은 거 생각하지 마. 무조건 잔인해야 된다니까」

「그래도 어느 정도는 주제하고 맞아야지」

「오빠는 그게 문제야. 주제 어쩌고저쩌고 하는 거」

「아무튼 소설은 거의 끝나가고 있어」

「끝나면 말해 줘. 내가 귀국해서 출판할게」

그는 활짝 웃는 통키 아이콘을 보냈다.

「난 네가 있어서 행복하다」

소이도 활짝 웃는 스핑크스 아이콘을 쏘았다.

「나도 그래. 귀국할 때까지 잘 있어」

187

그는 한꺼번에 여러 명을 죽일 수는 없었다. 전혀 모르는 사람을 타깃으로 삼을 수도 없었다. 남조와 그가 다른 점은 바로 그것이었다. 남조는 어느 누구한테도 범죄를 하고 목을 물어뜯을 수 있었다. 반면 그는 개인적으로 감정이 있는 사람이 아니면 안 되었다. 그는 타깃을 찾기 위해 10구역에서 20구역까지 돌아다녔다. 막상 타깃을 발견하고 다가가면 몸이 떨리고 다리가 후들거렸다.

그는 꼬박 사흘 동안 찾아다니다가 실패만 거듭하고 돌아왔다. 그리고는 종일 잠을 자고 일어나 범죄리스트를 만들었다. 리스트는 평소 점찍어 두었던 사람과 감정이 있는 사람들이었다. 그가 작성한 범죄리스트의 첫 번째 대상은 남자애들이었다.

남자애들은 유흥가 일대에서 온갖 악행을 벌이고 저질렀다. 최근에는 70대 노인을 집단 폭행해 중상을 입혔다는 소문까지 돌았다.

우선 유흥가 주변과 그 일대 CCTV 상황을 알아보았다. 다행이 나이트클럽과 주변 일대에는 CCTV가 없었다. 그는 때를 기다리다가 밤 10시쯤 집을 나섰다. 집에서 나이트클럽까지의 거리는 1.5KM 정도였다. 그 거리라면 걸어서 10여 분 정도면 도착할 수 있었다.
 그는 길을 가면서 권총과 가면, 대검 등을 점검했다. 범죄도구들은 크로스백에 얌전히 들어 있었다. 나이트클럽 앞에 도착했을 때 남자애들이 보였다. 예상대로 남자애들은 여중생 2명을 다그치는 중이었다. 그는 여중생을 윽박지르는 남자애들 쪽으로 다가갔다.

188

 그날 밤 그는 남자애들 3명의 피를 빨았다. 피를 빠는 방법은 권총으로 위협하고 목을 무는 형식이었다. 남자애들은 건장했음에도 권총 앞에서는 순한 양이었다. 그는 남자애들을 하나하나 결박하고 차례로 흡혈했다. 명령에 순순히 복종하는 아이들이 조금은 불쌍해 보였다. 하지만 베스트셀러 소설을 위해서는 어쩔 수 없었다.
 세 명의 남자애들을 해치우고 집으로 돌아왔다. 집으로 오면서 그는 골목 어귀에 성당이 있다는 걸 알아차렸다. 평소에는 눈에 띄지 않던 성당이 보인 것은 이상한 일이었다. 그는 골목 밖으로 나가 다시 한번 확인해 보았다. 틀림없이 4구역에 파견되어 있는 작은 성당이었다. 특이한 것은, 그의 집이 성당 왼쪽 골목 12번째에 있다는 점이었다.
 그는 문득 자신의 세례명이 맛디아라는 것을 떠올리고 머리를 흔들었다. '이거이 순던히 우연이다. 틀림없이 우연인 기야.' 그는 연신 고개를 저으며 12명의 제자 이름을 떠올렸다. 베드로, 안드레, 야고보, 요한, 바돌로매, 도마, 마태, 알패오의 아들 야고보, 다대오, 시몬, 가룟 유다. 12번째에 있는 것은 분명히 가룟 유다였다.

맛디아가 제자가 되기 전 그 자리를 차지하고 있던 가룟 유다. 12제자 가룟 유다가 목을 매 자살하자, 그 자리를 13제자 맛디아가 이어받았다. 그는 한동안 성당 앞에 서 있다가 집안으로 들어갔다. 집에 들어가서도 오랫동안 멍한 표정으로 서 있었다. 하지만 그는 이내 정신을 가다듬고 노트북을 끌어당겼다.

"내레 가룟 유다건… 맛디아건… 소설은 완성시켜야 한다이. 그래야 남쪽에서 살아남을 수 있다 아이가."

그는 손에 묻은 피를 닦지도 않고 노트북 자판을 두드렸다. 실제로 경험한 상황이라서 모든 게 쉽게 풀려나갔다. 남자애들이 피를 빨리고 죽어 가는 장면도 부드럽게 묘사되었다. 소설이 이렇게 잘 써진다면 베스트셀러가 되는 것은 불을 보듯 뻔했다. 그는 잊지 않고 범죄현장에 장미꽃 세 송이를 던져 놓았다.

189

이제 소설 속에서 샐러리맨은 <로즈 맨>로 불리게 되었다. 이 로즈 맨이라는 명칭은 <하늘의 심판자>라는 뜻이었다. 심판자가 된 로즈 맨은 소설 속에서 영웅으로 떠올랐다. 그는 타깃을 좀 더 확장시킬 필요가 있다고 생각했다. 즉 대상을 무작위로 선택할 게 아니라, 사회적 이슈가 된 사람이거나 유명인을 상대로 흡혈하는 방식이었다.

그는 잠시 생각한 뒤 작성해 놓은 리스트에 새 인물들을 추가했다. 그것은 제 밥그릇만 챙기는 사회 지도층, 악덕 부동산업자, 비리 고위공직자, 부도덕한 법조인, 편향적인 방송패널, 부패한 국회의원 등이었다. 그는 한층 화려해진 리스트를 보면서 호흡을 가다듬었다. 고위층을 단죄하려면 범죄방식, 범죄행위, 범죄각도도 달라져야 했다.

그것은 바로 남조와 연대를 하던가, 카피캣들과 소통하는 것이었다. 그는 먼저 OR인 남조와 연대를 하기로 마음먹었다. 그것이 완전범죄를 하는데도 도움이 되었다. 물론 소설을 완성시키는데도 큰 도움이 되었다. 비밀 드보크에 접속하자 남조가 작성한 글이 보였다.

'지난 범행 때 입은 총상이레 심각하다. 되는 대루 응급조치를 했디만 상처가 악화되고 있다. 이 연락두 길바닥에서 주운 손전화로 하는 기야. 이제 노트북과 손전화 밧데리두 다 되어 간다. 이 문자를 보는대루 제1포스트로 와 주면 고맙갔다. NIS에서 내 뒤를 쫓고 있으니끼니, 오는 길을 노출시키디 말라.'

그는 드보크에 '잘 알았음. 곧 가겠음.' 이라고 썼다.

190

그는 남조를 찾아가기 전에 이웃 동네 병원과 약방을 털었다. 병원과 약방에서 들고 나온 것은 각종 수술도구와 응급의약품이었다. 즉 알코올거즈, 멸균생리식염수, 노멀 셀라인, 모르핀, 압박붕대, 탈지면, 데파민, 다클로페낙나트륨 등이었다. 그는 탈취한 의약품상자를 들고 집을 나섰다. 남조의 상태를 봐서 수술도 할 예정이었다. 하지만 도착할 때까지 살아 있으리란 보장이 없었다.

  만약 남조가 죽었다면 어떻게 할 것인가? 남조의 뒤를 이어 흡혈귀 노릇을 할 것인가? 아니면 소설을 끝낼 때까지만 흡혈을 할 것인가? 그는 고민을 거듭하다가 머리를 흔들었다. 생각만 가지고는 아무것도 할 수가 없다. 남조를 직접 만나 보고 모든 것을 결정하자. 이렇게 생각하니 몸과 마음이 가벼워졌다.

191

  동굴에 도착했을 때 남조는 숨을 몰아쉬고 있었다. 그는 피가 말라붙은 남조의 손을 잡았다.

  "나야 남조. 내가 왔어."

  "네레 연락받는 즉시 달려올 줄 알았다. 네레 내를 요해하는 유일한 친구니끼니."

  그는 배낭에서 구급약품을 꺼냈다.

  "약을 구해왔어. 수술도 가능할 거야."

  "내레 수술 같은 거이 필요없다."

  "왜 필요없어?"

  "수술해서 될 닐이 아이야."

  "무슨 소리야, 그래도 시도는 해 봐야지."

  남조가 겨우겨우 몸을 들척였다.

  "총알이 옆구리를 뚫고 지나갔다 아이가. 이제껏 살아 있는 것두 천행이다."

그는 탈지면과 생리식염수를 꺼냈다.

"가만히 있어. 내가 치료를 해 볼 테니까."

"치료보단 내 말을 들어 보라우."

"무슨 말을 들으라는 거야?"

"내레 이제 살아날 수 없다 이거이야."

"그래서?"

"펜안히 죽을 수 있게 해 주믄 고맙갔다."

"넌 죽지 않아. 경보병여단 출신이 그깟 부상으로 죽을 순 없어."

"내레 잘 알아, 이대루 죽을 수밖에 없다는 거이. 기러니 쓸데없는 짓 하디 말라우."

그는 남조의 옷을 벗기고 상처를 살펴보았다. 남조의 말대로 총상은 한 군데가 아니었다. 오른쪽 옆구리, 왼쪽 어깨, 허벅지에도 상처가 있었다. 그는 잠시 눈을 감고 있다가 떴다. 지금까지 살아 있는 것도 기적에 가까웠다. 그가 상처를 소독하려 하자 남조가 막았다.

"다 소용없는 짓이라니까디."

192

그는 남조의 만류에도 불구하고 상처를 소독했다. 남조는 소독약을 바를 때마다 비명을 질렀다. 고통이 너무 심해 잠깐씩 정신을 잃었다. 그는 치료를 멈추고 남조의 얼굴을 내려다보았다. 고통을 참던 남조가 힘겹게 입을 열었다.

"니를 오라고 한 거이… 치료 때문이 아이야. 니한테… 특별히 부탁할 게 있어서디."

"대체 무슨 부탁이 있다고 그러는 거야?"

남조가 팔을 잡더니 빤히 쳐다보았다.

"내레 죽어도 행동을 멈추지 말라우. 네레 범행에 뛰어들었다는 거 내도 알아."

"너도 그걸 알았군. 나는 단지 소설을 완성시키려고 했을 뿐이야."

남조가 손을 움켜잡았다.

"애초엔 소설 때문에 했갔지. 하디만 니도 알다시피 우린 이미 행동을 멈출 수 없게 되었어. 그거 알간?"

"알아, 인민들이 우리 편에 서 있다는 걸."

"개인적 취향으로 시작했다구 개인적 닐이 되는 거이 아이야. 인자 내레 범행은 사회적 이슈가 되었어. 자유를 목말라하는 인민들이 동조하고 있다 아이가."

"너는 그렇다 쳐도, 나는 아니야."

"해서 니를 부른 기야. 니한테 확신을 심어 주기 위해서리 말이야."

그는 강하게 고개를 저었다.

"솔직히 말해서 난 두려워. 너처럼 잘 해낼 수 있을지도 모르겠고."

"네레 잘 해낼 수 있다이."

"내가 정말 잘 해낼 수 있을까?"

"지금부터 내레 시키는 대루 하라우. 기러믄 잘 될 기야."

그는 남조의 손을 마주 잡았다.

"얘기해 봐. 내가 할 수 있는 일이라면 무엇이든 해 볼게."

"이 놈으로 내를 쏘라우."

남조가 배낭에서 꺼낸 건 권총이었다. 그는 놀라서 뒤로 물러앉았다.

"내가 어떻게 너를 쏜단 말이야."

"내를 쏴야 그 일을 해낼 수 있다 아이가. 또 내를 쮁여야 네레 다시 태어날 수 있다 이거이야. 오염되고 타락한 사회를 벤화시키는데… 한 닌간의 목숨 정도는 필요한 거 아이가. 그 정도 희생이 없어서리 어뜨케 병든 사회가 벤할 수 있느냐 이 말이야. 그리구 이거이 우리를 따르는 인민들을 위하는 길이기도 한 거이야. 내 말뜻 알갔지?"

"그래도 너를 죽일 순 없어."

남조가 가래 끓는 소리로 말했다.

"어차피 내레 오래 못 살아. 기러니 니 손으로 쮁여 주라우. 펜안히 눈을 감을 수 있게 해 주라. 부탁이다."

그는 침묵을 지키다가 떠듬떠듬 입을 열었다.

"그게 네 소원이라면… 들어 줄게. 하지만… 생각할 시간을 줘."

남조가 고통스럽게 기침을 했다.

"시간이 없다. 날래 하라우."

"잠시만 기다려 줘."

"엔아이에스 아새끼들이 요길 파악했을 기야. 갸들이 닥치기 전에 하라."

자유의 로맨틱한 죽음 275

"엔아이에스가 왜 너를 쫓는 거지?"

그는 의아한 표정으로 물었다. 남조가 쿨럭거리며 대답했다.

"외장하드를 탈취당해서 아이가. 기게 북으로 넘어가믄 안 된다는 거이 알지 않칸?"

"정말 외장하드 때문이야?"

"맞다 아이가. 네레 요길 나가믄 다시는 돌아오디 말라우. 동굴을 리용하고 싶으믄 제이 포스트를 찾아가라."

"에스시에 있는 그 동굴 말이야?"

"맞다. 거게면 안전할 기야."

남조는 말을 마치고 그의 손을 잡았다.

"인자 정말로 해야 된다이."

193

그는 남조의 가슴에 권총을 세 발 쏘았다. 그런 다음 시신을 수습해 동굴 깊숙이 묻었다. 남조가 남긴 유품은 모두 거두어 불태웠다. 다만 NIS에서 사용하는 외장하드와 늑대가면, 38구경 권총, 실탄, 드라큘라이빨은 챙겼다. 그는 집으로 돌아온 후 꼬박 사흘간 잠만 잤다. 잠을 자면서 그는 남조가 한 말을 곱씹어 보았다.

지금부터는 소설가에서 인민, 즉 진정한 자유를 위해 행동하는 네티즌으로 변신해야 한다. 범행대상도 주변 사람에서 사회적 지위를 가진 고위층으로 바꿔야 한다. 범죄도 소설을 위해서가 아니라, 사회 변혁을 위해서 해야 한다. 범죄를 하면서도 끊임없이 인민과 누리꾼의 소리를 들어야 한다. 앞으로 저지르는 범죄는 남한 사회에 던지는 메시지여야 한다. 범죄는 무차별적이 아니라, 선택적이고 선언적이 되어야 한다.

마지막으로 남조는 '우리 범죄로 희생된 사람들의 죽음이 헛되지 않도록 해야 한다.'고 당부했다. 그는 그 부탁을 들어 주겠다고 말하지 않았다. 대답을 하지 않자 남조가 비긋이 미소지었다. 남조의 미소는 '네가 승낙하지 않아도 이행할 것을 믿는다.'는 뜻이었다. 그는 끝내 승낙하지 않고 권총을 쏘았다.

남조는 숨이 끊어지는 마지막 순간까지 미소를 잃지 않았다. 그 미소 뒤에는 자유를 갈망하던 한 명의 순수한 인간이 있었다. 그 누구와도 경쟁하지 않고, 싸우고 헐뜯고 모함하지 않는 그런 자유를 원하던 인간. 남조는 자유를 찾아 남쪽으로 내려왔지만, 진정한 자유를 찾지 못하고 지상에서 사라졌다. 그는 며칠 간 고민한 뒤 남조의 부탁을 들어 주기로 했다. 흡혈도 무차별적이 아니라 선택적이고 선언적으로 하기로 했다. 그는 작성해 놓은 <심판자 리스트>에 새 명단을 추가시켰다.

그들은 다름 아니라 남한사회를 이끌어 가는 지도층이었다. 부도덕하고 타락한 정치인, 성직자, 교육자, 법조인, 언론인, 기업가, 공직자 등이었다. 이들을 명단에 넣은 것은, 북쪽과 적대적이어서가 아니었다. 이들이 이념과 사상적으로 대립관계에 있어서도 아니었다. 이들이 소비적이고 경쟁적이고 욕망적인 사회를 만드는데 앞장서서였다.

그뿐이 아니었다. 이들은 누구보다 이기적이고 탐욕적이고 파벌적인 삶을 추구했다. 이들은 자유사회를 만든다고 하면서도 인민들의 자유를 빼앗고 억압해 왔다. 이같은 인사들을 먼저 단죄하지 않고는 아무것도 변화시킬 수 없었다. 소비사회도, 남북관계도, 이데올로기도, 자유사회도. 그는 새로 추가한 33명의 명단을 다시 한번 보았다. 한층 화려해진 명단을 보자 마음이 뿌듯해졌다.
 '기래 더 이상 물러설 곳이 없지비.'

194

 며칠 후 Y출판사로부터 '선생님의 소설을 출판할 수 없음을 알려드립니다.' 라는 메일을 받았다. 그외 J출판사와 H출판사, R출판사, P출판사, C출판사, W출판사 등으로부터도 비슷한 메일을 수신했다. 이제 이들로부터 받은 거절 메일은 230건이 넘었다. 그는 10여 개의 출판사로부터 온 메일을 깨끗이 지웠다.
 이제는 어차피 출판 따위는 관심 밖의 일이었다. 남조의 말대로 지금은 사회와 인민을 위해 행동해야 하는 때인 것이다. 진정으로 자유가 넘치는 사회를 만들어야 하는 때였다. 북조선은 인민의 자유를 사상으로 박탈한 사회주의 체제였다. 남조선은 인민의 자유를 돈으로 박탈한 자본주의 체제였다. 두 체제는 인간의 자유를 박탈하는데 모두 사상과 주의를 사용했다. 남쪽은 자본주의로, 북쪽은 사회주의로. 바로 그것이 문제였다. 체제가 인민의 자유를 속박하고 빼앗고 있다는 것.
 그는 하락 중인 캐스텍코리아를 팔았다. 이제 수중에 남은 돈은 1000만 원도 안 되었다. 마지막으로 은행에 가서 잔액을 현금으로 바꾸었다. 그는 샐러리맨이 정의의 사도가 되는 것으로 결론짓고 싶었다. 즉 자본주위 사회에 경종을 울리고 자살하는 것으로 소설을 끝내고 싶었다. 하지만 글이 더 이상 써지지 않았다. 아무리 쓰려고 노력해도 글이 나가지 않았다. 그는 길게 한숨을 내쉬고 노트북 전원을 뽑아 버렸다.

그가 책상머리에서 일어섰을 때 알람이 띠릭, 하고 울었다. 스마트폰 뉴스창에 뜬 것은 의외로 비비의 모습이었다. 동영상 속에서 비비는 포획꾼들로부터 쫓기고 있었다. 포획꾼들은 나무를 타고 달아나는 비비를 뒤쫓았다. 비비는 포획꾼들의 총격을 피해 필사적으로 도망쳤다. 어떤 면에서는 비비가 포획꾼들을 유인하는 것처럼 보였다.

휴전선까지 쫓겨간 비비는 보라는 듯이 철책을 넘었다. 비비를 쫓던 포획꾼들은 철책 앞에서 멍하니 서 있었다. 동영상의 마지막 장면은 비무장지대로 들어간 비비가 남쪽을 보며 미소짓는 거였다. 비비의 미소는 자유를 찾은 자의 행복한 모습, 바로 그것이었다. 비비의 동영상을 올린 사람은 '마카크 원숭이 자유를 찾다' 라는 제목을 달았다. 그는 동영상 속의 비비를 보며 중얼거렸다.

'네레 자유를 찾아서 정말로 다행이다이.'

195

며칠 후, 그는 집주인에게 이사를 간다고 통보했다. 집주인은 군말 없이 보증금을 돌려주었다. 이제 성당 왼쪽 골목 12번째 집과 이별하는 순간이었다. 아니 가룟 유다를 상징하는 집을 떠나는 상황이었다. 예수를 배신한 가룟 유다는 죄책감을 이기지 못하고 목숨을 끊었다. 가룟 유다의 뒤를 이어 맛디아가 12번째 제자가 되었다.

맛디아는 에티오피아로 가서 선교를 하다가 참수형을 당했다. 결국 예수의 12제자들은 모두 비극적 결말을 맞으며 죽었다. 하지만 그들은 억압적 사회를 변화시키려다가 죽임을 당한 선지자들이었다. 즉 그들은 모두 진정한 자유를 위해 자신의 목숨을 바쳤다. 그런 의미에서 그가 하려는 행동과 일맥상통하는 점이 있었다.

그는 이것이 우연이 아니라, 신의 계시일지 모른다는 생각을 하며 짐을 정리했다. 사용하던 가구 중 책과 가구, 식기, 전기제품은 이삿짐보관센터에 맡겼다. 이티는 시에서 운영하는 동물보호소로 보냈다. 몇 년간 몰았던 고물차는 폐차 값만 받고 넘겼다. 끝으로 모든 자료가 들어 있는 노트북을 포맷해 버렸다. 그는 포맷이 된 노트북을 내려다보았다.

"내레 진정한 소설은 지금부터 쓰는 것이다. 펜이 아이라, 온몸으로 쓰는 소설 말이다."

그는 이렇게 중얼거리고 노트북을 쓰레기자루에 쑤셔 박았다. 인간이 만든 자유사회는 종언을 고하고 썩을 대로 썩어 버렸다. 어차피 인간 삶의 목적이 자유와 행복이라면 그 사회를 먼저 변화시켜야 한다. 그것이 비난을 받는 행위일지라도 반드시 그렇게 하지 않으면 안된다. 또 그렇게 하는 것만이 남조의 죽음을 헛되지 않게 만드는 일이다.

그는 노트북이 들어 있는 쓰레기자루를 문밖에 내놓았다. 이로써 남쪽에서 마련한 물건들은 모두 버린 셈이었다. 어차피 북에서 내려올 때도 빈 몸뚱이뿐이었다. 가지고 온 게 있다면 낡디 낡은 배낭 하나였다. 모든 짐을 정리하자 집주인이 '어디로 이사를 가느냐?'고 물었다. 그는 '아주 멀리 여행을 떠날 생각이라.'고 대답했다. 집주인은 알 수 없다는 표정을 지었다.

196

그는 낡은 배낭 하나만 메고 집을 나섰다. 배낭 속에 든 것은 늑대가면, 38구경 권총, 드라큘라이빨, 야전전투복, 캉골 헌팅캡이 전부였다. 그야말로 그가 북에서 내려올 때의 바로 그 모습이었다. 그가 4구역을 막 벗어날 때 지구대 경찰이 아는 척을 했다.

"배낭까지 메고 어디를 가십니까?"

"도시를 떠나려고 합니다. 너무 오래 살았거든요."

"나도 사실 도시를 떠나고 싶은 생각이 간절합니다."

"그건 좀 의외인데요."

"나도 인간인데, 이 숨막히는 도시가 좋겠습니까?"

"하긴 흡혈귀 때문에 피곤하겠군요."

"피곤할 정돕니까? 죽을 지경이에요."

"그래도 경찰은 도시를 지켜야 합니다. 경찰이 떠나면 흡혈귀는 누가 잡습니까?"

"그렇게 생각하는 게 문제예요. 흡혈귀는 경찰만 잡는 게 아닙니다."

"하기야 시민들이 동참하면 검거가 쉽겠죠."

경찰이 입맛을 쩍쩍 다시고 돌아섰다.

"흡혈귀 때문에 큰일입니다. 시도때도없이 사람을 습격해 피를 빨아먹으니."

그는 그 길로 남조선을 대표하는 Z출판사로 향했다. Z출판사를 첫 대상자로 선택한 것에는 특별한 이유가 없었다. Z출판사가 K시 입구에 있고, 찾아가기가 제일 쉬워서였다. 구태여 이유를 든다면, Z출판사가 문단권력을 형성하고, 돈으로 베스트셀러를 만들고, 건전한 독자의 시각을 흐려놓고, 진정한 작품을 왜곡되게 만들고, 문학상의 순수성을 파괴하는 데 앞장섰다는 점이 고려되었다.

197

Z출판사에 도착했을 때는 퇴근시간이 지난 다음이었다. 그는 사장을 찾아가 단도직입적으로 면담을 요청했다. 60대 사장은 '시간이 없으니 간단히 말해 보세요.' 하며 의자를 내주었다. 그는 다짜고짜 '소설책 출판에 대해 문의하러 왔습니다.' 하고 말했다. 사장은 '소설 출판이요? 그 일이라면 편집장이 있을 때 다시 오세요.' 하고 일어섰다.

그는 책상을 잠그고, 캐비닛을 닫고, 서류를 정리하는 사장을 잠자코 지켜보았다. 사장의 모습은 마치 '출판은 아무나 하는 게 아닙니다.' 하고 강조하는 것 같았다. 문득 사장의 모습에서 자본주의를 적극적으로 누리고 즐기는 인간의 모습이 느껴졌다. 그것은 진정한 자유를 추구하고 형성하고 퍼트리는 자의 모습이 아니었다.

그는 의자에 앉아서 어떤 방식으로 해치울지 생각해 보았다. 갑자기 달려들어 목을 조를 것인가? 의자에 묶어 놓고 목을 물어뜯을 것인가? 권총으로 쏘고 쏟아지는 피를 흡혈할 것인가? 그때 60대 사장이 귀찮다는 표정을 지으며 다가왔다. 그리고는 '무슨 내용인지 모르지만 내일 다시 오세요. 오전 중에 오면 편집장을 만날 수 있을 겁니다.' 하고 말했다. 그는 '블러드 서킹에 관한 소설입니다.' 하고 말했다.

  사장이 그를 힐끗 쳐다보더니 '흡혈소설도 요새는 팔리지 않아요.' 하고 고개를 저었다. 그는 한참 동안 사장의 행동을 지켜보다가 권총을 빼 들었다. 권총을 본 사장이 멀뚱한 표정을 지었다. 그는 의자에서 일어나 사장 쪽으로 천천히 다가갔다. 그런 다음 실린더를 한 칸 돌려 실탄에 맞추었다. 그제야 사장은 사태의 심각성을 알아차린 것 같았다. 사장의 살찐 얼굴이 붉어지더니 이내 파랗게 변해 갔다.

  "당신… 대체 누… 누구요?"

  그는 공이치기가 젖혀진 권총을 들이댔다. 그리고 나직한 목소리로 또박또박 말했다.

  "너무 돈에만 집착하디 말고, 작품성 있는 소설두 출판하시라요."

198

  사장은 반항 한번 하지 못하고 숨이 끊어졌다. 그는 목에서 피를 흘리는 사장을 보면서 중얼거렸다. '당신은 내레 죽인 거이 아이라, 인민들이 죽인 것입네다. 이제 인민들은 권력을 맨들고, 헛된 명예를 추구하고, 넘치는 부를 누리고, 신성한 자유를 훼손하는 자를 단죄하려 하고 있습네다. 내레 인민들의 의지를 대신해서리 실현하는 사람일 뿐입네다. 원망을 하려믄 인민들한테 하시라요.'

그는 사장의 몸에 장미꽃 한 송이를 올려놓았다. Z출판사 사장이 크게 잘못을 저지른 것은 없었다. 하지만 병든 자본주의를 치료하기 위해선 어쩔 수 없었다. 또한 왜곡된 자유사회를 위해서라도 부패한 기득권자는 제거되어야 했다. 이로써 그의 진정하고 올바른 자유에 대한 의지는 실행되는 셈이었다. 그는 화장실로 들어가 손과 입에 묻는 피를 닦았다. 그리고 현장을 한 번 더 둘러보고 밖으로 나섰다.

199

그는 그 길로 제2포스트가 있는 S시로 향했다. 버스가 S시에 도착하려면 두어 시간 정도는 걸렸다. 버스 안에서 잠깐 졸고 있는 사이 알람이 울렸다. '이 시간에 도대체 뉘기야?' 그는 고개를 갸우뚱거리고 메시지를 확인해 보았다. 놀랍게도 문자를 보낸 건 늑대의 사과 리더 알즈였다. 알즈는 모란봉 캡처와 함께 '김표기 동무의 혁명적 발전을 열렬히 축하합네다.' 라고 풋업했다.

그가 당황하기도 전에 또 한 건의 문자가 날아왔다. 이번에는 크루가 붉은 모란꽃과 활짝 핀 진달래꽃을 보냈다. '남조 동지에 이어 표기 동지의 혁명적 투쟁을 환영하는 바입니다. 앞으로도 인민의 모범이 되는 영웅적 투쟁을 기대합니다.' 그는 너무나 놀란 나머지 스마트폰을 바닥에 떨어트렸다. 버스 안에 있던 사람들이 일제히 쳐다보았다. 그는 얼른 스마트폰을 집어 들고 두 건의 문자를 지웠다.

"바로 이거였어. 이거인 기야!"

그는 동요하는 마음을 진정시키기 위해 심호흡을 했다. 그러나 한 번 일어난 동요는 쉽게 가라앉지 않았다. 차창을 열고 한동안 찬바람을 맞고서야 동요가 진정되었다. 그는 잠시 생각한 뒤 스마트폰을 열고 소이의 블로그에 접속했다. 그리고 천천히 글을 타이핑해 나갔다.

200

내레 성당 옆 골목집을 처분하구 산속으로 들어간다. 당분간 동굴에 살면서리 세상하구 담 쌓고 지낼 거이야. 아니 가끔 소통두 해야 갔지. 소통에는 여러 종류가 있갔지만, 내 방식대루 할 기야. 내레 다시 이 욕망적인 도시로 돌아올 것인지 알 수 없다. 기렇지만 한 가지 분명한 사실은, 이 자유주의 세상에서 완전히 등지지 않는다는 기야.

내레 산속으로 들어가는 것도 병든 세상을 고치기 위한 방편이다. 남쪽은 우리가 생각했던, 자유롭고 행복한 사회가 아이라는 걸 알았다. 여게는 그야말로 잡아먹고 잡아먹히는 열대밀림일 뿐이다. 다시 말해서 남조선은 돈을 위해서리 목숨을 걸고 경쟁하는 죽음의 땅이다. 자유를 위해서 타인을 짓밟고 배신하지 않으믄 안 되는 곳이라 그 말이다.

남조레 자유로부터 쫓기다 동굴로 들어간 것처럼 내래 자연으루 돌아간다. 내레 이제 남쪽에서도 살 수 없고, 북쪽으로 돌아갈 수도 없는 닌간이 되었다. 암튼 자유라는 괴물에 잡아먹힌 이 도시를 떠나고 조만간 돌아오디 않는다. 기렇게 알고 있으라우. 지금에야 말이디만 치카는 자자가 목을 물어 쮁였다. 기래서 똑같이 생겨먹은 밤비노를 구해다 놓았다 아이가. 그 녀석 이름이 이티인 기라.

동물보호소에 맡겨 놓았으니 귀국하거든 찾아오라. 기러고 네레 떠날 때 시작한 소설이 끝으로 가고 있다. 하지만 끝까디 마무리 짓지 못하구 떠난다. 소설 제목은 <블러드 서킹>이 아이라 <늑대의 사과>로 정했다. 남조선 닌간들이 욕망과 탐욕과 이기에 목마른 나머디 서로 해치고 싸우고 죽여서리 기렇게 지은 거이다. 이제서야 알았디만 진정한 소설은 재미나 흥밋거리가 아이라는 걸 깨달았다.

진정한 소설은 닌간을 구원하고, 사회를 벤화시키고, 체제를 바꾸는 작품이다. 그런 소설을 쓰려믄 내레 먼저 벤해야 된다는 걸 깨달았다. 지금까지 쓴 소설은 니 블로그에 올려놓았다. 시간이 되믄 한 번 읽어 보라. 아마 니가 처음이자 마지막 독자가 될 기야. 기러고 내레 당분간 소설 같은 거이 쓰지 않는다.

글을 짓는 대신 이 사회에 메시지를 던지기로 했다. 남조가 자유에 저항하다 죽은 것처럼 내도 이 사회를 구원하고 싶다 이거이야. 자본에 지배당하는 자유가 아이라, 자본을 넘어선 자유를 찾기 위해서리 투쟁할 기다. 기러고 마지막으로 니한테 하고 싶은 말이 있다. 기것은 '사랑은 아직 끝나지 않았다.'는 것이다. 사랑이 인간의 목적이기에 기렇다는 말이다. 그럼 잘 지내라우. 못난 오라바니가.

늑대의 사과

초판 발행일   2023년 8월 20일

지은이   최 인
발행인   최효언
편집자   최효언
표 지   최효언
발행처   도서출판 글여울
전 화   070-8704-0829
메 일   oxsh_chu@naver.com
홈페이지   www.glyeoul.com
도서번호   ISBN 979-11-982885-1-6
정 가   15,000원

※ 이 책의 판권과 표지 그림은 지은이와 출판사에 있습니다.
※ 양측의 서면 동의 없이는 어떠한 형태나 수단으로도 이 책의 내용과
   표지 그림을 이용하지 못합니다.

© 2023 최효언. Printed in Korea